LE CHÂTEAU DES TORTUES

DU MÊME AUTEUR

Chez le même éditeur

L'Histoire d'Émile, roman

Chez d'autres éditeurs

L'Été prochain, roman (Julliard)
Quatre Saisons à Château-Mercy, roman (Julliard)
Le Rocher rouge, roman (Grasset)
Deux Femmes à la rencontre, roman (Grasset)
L'Année des roses, roman (Grasset)

SIMONE BALAZARD

LE CHÂTEAU DES TORTUES

roman

FLAMMARION

Printed in France
ISBN 2-08-064498-X

PRÉFACE

Il se produit parfois des ruptures dans le corps social qui rendent difficilement compréhensible ce qui a pu se passer avant, quel était l'état des esprits, à quoi pouvaient bien être occupés ceux qui tout à coup sortent de l'ombre, s'agitent et respirent. Que faisaient-ils en ces temps silencieux? Et nous-mêmes, qu'avions-nous fait depuis notre rencontre, vers la fin des années soixante? C'étaient les années tristes et molles, les années sans goût d'une jeunesse qui nous fuyait sans nous avoir réjouis. Mais nous goûtions ensemble un certain bonheur amer. On venait nous voir. On nous faisait parfois l'honneur de nous communiquer des nouvelles plus ou moins secrètes, de nous demander notre avis ou notre appui. Nous étions à la fois totalement inconnus et curieusement célèbres.

Dans les dernières années, le découragement était tel qu'il ne nous arrivait pas de nous réunir sans nous demander si ce n'était pas la dernière fois, s'il valait la peine de maintenir ces liens qui s'étaient formés dans une période d'espoir mais qui, maintenant que tout espoir justement semblait vain, nous faisaient ressembler de plus en plus à de vieux cousins venus en traînant les pieds à une fête de famille qui n'amuse plus personne. Ce fut un de ces soirs, sombre parmi les plus sombres, qu'un visiteur inattendu vint nous trouver.

C'était un homme à l'allure de clochard, semblant avoir bu un verre de trop, et que notre hôte mit quelque réticence à introduire. Mais il insistait, l'air sûr de lui, brandissant un manuscrit qu'il tenait absolument à nous remettre. Nous ne nous faisions aucune illusion sur ce que contenait la chemise cartonnée de couleur mauve qu'il déposa entre nos mains. Unanimement, et sans avoir besoin de nous consulter même du regard, nous avions identifié le pseudo-clochard comme un de ces pauvres bougres qui, nous attribuant plus de pouvoir que nous n'en avions en effet – et c'était facile – nous fourrait dans les pattes un manuscrit à dormir debout qu'il avait peaufiné lors de ses soirées un peu trop arrosées, quand l'excès de boisson lui avait donné l'idée qu'il avait du génie. Fallait-il qu'il fît noir dans nos cœurs pour que Richard Octobre – ce fut le nom qu'il nous donna – fût ainsi adopté ce soir-là presque comme un des nôtres !

Il nous dit que ce manuscrit était un dépôt extrêmement important qu'il nous confiait, qu'il ne pouvait pas en indiquer la provenance mais nous demandait simplement de le garder en lieu sûr, de le lire lorsque nous en aurions le temps, et d'en faire ce que nous jugerions bon. « Des personnes ont sacrifié beaucoup, nous dit-il, pour permettre à ce manuscrit d'arriver jusqu'à vous. » Ce qu'il ajouta ensuite nous alla droit au cœur et lui valut une nouvelle rasade d'un rhum très raide qu'il avala en toussant. Il nous dit qu'il avait promis de ne le remettre qu'à nous, en mains propres, et lors d'une réunion importante, de façon que nous nous sentions tous concernés.

Cette précision nous fit sortir de notre bonhomie un peu ironique. Comment savait-il le lieu et l'heure de notre rendez-vous, tout à fait confidentiels l'un et l'autre ? Il sou-

rit sans répondre puis, comme nous insistions : « Mais tout se sait, nous dit-il, dans quel monde vivez-vous ? » Je l'accompagnai à la porte, pensant peut-être qu'à une seule personne il en dirait davantage. Mais il me serra simplement la main et, en me regardant dans les yeux avec intensité, gravité : « Je compte sur vous » me dit-il, et il partit pour ne plus revenir.

Que faire de ce manuscrit, nous qui étions déjà si encombrés des nôtres ? Curiosité ou dévouement, je proposai de le garder chez moi et personne ne me disputa cet honneur. Je le feuilletai rapidement avant de m'endormir, sans y trouver ce que j'espérais vaguement : la révélation d'un scandale ou d'un abominable secret. Mais me souvenant des recommandations du beau Richard (ai-je dit que, sous sa défroque de clochard, il avait un de ces visages qu'on n'oublie pas ?), je lui cherchai une cachette et l'y déposai. Puis je l'oubliai complètement, pendant des mois.

Contre toute attente, la consultation populaire combla nos espérances les plus folles, ou plutôt, par la joie qu'elle fit jaillir dans nos cœurs, nous révéla dans quel état de désespoir nous nous étions peu à peu enfoncés. Le changement était possible, mais nous avions tellement été accoutumés à ne plus y croire que nous abordions cette nouvelle période avec la timidité de ceux qui, s'étant crus mourants, n'osent pas croire à la guérison définitive et se contentent d'attribuer leur mieux-être à une rémission provisoire. Jamais on ne but autant de champagne, jamais les vieilles chansons enfouies dans nos cœurs ne sortirent plus volontiers de nos gorges déployées. Des amours impossibles ou simplement improbables naquirent en ces temps-là. De vieux amis, perdus dans leur existence cotonneuse, surgirent du brouillard. D'anciens participants de notre cercle que la tristesse de nos réunions avait fait fuir, revinrent à nous, le sourire aux lèvres.

C'est alors qu'éclata l'affaire du CAVIM. Ce ne fut pas la seule, loin de là. Comme les rats quittent le navire, le régime précédent se rappelait à nous par toute une série de nouvelles nauséabondes. Mais l'affaire du CAVIM retint tout de suite notre attention car elle nous révélait ce que dans l'ombre, et au moment même où nous redoutions l'avenir sans savoir qu'il était déjà très précisément en marche, on avait tenté de faire subir à ce qui nous tenait le plus à cœur.

Les habitants de ce quartier tranquille, à l'ouest de Paris, ne se doutaient absolument pas de ce qui se passait dans le château. Pourtant il n'y avait pas eu à proprement parler dissimulation, les lettres CAVIM s'étalaient en noir sur la pierre blanche du porche. Mais qui aurait pensé qu'elles désignaient autre chose qu'une compagnie d'assurances, une caisse de retraite ou tout autre organisme respectable, distillant le léger ennui qui ne donne pas envie d'en savoir davantage. Et même si l'on avait décrypté derrière le C le mot Centre, derrière le A le mot adaptation, même si l'on avait compris que CAVIM signifiait Centre d'adaptation à la vie moderne, qui aurait été pour autant chercher la petite bête ? Certes, on pouvait se douter qu'il s'agissait là d'une collectivité d'un genre un peu particulier puisque mélangeant les sexes et les âges, mais les personnes qui sortaient de la maison, par petits groupes animés, ne semblaient pas avoir un comportement anormal ni même contraint. Un peu exaltées certes, pressées par le temps, mais qui à Paris aurait pris la peine de s'en étonner ?

L'enquête elle-même a tourné court assez vite. Dans l'euphorie qui a suivi le changement de régime, on penchait pour la réconciliation nationale, l'oubli des vieilles que-

relles et, puisque le château était désormais vide, abandonné par ses habitants, on aurait bien passé l'éponge malgré les rumeurs persistantes qui commençaient à courir. Mais enfin, on ne pouvait pas faire silence sur la découverte effroyable qu'avait faite Francis Lagrue, paisible maréchal des logis de deuxième classe, lors de la ronde qu'il effectuait en sifflotant dans le quartier. Il aimait bien cette mission qui lui permettait de se promener nez au vent, en faisant néanmoins son travail avec beaucoup de conscience car rien n'échappait à son regard. Mais encore faut-il que les choses soient visibles pour être vues, et le maréchal des logis Lagrue avait déjà fait maintes fois le même tour sans rien remarquer. Il avait fallu que ce jour-là, ayant bu plus que de coutume dans un repas entre camarades, il fût pris d'un besoin pressant d'uriner qui lui fit choisir, faute de lieu plus approprié, la station de métro fermée depuis longtemps dont il longeait chaque jour l'entrée, encore ornée des volubilis de Guimard.

Il avait descendu l'escalier pour se dissimuler aux yeux d'éventuels passants et, une fois accomplie l'opération qui, en soulageant sa vessie, lui permit de reprendre toute sa lucidité, il jeta machinalement un coup d'œil professionnel à travers la grille fermée. Là, son attention fut aussitôt requise par deux faits troublants : d'une part, l'indiscutable présence d'une sorte de lueur verte et clignotante, évoquant vaguement un phare de voiture; et d'autre part une odeur curieuse, désagréable mais non identifiable au premier abord : insecticide, essence, charogne, fumier? Un peu de tout cela ensemble. En tout cas, pensa-t-il en reboutonnant sa braguette, une odeur pas sympathique.

A partir de ce moment, tout était allé très vite, on avait ouvert les grilles et trouvé là, à deux pas de respectables immeubles bourgeois, une sorte de nécropole où des objets industriels hors d'usage (machines à écrire, écrans d'ordi-

nateurs, etc.) voisinaient avec des cadavres de chiens d'une taille au-dessus de la moyenne et quelques ossements humains dont on put déterminer qu'ils étaient beaucoup plus anciens, peut-être sans rapport avec le reste, à l'exception du groupe émouvant, disposé artistiquement tout au fond de cette station de métro retournée à l'état sauvage, et qu'on appela tout de suite la dame au petit chien. *Il s'agissait des restes d'un corps féminin, couché sur le flanc gauche, les genoux repliés et entourant, dans le creux ainsi formé, le cadavre d'un chien minuscule.*

Bouchant l'escalier qui, en d'autres temps, descendait vers le métro, un rayon vert continuait à clignoter depuis qui sait combien de temps. C'était l'œil d'une énorme tortue de bronze dont l'autre était éteint, et il était heureux que le maréchal des logis Lagrue ait eu envie de pisser justement ce jour-là car le jour était proche où cet œil cessant à son tour de briller, on n'aurait eu aucune raison d'aller y voir de plus près.

Petit à petit, on avait reconstitué le réseau principal d'implantation des CAVIM. Dans plusieurs villes de province – à Tours, à Lille, à Caen, en particulier – on avait fait des découvertes assez voisines, entendu des témoignages un peu moins négatifs. Certains citoyens honorables vinrent courageusement raconter qu'ils avaient fait des dons à cette association, leur bonne foi ayant été abusée par l'extrême affabilité des dirigeants de ces centres.

Nous étions passionnés par cette affaire, partagés entre l'indignation et la curiosité d'en savoir davantage. Aucun d'entre nous cependant, il faut bien l'avouer, n'aurait eu l'idée d'y voir un lien quelconque avec la visite de Richard Octobre. C'est vraiment le hasard – mais il devait y compter – qui me fit tomber sur le message qu'il avait fait passer dans un grand journal du matin. Une de mes amies cher-

chait à acheter un piano d'occasion et se jetait sur les petites annonces de son journal. Cette lecture la ravissait tant qu'elle n'en sautait pas une ligne. « Connais-tu un Richard? » me demanda-t-elle un jour, en me fourrant sous le nez un texte qui pouvait passer pour un message d'amour : « Simone, tu te rappelles le manuscrit à couverture mauve que je t'ai donné ce soir-là. Si tu l'as lu, tu dois comprendre maintenant pourquoi je suis parti. Ne m'oublie pas. » C'était signé Richard. J'étais étonnée qu'il se rappelât mon prénom.

En rentrant chez moi, j'ouvris le manuscrit et très rapidement je compris le lien avec l'affaire du CAVIM. Je décidai de l'apporter à la prochaine réunion de notre cercle, pour que nous essayions à nous tous d'en faire l'analyse. Un petit groupe de travail se constitua qui se réunit plusieurs fois pour tâcher de comprendre ce que ce texte souvent déroutant, opaque, essayait de nous dire. En même temps, nous suivions dans les journaux le déroulement de l'affaire CAVIM. Mais là aussi le mystère restait grand. Après un départ en flèche, l'enquête piétinait : on ne pouvait mettre la main sur aucun témoin véritable; pas un seul participant aux Centres ne s'était présenté. Les hypothèses les plus folles, les plus hardies, étaient chaque jour lancées pour retomber comme un soufflé le lendemain ou la semaine suivante. On avait pensé un moment à un suicide collectif (certaines sectes, dans un passé récent, y avaient eu recours) ou à une mort accidentelle de tous les participants. Mais, à part la dame au petit chien, *les cadavres manquaient. Le plus probable était que les intéressés se cachaient, soit de façon tout à fait délibérée — mais dans quel but, il était difficile de le dire — soit qu'ils aient perdu le souvenir de cette époque de leur vie. Lavage de cerveau, chantage, peur des représailles? Tout était possible.*

A force de scruter le manuscrit, nous étions arrivés à la conclusion qu'il était d'origine disparate. Plusieurs auteurs — trois sans doute — étaient à l'origine de ce texte. A moins qu'il ne s'agisse d'une composition véritablement collective ou bien, comme c'était indiqué à plusieurs reprises, d'une collaboration avec les machines. Le manuscrit dès lors n'était pas, comme nous avions été tentés de le croire, la confession d'un ancien participant du CAVIM — dans lequel certains d'entre nous n'avaient pas craint de reconnaître un de nos proches perdu justement de vue — mais peut-être un échantillon de la production littéraire de ce CAVIM lui-même. Ou plus vraisemblablement y avait-il dans ce texte plusieurs éléments : un mélange d'écriture collective ou assistée, de confessions personnelles et d'efforts de communiquer, mine de rien, un certain nombre de renseignements sur les CAVIM. Richard Octobre ne nous avait pas donné le mode d'emploi, peut-être ignorait-il lui-même le contenu du dépôt qu'il nous avait confié et attendait-il simplement de nous une diffusion du manuscrit. C'est seulement une fois cette diffusion faite que nous aurions éventuellement la clé de l'énigme. L'important, dès lors, était de publier ce texte tel qu'il nous était parvenu, sans en changer le moins du monde la composition, soit parce que cette publication même serait une prise de position contre le CAVIM, un élément à verser au dossier de l'affaire, soit parce qu'il se trouverait peut-être, parmi les lecteurs, des personnes plus perspicaces ou plus informées qui nous permettraient de comprendre ce qui restait pour nous énigmatique.

I

C'est une espèce de château, un manoir plutôt, qui date de la fin du siècle dernier. De la rue, on ne voit rien de remarquable. Le bâtiment se trouve en retrait derrière un bout de jardin assez joli, avec des arbres, des sentiers, des massifs de fleurs, cette profusion de détails plus vrais que nature donnant un étrange sentiment de malaise, comme lorsqu'on remarque, chez une naine, les ongles faits et les hauts talons. Un escalier mène à la grande porte vitrée à deux battants, grand souci pour la directrice du Centre. Il y a deux étages dans lesquels se trouvent toutes les salles spécialisées dont on a besoin : la salle de concertation, la salle de méditation transcendantale, la salle de danse, la salle de rencontre, la salle d'écriture, etc.

Les chambres des résidents permanents sont sous les toits, on y accède par des escaliers de bois usé, craquant, ce qui donne aux montées et aux descentes une publicité excessive. Les stagiaires sont cantonnés dans les dortoirs du rez-de-chaussée. Des bagarres éclatent parfois à propos de couvertures disparues, de courants d'air intempestifs, de conversations intimes trop longtemps prolongées. Mais les chiens qui rôdent toujours incitent à la maîtrise de soi, et le calme revient vite, en règle générale.

Au sous-sol sont les femmes de ménage et les jardiniers. Quand ils parlent d'eux-mêmes, il s'appellent les domestiques. Ils ont remis ce terme en honneur et les tortues n'ont rien dit, elles ne l'avaient pas en mémoire.

Quand les domestiques parlent des résidents permanents, ils disent les « maîtres ». Ceux-ci hochent la tête, ils ne voient pas très bien où est leur maîtrise. Les plus à plaindre, finalement, sont les stagiaires, qui ne comprennent pas ce qu'on attend d'eux. On leur a fait miroiter ce séjour au Centre comme une sorte d'année sabbatique et ils s'aperçoivent rapidement que ce n'est pas ça du tout, que ce qu'ils subissent c'est en fait un lavage de cerveau. Certains tentent de fuir mais sont rapidement rattrapés par les chiens, qui les ramènent par le col de leur vêtement comme du vulgaire gibier.

Marin, quand il a reçu sa nomination au Centre comme écrivain permanent a été content de retrouver de vieux amis qu'il avait connus dans des circonstances tragiques, et un peu perdus de vue depuis, avec tous ces événements.

Léontine, Dorothée, Aurélie, Marie, Blandine, Théophile, Cyr, Anselme, Brice, ils étaient tous là mais bien changés, les pauvres. Quoique certains, la plupart même, avaient l'impression d'avoir fait leur chemin dans la vie, étaient fiers comme des poux d'être là à cette place, ayant perdu de leur jeunesse non les illusions, mais la faculté critique, le cynisme, l'humour.

Et qu'est-ce qu'il pouvait leur dire, lui Marin ? Est-ce qu'il n'avait pas lui aussi accepté ce poste ? Bien sûr, c'était ça ou ne plus écrire du tout, puisqu'en dehors du Centre toute écriture est interdite, pourchassée, niée. Seuls ont le droit d'écrire les écrivains du Centre parce qu'ils sont sous la surveillance étroite des tortues.

De temps en temps, le Centre a la visite des ingénieurs chargés de réviser les tortues, de contrôler leur état de marche ou de leur transmettre de nouvelles consignes. Ce sont de braves gens, à l'air fatigué, qui disent que ce séjour au Centre constitue leurs vacances et qui s'esclaffent bruyamment dans la salle des libations, en glissant sur les stagiaires des regards langoureux. On ne peut pas leur en vouloir. Ils font leur boulot, un point c'est tout.

Dehors, les chiens rôdent.

De l'autre côté de la rue, derrière une pancarte : *Propriété privée, défense d'entrer*, se trouve une villa, ce qu'on appelle une villa à Paris, un coin de ville bâti de maisons basses avec jardins, parmi les arbres. Les stagiaires, quand ils arrivent à s'échapper de leurs salles spécialisées, de leurs concertations et de leurs conférences, quand les chiens dorment et que les permanents se sont laissés aller à trop boire, viennent y faire une petite virée, à trois ou quatre. Ils y rencontrent des vieilles dames en mauve, des bébés dans leurs landaus, que de grands gaillards barbus poussent avec délicatesse, des concierges armées de balais. Souvent aussi ils ne rencontrent personne, s'interrogent sur les habitants éventuels de ces demeures tapies derrière leurs jardins pleins de ronces. Parfois un ballon, une chaise longue, un vêtement qui traîne indiquent une présence humaine. Quelques pigeons y trottinent, quelques insectes minuscules volent autour d'eux. Des fourmis déambulent. Les stagiaires traversent la villa le cœur battant, ressortent dans une rue parallèle, reviennent au Centre en pressant le pas. Cette incursion dans la vie réelle, la vie en dehors du Centre, les laisse rêveurs. Cela ne ressemble pas du tout à leurs souvenirs de cette vie-là qui était agitée, fébrile, pleine d'automobiles et de bruit. A moins qu'ils ne fabulent eux-mêmes maintenant, ayant pris sur leur vie d'avant un recul si grand qu'ils en viendraient à l'inventer.

Ils passent devant ce qui fut une station de métro, fermée depuis longtemps, mais dont on soupçonne, à ses grilles entrebâillées, qu'elle n'est pas totalement abandonnée, qu'elle sert de magasin, de réserve, de banque ou de prison, qu'elle est une annexe du Centre, peut-être le cimetière des tortues, le domaine de la Grande Tortue dévoreuse de cadavres, ou un lupanar clandestin destiné aux permanents et à leurs hôtes de marque, ou un tripot, une salle de jeux. La rue du Centre s'étend alors devant eux, la rue que seul le Centre occupe, sur la droite avec la Villa en face, Antoinette un peu plus loin et, tout là-bas, le bistrot du bout de la rue. Des vitrines devaient exister autrefois, qui sont maintenant fermées par des stores ou bouchées par des planches. Il y a encore quelques immeubles, maigrement habités semble-t-il, d'où s'échappent de loin en loin un petit vieux ou une petite vieille avec leurs cabas, un étudiant égaré qui louche avec envie sur le Centre où il n'a pu entrer.

Plus loin, ils ne savent pas, ils n'ont jamais eu le temps d'y aller. Derrière le Centre s'étend un stade où ils vont parfois faire des exercices, des tennis mal entretenus que seuls les permanents utilisent pendant leurs heures de permission, un terrain de basket depuis longtemps abandonné, avec son filet pendouillant tristement. Puis un mur, assez bas d'ailleurs, sans rien de carcéral, avec çà et là des pierres tombées, des trous. Un mur qui semble marquer non la clôture par rapport à un ailleurs, l'enfermement par rapport à un dehors, mais tout simplement le bout du monde. Un mur mis là pour mémoire, comme on ferme une parenthèse à la fin d'une phrase.

Il pleut. La nuit, le temps a été magnifique, clair, immobile. A l'aube, les nuages sont arrivés en foule, se sont collés les uns contre les autres. A sept heures, la pluie a commencé à tomber, à réveiller tout le monde par son petit bruit insistant. A huit heures, il pleut des cordes.

Les premiers levés renoncent à leur jogging matinal. Ils feront ça ce soir, à la fraîche, entre chien et loup. Ils se dirigent en traînant les pieds vers la salle de restaurant pour y manger leur riz au lait, leur compote et y boire leur café sans sucre. D'autres préfèrent mettre du sucre dans leur café et ne pas manger de compote. On est libre de choisir l'un ou l'autre, mais attention à la pesée du samedi soir ! Il ne s'agit pas de grossir, ni de maigrir, si du moins on a atteint son poids idéal. Cette notion de poids idéal est parfois discutée dans les concertations. Certains, se souvenant qu'ils ont été syndicalistes, disent qu'il y a là-dedans comme une atteinte à la dignité humaine : on les pèse comme des cochons ou des veaux sur pied. D'autres répliquent que la comparaison la plus appropriée est celle des boxeurs ce qui, en général, provoque un tollé : « Sommes-nous des boxeurs ? » demandent les stagiaires outragés.

Huit heures du matin est une heure angoissante, car on a toute la journée devant soi et que va-t-on en faire ? Bien sûr, il y a l'emploi du temps qui vous garantit que toutes vos heures seront employées au mieux, mais parfois il arrive qu'on désire jeter un coup d'œil plus général sur sa vie, sur le jour qui commence. Une grosse flaque de temps s'étale devant soi, comme un paquet-cadeau qu'il faut ouvrir, ou une montagne à escalader, un livre à lire. Ou plutôt, c'était comme ça autrefois, quand il y avait des livres, des montagnes et des paquets-cadeaux, du temps non programmé, des vacances...

Huit heures du matin est une heure sereine quand on a bien dormi, morose quand on a mal dormi. Huit heures est l'heure des grandes résolutions qui se défont peu à peu dans la journée : quitter le Centre, prendre ses cliques et ses claques, renoncer au stage et à tout ce que ça comporte comme soumission au *nouvel ordre du monde;* changer d'atelier et, auparavant, dire son fait au permanent qui nous a fait copieusement chier; rompre une liaison fatigante; prendre au mot Madame Fa qui répète toute la journée : « Ici, vous êtes libres »; téléphoner à sa famille; rester deux fois plus de temps chez Antoinette et tant pis si on nous fait des réflexions; devenir un stagiaire modèle qu'on citera en exemple aux générations futures; casser la baraque...

Huit heures du matin sont vite passées, car il est bientôt huit heures et demie, puis neuf heures. A neuf heures, la toilette doit être faite, le petit déjeuner avalé, le lit retapé, le costume de scène – c'est ainsi que les stagiaires désignent parfois leur pyjama de travail – enfilé. On est à pied d'œuvre pour commencer la journée selon le rituel en vigueur. Quelquefois on est content, parce qu'une journée qui commence, c'est l'espoir qui recommence. Ou bien on est furieux car on aurait aimé rester au lit – si le lit était moins dur – se réveiller à moitié et puis se rendormir, ouvrir un œil pour le refermer aussitôt, rêver, s'étirer paresseusement, reprendre la lecture d'un gros livre plein de soleil, de micocouliers, aller à la pêche...

Quand neuf heures arrive, huit heures s'éloigne et c'est bien dommage. Huit heures c'était quand même une heure d'incertitude, de liberté, de vie privée. On pouvait, si on voulait – on aurait pu – rester au lit, ne pas se laver, ne pas prendre de petit déjeuner, faire l'amour, rêvasser, tirer au flanc, se masturber, se mettre les doigts dans le nez, chantonner, faire des abdominaux, fumer une cigarette, écrire un poème en fraude, manger ses provisions, compter ses sous en cachette, aller au diable. On aurait pu mais c'est trop tard : neuf heures sonnent à l'horloge électronique. On a laissé passer le moment. Maintenant, il faut suivre.

A neuf heures du matin, Marin entre dans la salle d'écriture, regagne sa place à gauche près de la fenêtre et met en branle le délicat organisme de Mina 2, sa tortue sans qui il ne pourrait rien faire au Centre. Dans la journée, des stagiaires inscrits à l'atelier d'écriture viendront travailler sous sa direction. D'autres écrivains regagneront leurs places. Mais, dans l'ensemble, les écrivains préfèrent travailler seuls et quand l'un arrive, l'autre ne tarde pas à partir, sous prétexte de se dégourdir les jambes.

Marin écrit une histoire d'amour. Quand on lui demande si elle est autobiographique, il répond que toutes les histoires d'amour sont autobiographiques et que d'ailleurs il ne sait plus très bien, depuis le temps qu'il invente des histoires, tracer la ligne de partage entre la vie et la littérature...

« Ella avait une petite ride au coin des lèvres et, quand elle souriait, tout son visage remontait. C'est ce qu'il avait remarqué d'abord, cette petite ride et ce sourire. Il ne s'était pas préoccupé de savoir si Ella avait des seins, des jambes, des mains. Elle devait en avoir comme tout le monde. Mais il n'y avait qu'Ella pour avoir ce sourire et cette petite ride qui bougeait toute seule, comme si Ella, la personne d'Ella n'était autour d'elle que pour la mettre en valeur. Et tout se passait comme si cette personne d'Ella qui devait avoir un métier probablement, peut-être même un mari, toutes ces sortes de choses ennuyeuses et communes – n'avait été placée sur son chemin que pour qu'il y ait cette rencontre entre lui et elle, cette petite ride, et lui, ce sourire, et lui, tout ce visage qui remontait.

« Bien sûr, il y avait aussi les yeux. Quand Ella souriait, les yeux se mettaient à briller comme des étoiles, et puis ils s'éteignaient brusquement, sans raison semblait-il, on ne savait pourquoi. Alors il s'apercevait qu'Ella avait cessé de sourire, qu'elle le regardait, d'un air interrogatif, intrigué. Que faisait-il là, cet homme hier encore inconnu, par quelle rencontre, par quel hasard était-il en face d'elle à le regarder, à se perdre dans cette contemplation cosmographique, comme si Ella était une planète et non une femme, comme s'il n'avait pas de mains, pas de sexe, pas de paroles dans sa bouche, comme s'il était simplement un regard non pas posé sur elle comme on dit, mais attiré vers elle, vers cette petite ride et ce sourire, vers ces yeux qui brillaient et vers ce front là-haut qu'une mèche de cheveux noirs cachait à moitié.

« Ils étaient assis face à face dans un café désert du XVIe arrondissement. Ils devaient boire quelque chose sans doute, on boit toujours dans les cafés, elle quelque chose d'orange, lui quelque chose de noir. Ou le contraire. Ce n'était pas la première fois qu'ils devaient être dans ce café, ils avaient à plusieurs reprises échangé leurs boissons. Elle avait bu du noir, il avait bu de l'orange, et peut-être du rouge et du vert, d'autres fois. C'était sucré ou c'était amer, on ne savait pas trop à quoi ça ressemblait, de quoi c'était fait tout ça, toutes ces boissons.

« Il était amoureux d'elle. »

La tortue éternua bruyamment et lança sur l'écran une giclée de mots injurieux :

— Impossible. Histoires d'amours saturées. Il ne peut pas être amoureux d'elle. Reprenez votre histoire à la ligne précédente. Terminé.

Merde, pense Marin, je me suis encore fait avoir. Pourtant je croyais avoir bien rusé cette fois. Ma femme était à peine une femme. Le bonhomme n'existait guère, il n'avait aucun geste déplacé. Je me suis laissé aller, je crois toujours qu'elle dort, cette vieille peau.

Il jette sur la tortue un regard de haine. Pourtant, sous sa carapace métallique, Mina 2 a un air paisible. Elle est toute brillante, toute douce, mais elle veille sans en avoir l'air, pas question de la rouler. Ou plutôt si, il faudrait être plus malin qu'elle, mais malgré les multiples réunions du syndicat clandestin – ils s'y rendaient nuitamment, enveloppés dans des capes noires, une minuscule bougie à la main, jusqu'à une salle souterraine connue d'eux seuls, croyaient-ils – les écrivains n'avaient pas réussi à se mettre d'accord sur la stratégie à adopter. Certains disaient qu'il fallait continuer à écrire comme avant, à employer les mots de toujours, appeler un chat un chat jusqu'à ce que les machines éclatent à force de contrariété. Les autres – la majorité – pensaient qu'il fallait ruser, dire ce qu'on voulait dire sans avoir l'air de le dire tout en le disant et éviter, oui éviter à tout prix les mots tabous, les mots qui risquaient de vous précipiter dans le camp des écrivains qui n'avaient plus le droit d'écrire du tout et qui traînaient une existence lamentable, de stage d'adaptation en cure de désintoxication.

Marin regarde par la fenêtre. Il y a un petit bout de jardin tout doré par le soleil. On avait même fait venir des écureuils du Canada – les plus résistants – mais ils ont tous disparu. On soupçonne les bergers allemands qui gardent le Centre de n'en avoir fait qu'une bouchée. A moins que ce soient les femmes de ménage dont on dit qu'elles font ripaille le soir, dans les sous-sols.

Le peuple est resté très sain, se dit Marin.

Il décide d'aller se promener et donne un tour de vis à la tortue qui couine furieusement. Il a trouvé le truc pour couper la sonnerie d'alarme qui retentissait autrefois dès qu'il tournait les talons. Tous les autres, bien sûr, ont fait comme lui. Le Centre ne ressemble plus, comme au début, à une caserne de pompiers. C'est très calme. On dirait un hôpital psychiatrique après l'invention des neuroleptiques.

Dans l'escalier, il croise Théophile en survêtement

jaune. Il vient de rentrer d'une course dans le jardin avec son groupe du troisième âge.

– Salut, vieux, lui dit-il, ça marche la littérature ?

– Chut ! dit Marin. Tu veux me faire remarquer ?

Théophile n'a pas encore compris qu'il y a des mots tabous au Centre. Le mot *littérature*, par exemple, et le mot *amour*. Il s'en fout, Théo, ce qui l'intéresse dans la vie, ce n'est pas les mots, c'est le vin. Et le pinard coule à flots ici. Il y a même une salle pour ça, pour prendre des cuites. Et non seulement on a le droit d'y aller, mais si on n'y va pas de quelque temps, on se fait remarquer.

Théophile est complètement récupéré, pense Marin, avec dégoût, avec tristesse. Il est radieux, il s'amuse comme un fou avec ses petites vieilles. D'autant que, comme il y a beaucoup plus de femmes que d'hommes, il est très recherché et lui qui était rangé des voitures il y a douze ans, il est devenu un vrai play-boy. Ses cheveux sont teints en noir et on le voit souvent, sortant d'un air satisfait de la salle de coiffure.

En passant devant la salle de méditation transcendantale, Marin se demande s'il n'ira pas faire une bise à Aurélie et puis bof, il la verra ce soir avec les autres, à la grande réunion de concertation hebdomadaire. Non ce qu'il va faire, c'est aller au sous-sol, causer avec Léontine.

Léontine a été destituée de son poste de bibliothécaire, d'une part parce qu'elle avait mauvais esprit et d'autre part parce qu'il n'y avait plus de livres. Elle est femme de ménage en chef. Le métier lui plaît assez : elle dit qu'elle connaît le dessous des cartes et que tout ça la ferait bien rigoler si ce n'était pas aussi triste. Elle a toujours ressemblé à un cheval, mais depuis qu'elle est femme de ménage, cette ressemblance s'est accentuée. Elle arbore des tabliers enveloppants, des cheveux en bataille mal serrés sous un fichu incroyable et dit bien haut qu'elle n'a pas à avoir honte de son âge – mot tabou, mais les domestiques se permettent tout.

Quand la bibliothèque du Centre a été liquidée, on a permis à Léontine d'emporter quelques livres qu'elle relit inlassablement. Ce sont : le *Discours de la méthode* de Descartes, *Bérénice* de Racine, les *Poésies* d'Apollinaire, *Madame Bovary* de Flaubert, *Les Illusions perdues* de Balzac, *Un amour de Swann* de Proust, *l'Évangile* selon saint Luc, *La Fille au collier rouge* de Tania Jaffard, *Francesca la sage* de Suzanne Bleicher, et *L'Histoire d'Émile,* ce livre collectif qu'ils avaient écrit tous les dix, il y a plusieurs années de cela, et dont Marin avait été l'inspirateur. Léontine est la seule personne du Centre qui lise encore autre chose que la gazette de la semaine et les pages d'imprimante qui sortent des tortues. C'est son privilège. La force des dirigeants est de laisser à chacun sa petite part de liberté, même si elle peut paraître dangereuse pour la communauté. Mais leur analyse est sans faille : ils prennent soin que chaque privilège soit différent de celui du voisin, de telle sorte qu'il ne puisse pas y avoir de club, de syndicat, de regroupement. D'ailleurs, chose bizarre mais pas tellement inattendue qui montre comme le Centre fonctionne bien, personne n'envie à Léontine ses livres, personne ne lui demande de les prêter, on sait qu'elle est comme ça, une manie innocente, toujours le nez dans ses bouquins. On ne se demande même pas ce qu'elle y trouve, on ne se demande rien du tout, on dit : « Voilà Léontine avec son livre. »

Elle a toujours été très proche de Marin et ce fut une joie pour elle de le voir arriver au Centre. Mais elle le blâme un peu, en secret, d'avoir accepté cette position de fonctionnaire de la littérature même si, comme il le dit, comme elle le sait, il s'efforce de détourner le plus possible, de ruser avec Mina, de composer des chansons avec des bribes de mots interdits, même s'il n'avait pas le choix, à moins de rester vagabond, à moins de devenir domestique... Et c'est vrai que, en ce qui la concerne, ce n'est pas par choix qu'elle est ce qu'elle est. Elle a fait partie de la première vague des domestiques, ceux qu'on recasait dans ce poste subalterne faute de pouvoir les rejeter dans la nature. C'est d'ailleurs à cela que les domestiques doivent leur statut particulièrement libéral : les premiers le sont devenus sans le vouloir, davantage victimes que coupables, on ne pouvait pas ne pas leur laisser la bride sur le cou. Après, le pli était pris.

Dire que Léontine est heureuse serait excessif. Mais elle a fait son trou. Elle ne regrette pas tellement la période des bibliothèques, surtout la dernière, celle où la menace de fermeture planait, où l'on vous faisait la vie pénible pour vous forcer à renoncer de vous-même, à vous enferrer, à donner fièrement votre démission pour vous retrouver après lâchée dans la nature. Heureusement, elle avait tenu bon, fait le gros dos, refusé de comprendre. Ils avaient cédé avant elle et c'est ainsi qu'elle avait obtenu son poste, son privilège et le droit de ricaner en croisant Madame Fa dans les couloirs. Madame Fa qui d'ailleurs, bizarrement, lui ressemble.

Aujourd'hui, Marin tombe mal. S'il croit se faire dorloter par Léontine, il se trompe. C'est la guerrière qui s'est réveillée ce matin, celle qui n'a pas froid aux yeux. Quand elle voit Marin arriver, elle se répand en quolibets : non seulement il s'est vendu au Nouvel Ordre du Monde, mais il n'est même pas fichu de respecter la loi, de faire le boulot qu'on attend de lui. « Il faut savoir ce qu'on veut, mon petit père », dit Léontine, armée d'un balai gigantesque, « allez, ouste, débarrasse-moi le plancher ». Et elle fait mine de le balayer comme une ordure. Marin se sent humilié. Il décide d'aller chercher un peu d'affection chez Antoinette.

II

De la rue, on ne voit rien de remarquable. Mais il passe si peu de monde dans cette rue, quelques petits vieux à la vue basse, quelques étudiants fatigués par leurs études qui ne mènent nulle part. Les stagiaires eux-mêmes, quand ils reviennent de leurs expéditions chez Antoinette, de leurs escapades dans la Villa, sont surpris par l'air tranquille, bonhomme du château. S'ils ne savaient pas ce qu'il y a derrière, ils jureraient qu'il n'est habité que par quelques bureaucrates oisifs, quelques jolies secrétaires en mal de dossiers. Le seul élément un peu pittoresque, la seule note saugrenue qui peut mettre la puce à l'oreille est le groupe du troisième âge qui chante et danse dans le parc sous la houlette de Théophile. Alors on pourrait croire qu'il s'agit d'une maison de fous d'un genre nouveau, ou d'un asile de jeunes vieillards légèrement débiles mais très gais.

Les habitants de ce quartier tranquille, à l'ouest de Paris, ne se doutent absolument pas de ce qui se passe dans cette maison. CAVIM n'évoque rien pour eux. Peut-être quelque chose qui a rapport avec le vin ? ou une caisse d'assurances sur la vie ? ou une agence immobilière ? En tout cas un de ces organismes mal définis, faisant beaucoup d'argent d'une manière obscure, sans rien à voir avec les saines fortunes à base de terre et de diamants, sur lesquelles sont assises les tranquilles habitudes de ces petits vieux et de ces petites vieilles dont la vie aura passé à dépenser l'argent que les autres gagnaient. Et, à part les riverains, qui viendrait dans cette rue sans charme, sans attrait, sans magasin ni square, cette rue dont même le nom s'est perdu, comme un accessoire inutile, les stagiaires la nommant la rue du Centre, et les autres, les rares autres, la rue de la Villa, la rue de la station de métro fermée, la rue qui va chez Antoinette ?

Neuf heures du matin est une heure extrêmement désagréable pour les paresseux. C'est l'heure où il faut bien reconnaître que la nuit, c'est fini, on est en plein dans le jour suivant. Et c'est pas tous les jours dimanche. D'ailleurs les dimanches, au Centre, sont aussi pires que les autres jours.

Neuf heures du matin, c'est l'heure des braves, l'heure où Théophile, en survêtement jaune, et maintenant que la pluie a cessé, entraîne ses malheureux sexagénaires en petites foulées dans le parc ; c'est l'heure où Blandine et Marie commencent leurs assouplissements à la barre avec leurs stagiaires les plus fidèles ou les plus courageux ; c'est l'heure où Madame Fa rentre dans son bureau et appuie sur le bouton pour dire que c'est parti ; c'est l'heure où Marin caresse Mina 2 du regard dans l'espoir de l'amadouer et de lui faire dire ce qu'elle ne veut pas dire. C'est l'heure où Léontine a fini de laver le carrelage des toilettes. C'est l'heure où les retardataires enfilent à la hâte leurs pyjamas.

Neuf heures du matin est une heure assez agréable pour les activistes qui voient avec plaisir une pleine journée d'activité s'étendre devant eux. Ils passent d'une activité à l'autre excités comme des enfants qui jouent à saute-mouton. D'ailleurs, ils sont toujours contents : la diversité les grise, mais ils ne détestent pas s'enfoncer des heures durant dans la même occupation. Ils la prolongent même, ils font des heures supplémentaires.

Neuf heures du matin est une bonne heure pour les chiens. Ils sont relevés de leur garde de nuit, ont des tas d'os à ronger et peuvent fermer l'œil, rien de bien intéressant pour eux ne se passant au Centre dans la matinée. Les évasions se font toujours à la nuit tombante ou tombée. Le matin n'est pas un moment propice pour l'évasion, c'est du moins ce qu'on croit et, en somme, c'est faux puisque justement les chiens dorment.

Neuf heures du matin est une heure tranquille pour Antoinette : les derniers stagiaires sont partis en courant cinq minutes plus tôt (c'est défendu, en principe, de venir boire un verre le matin, mais c'est une petite fugue agréable et finalement tolérée puisque l'appel remettra bien vite les choses en place). Jusqu'à onze heures, elle ne verra personne du Centre sauf, parfois, un permanent honteux venu vider un godet alors qu'il a prétendu être appelé chez Madame Fa, ou bien un stagiaire qui a oublié de se réveiller et qui, perdu pour perdu, mal vu pour mal vu, préfère passer la matinée chez Antoinette plutôt que d'arriver en retard à son activité du matin. Il s'installe dans le fond de la salle, dissimulé, croit-il, aux regards indiscrets, et se livre à des réflexions bien douces sur l'agrément des choses imprévues. Comme il n'y a que le premier pas qui coûte, il peut arriver qu'il revienne un autre matin et cela délibérément, afin de profiter complètement de son escapade. Les permanents et les directeurs ferment les yeux : un certain pourcentage de pertes est admis, un certain coulage. Les choses ne se gâtent que dans le cas où ce pourcentage est dépassé. Mais il l'est rarement car les stagiaires comprennent vite qu'il ne faut pas trop tirer sur la corde et vont chez Antoinette à tour de rôle. C'est vrai que ce serait plus drôle s'ils pouvaient y aller en bande et jouer aux dés, par exemple, ou aux dominos.

C'est un problème, l'école buissonnière. Bien qu'il n'y ait aucun buisson chez Antoinette, c'est le nom de code que les tortues emploient pour ces opérations de coulage : le côté enfantin, désuet, campagnard de l'expression leur paraît adoucir la triste réalité. Au début, on avait voulu ignorer la question, croire qu'il s'agissait d'accidents, de défaillances individuelles. Et puis, ça ne sert à rien de se boucher les yeux devant les choses, il faut prendre les gens là où ils sont, tenir compte de la base. L'idéalisme – au sens philosophique – n'a jamais fait avancer la révolution.

Enfin, neuf heures du matin n'est pas une heure bien gaie, dans l'ensemble.

Il est neuf heures et demie, ce matin-là, quand Marin déboule chez Antoinette, furieux contre Mina, contre Léontine, contre tout. Elle essuie des verres, un mégot au coin des lèvres. Marin prend un café arrosé et tente de faire parler Antoinette sur l'amour et surtout sur le point qui l'intéresse en ce moment et qui est le début de l'amour. Antoinette n'a pas tellement d'idées. C'est une robuste personne qui ne cherche pas midi à quatorze heures. Finalement, c'est Marin qui pense tout haut puis, voyant que ça ne passionne pas Antoinette – beaucoup plus intéressée par les recettes de cuisine ou les commérages du Centre – pense tout bas.

Est-ce qu'on sait exactement quand débute un amour ? Pour certains, c'est dès le premier regard, dès la première rencontre. Mais on a l'impression qu'ils exagèrent, qu'ils en rajoutent. Ou que c'est une reconstruction après coup.

Marin réfléchit à ses coups de foudre. Il en a eu beaucoup mais peu d'entre eux ont été suivis d'amour. Le coup de foudre n'est pas forcément réciproque. Il signifie simplement que, tout à coup, on voit quelqu'un, indépendamment de son contexte. Il se détache devant vous, merveilleusement, comme nimbé dans un halo, pris dans un projecteur, le front ceint d'une auréole. Les autres autour de lui disparaissent, sombrent dans le néant. Mais en somme on peut dire que le coup de foudre est, de par son nom même, un accident météorologique n'ayant pas grand rapport avec les sentiments.

Néanmoins, en ce qui concerne Marin, tous ses amours ont débuté par des coups de foudre. « Moi, je n'y crois pas du tout », dit Antoinette – comme s'il s'agissait de croire ! – Lui n'a pas souvenir d'un amour qui serait né à petit bruit et ressent une espèce d'envie envers ceux qui disent : « Au début, je ne faisais pas du tout attention à elle et puis, petit à petit... » C'est ce *petit à petit* qui fascine Marin, lui semble peu compatible avec l'amour. Pour l'amitié, oui, le *petit à petit* convient : derrière un visage ingrat, un aspect rebroussier, on découvre de belles qualités, un cœur d'or, une intelligence aiguë. Mais l'amour ? L'amour, ce n'est pas aimer quelqu'un pour ses belles qualités, mais aimer quelqu'un tout court, qualités ou pas, défauts ou pas, c'est après qu'on s'aperçoit de tous ces détails. Quand on aime on prend le paquet tout ficelé, sans regarder à l'intérieur. L'amour est un acte de foi qui n'a rien à voir avec le cours ordinaire de la vie, et c'est pour ça qu'il la dérange.

Voici en général comment débute un amour :

– On remarque une personne : elle est belle, charmante, séduisante... Ah ! si c'était possible, combien nous l'aimerions ! Mais ce n'est pas possible car :

– On n'est pas libre, ou bien c'est elle qui ne l'est pas. On doit quitter New York dans une demi-heure, on a justement un rendez-vous important, c'est la femme d'un ami, ou l'amie de sa femme. Elle a l'âge d'être notre fille, ou notre mère. Et puis, par-dessus tout, *elle est beaucoup trop bien pour nous.*

– Ah ! si au lieu d'être ce personnage quelconque, médiocre, on était du moins plus séduisant, plus beau, plus intelligent. On va chez le coiffeur, on achète des habits, pour essayer de réduire la distance entre cette étoile et nous, non pour séduire l'étoile mais pour que le scandale de cette attirance soit moins grand. Les gros suivent un régime, les maigres s'efforcent de manger, les chauves se frottent le cuir chevelu avec de nouveaux onguents, les grisonnants se font faire des rinçages, les petits mettent une semelle à l'intérieur de leurs souliers, les fumeurs de pipe changent leur tabac pour un autre, plus parfumé.

– Il arrive que l'étoile nous jette alors un regard intéressé. L'espoir naît alors, et c'est ainsi que débute véritablement l'amour : quand l'autre qu'on croyait inaccessible semble s'apercevoir de notre existence. Quelle ivresse alors ! et comme cela importe peu que l'étoile ne soit finalement une étoile que pour nous. Elle est si peu inaccessible qu'elle a déjà couché avec toute la promotion, elle est si peu extraordinaire que son mari la trompe copieusement et que ses amis la considèrent simplement comme une bonne copine qui n'a pas inventé la poudre. « Est-ce que vous connaissez Ella, Antoinette ? » Antoinette ne voit vraiment pas qui cela peut bien être, « ... pourtant j'en connais, mais vous savez, il y a beaucoup de gens qui passent inaperçus, on finit par les confondre ».

Le début de l'amour est peut-être la partie la plus intéressante de l'amour, et peut-être même que c'est tout l'amour. Le début de l'amour, c'est quand on se demande si l'autre nous aime autant qu'on l'aime, s'il pense à nous autant qu'on pense à lui. Le début de l'amour est le moment où tout est signe, présage, confirmation, soupçon, épreuve, piège. Peut-être que le début de l'amour est tout l'amour parce que quand on cesse de se poser des questions sur la personne aimée et ses rapports avec nous, est-ce qu'on aime encore ? On ne se pose plus de questions quand on est sûr d'être aimé – mais comment peut-on l'être ? – et surtout quand on n'aime plus.

Seulement, ne plus aimer, comment est-ce possible ? Y a-t-il un coup de foudre du désamour comme il y a un coup de foudre de l'amour ? Ou le désamour vient-il *petit à petit ?*

En définitive, pense Marin, aimer n'est pas à la portée de tout le monde. C'est un luxe, ça demande du temps, de l'imagination. Ce n'est pas très utile, ça dérange. On comprend que les tortues n'en veuillent plus. L'embêtant c'est que tout gratuit qu'il soit, si farfelu, si absurde, si parfaitement inutile, si injuste, si insupportable, élitiste, ingrat, l'amour a cela pour lui qu'il *rend la vie intéressante.* Et ça, les tortues ne peuvent pas le comprendre, tout simplement parce qu'elles ne vivent pas.

– Qu'est-ce que vous pensez de l'amour, Antoinette ?

– Vous alors, toujours le mot pour rire ! A dix heures du matin !

Le mardi est le seul soir de la semaine où les résidents ont le droit et même le devoir de porter autre chose que leur uniforme. Dès le matin, pendant les récréations, des queues se forment devant le magasin des costumes. La difficulté augmente lorsqu'un thème est donné à la soirée, mais depuis l'histoire du mardi rouge où la moitié du magasin était passée à la teinture, Madame Fa avait dit : halte-là ! on peut tout de même s'amuser à moindres frais. Parce que le rouge, pour s'en débarrasser...

Ils s'habillent, ils se maquillent, ils se coiffent, ils se parfument, ils s'embijoutent, ils se chaussent, ils se regardent dans la glace, ils minaudent, ils se demandent leur avis, ils s'exclament, ils ne se reconnaissent pas toujours, ils y vont.

Une fois là, c'est moins drôle. Il faut faire semblant de s'amuser, d'être sortis alors qu'on est toujours dans ce foutu château, briller, rire, écouter le concert donné par les musiciens de la semaine, applaudir les chanteurs qui ont répété depuis huit jours, feindre de s'intéresser aux saynètes jouées par le club du troisième âge, et puis garder l'esprit critique, tout noter pour pouvoir en parler à la concertation du mercredi.

C'est aussi le jour où les écrivains lisent les textes qu'ils ont composés dans la semaine. Il s'agit de ne pas être trop long, d'être piquant, inattendu, charmant. Quand elle réunit les écrivains qui lui sont particulièrement chers, dit-elle, Madame Fa (Fa bécarre disent les écrivains facétieux, marquant ainsi leur originalité par rapport aux autres résidents qui disent plutôt Fa dièze...) leur recommande la brièveté qui donne plus de force, la gaîté (Keep smile !), un peu de sexe qui ne fait jamais de mal, mais de la décence malgré tout, les inspecteurs qui font parfois irruption sans crier gare étant souvent bégueules. A éviter, à proscrire même, les pensées soi-disant profondes, les attaques gratuites contre le Centre, les sentiments excessifs, la mélancolie. A la fin de chaque séance un lauréat est élu par les participants de la soirée. Il aura droit à un petit insigne représentant une tortue, c'est ainsi qu'on pourra distinguer, petit à petit, les écrivains les plus méritants : dix insignes de bronze s'échangent contre un insigne d'argent, dix insignes d'argent contre un insigne en or, dix insignes d'or contre un insigne de diamant. On n'a pas encore vu ces fameux insignes en diamant, et quant aux insignes d'or un seul écrivain y était parvenu mais il est mort peu après. De joie, sans doute.

Marin a quelques tortues de bronze dont il a oublié le nombre et qu'il ne se soucie pas de transformer en tortue d'argent. Bien sûr, il ne faut pas dire que ces récompenses sont dérisoires, ça fait mauvais esprit, puisque ces prix sont démocratiquement décernés. Et attention ! – dit Madame Fa – cela n'est pas ainsi dans tous les Centres. Dans certains endroits, c'est le Directeur du Centre qui décerne le prix – dictature ! – dans d'autres, ce sont des personnalités choisies pour leur bon goût ou leur bon esprit ; dans d'autres enfin, les Centres qui sont en train de virer à l'anarchie, il n'y a pas de prix du tout. Naturellement les écrivains deviennent apathiques, lugubres, c'est toujours mauvais de sous-estimer le piment qu'une récompense bien choisie donne à la création artistique.

Cette périodicité des lectures a fait naître des genres nouveaux et remis en honneur des pratiques oubliées. C'est ainsi que les romanciers ont retrouvé l'art délicat du feuilleton où l'on doit en dire juste assez pour piquer la curiosité, mais pas trop pour que l'auditeur ait le loisir d'imaginer la suite et le plaisir de s'apercevoir qu'il s'est trompé, ou au contraire qu'il a vu juste. Les auteurs dramatiques, en revanche, ont beaucoup raccourci leurs pièces de façon qu'elles tiennent en une vingtaine de minutes avec peu de personnages : un homme, une femme, une tortue par exemple. Beaucoup de pièces font allusion à Madame Fa, toujours représentée sous un aspect favorable évidemment. D'ailleurs il lui est arrivé de participer à ces divertissements, d'apparaître en maillot de bain (pour son âge, elle est très bien faite, ce qui renforce l'admiration qu'on a pour elle) ou avec un manteau de cour, une combinaison d'astronaute et, dernièrement, un tutu de danseuse. Madame Fa est très contente de ses auteurs dramatiques, qui lui permettent de montrer qu'elle aime se déguiser, se prêter à des jeux, qu'elle est simple au fond, bonne pâte.

Les poètes ont retrouvé les poèmes à forme fixe et font une grande consommation de sonnets, qui ont le mérite de ne pas endormir l'auditoire. Et puis d'autres genres se sont développés qui tâchent de faire participer le public : les charades et les devinettes, les textes à trous qu'il s'agit de compléter, les portraits. Est-ce encore de la littérature ? Bah ! quelle importance... L'art a une fonction ludique essentielle, la plus appropriée au Centre où le travail et le plaisir alternent sans aucun temps mort. On y comprend le sens de l'existence, on s'initie au Nouvel Ordre du Monde, on y devient adulte, pour tout dire, mais sans rien perdre de la spontanéité de l'enfance, de son goût des fêtes, de son sens du jeu.

Mais la rencontre, la rencontre de Marin et d'Ella, comment s'était-elle passée ? La première fois, la toute première fois qu'ils s'étaient trouvés face à face, y avait-il eu le fameux déclic, le coup de foudre, le signe du destin ? Oui, oui, oui, dit Marin pour son compte. Pour Ella il ne peut pas dire.

Il lui avait semblé pourtant, à un léger frémissement des lèvres, à la tête qu'elle avait tournée brusquement vers lui sans raison apparente (mais n'était-il pas justement en train de promener son regard sur elle, n'avait-elle pas senti ce regard ?), il lui avait semblé qu'il ne lui était, comme on dit, pas indifférent, qu'elle s'intéressait à lui pas seulement comme à un permanent du Centre, elle simple stagiaire fraîchement débarquée avec le nouveau contingent, mais comme une femme s'intéresse à un homme. Quelques jours après, c'est elle qui était venue vers lui, lui avait souri du fond d'un couloir, avait eu comme un élan vers lui pour lui demander quelque chose sur le Centre, sur son fonctionnement, quelque chose de banal qu'elle aurait dû savoir déjà, qu'elle aurait pu en tout cas demander à quelqu'un d'autre, quelque chose qui avait paru à Marin être un prétexte pour lui parler, pour avoir avec lui quelques minutes de tête à tête, une sorte d'intimité volée aux autres qui allaient et venaient avec indifférence ou au contraire une sorte de curiosité – déplacée ou anticipatrice – envers le couple éphémère qu'ils formaient dans ce couloir.

Puis le temps avait passé. Marin était préoccupé par

une autre histoire, la fin d'une autre histoire, les retombées d'une autre histoire. Une histoire où un chat et des roses avaient beaucoup d'importance et aussi une ville, un café, un homme vieillissant, une femme solitaire. Il était encore plongé dans le parfum des roses, dans le parfum entêtant des roses en train de se faner. C'était une histoire d'amour automnale, crépusculaire. Ella n'avait pas réussi sa percée jusqu'à lui. Sans la trouver belle, il avait plaisir à la voir. Et, quand il l'entendait, sa voix cassée le troublait.

Et puis un samedi, à une soirée-rencontre qu'il esquivait autant que possible, se camouflant dans un coin pour parler avec ses vieux copains d'autrefois, ou buvant jusqu'à en perdre conscience, il s'était trouvé avec Ella. C'est alors qu'il avait remarqué la petite ride au coin des lèvres, la veine de son poignet, un peu de duvet blond sur le dos de sa main. Il avait vu aussi son alliance, très large, dans un or rosé. Cette alliance l'avait étonné. Il s'était interrogé sur cet homme, le mari d'Ella, agacé très vite par cet homme qui supportait une telle indécence : qu'une femme se promène partout avec ce signe d'appartenance, comme une vache marquée au front. Jusqu'à ce jour, il n'avait jamais réfléchi sur les alliances. De même que le mariage, elles étaient plus ou moins tombées en désuétude. Pour une fois qu'il s'intéressait à une femme – cela faisait combien de temps ? – il fallait qu'elle se présente à lui baguée comme un pigeon voyageur, un de ces pigeons doubles dont on peut attendre les pires trahisons. Mais aussi, se disait-il, se reprenant et regardant la belle main, petite et carrée d'Ella, avec ce léger duvet sur la paume, des ongles courts qu'elle teignait dans une espèce de couleur orangée – henné peut-être ? – mais aussi des secrets, une vie compliquée, tortueuse et par là même séduisante. Finalement c'est peut-être cette bague, cette alliance qui le retint auprès d'elle ce soir-là.

Ensuite il y avait eu tous ces cafés où ils avaient bu des boissons sucrées ou bien amères, selon les jours. Ces cafés non loin du Centre, Antoinette ou celui du bout de la rue, ou d'autres plus cachés, presque clandestins, où ils se retrouvaient par hasard ou par désir, mais sans que rien ne fût dit qui aurait pu faire penser qu'il y avait entre eux quelque chose. La soif les réunissait, ils échangeaient des cigarettes et quelques paroles banales, tièdes, sur la vie au Centre, sur le temps qu'il faisait, n'abordant d'autres sujets (eux-mêmes, la vie en dehors du Centre) qu'avec précaution, légèreté, comme si ce n'était pas important, comme si seul le présent comptait, ce présent qui les réunissait, par hasard le plus souvent, devant une boisson verte ou noire qu'ils buvaient à petits coups en se regardant dans les yeux. C'était comme si Ella avait été sans passé, une créature de rêve, comme si le passé de Marin, sa longue errance à travers l'écriture, ses espoirs et ses reniements, le quittait d'un coup comme un sac trop lourd qu'on laisse glisser sans le rattraper. Il se sentait léger, jeune. Il n'avait pas envie d'approfondir Ella, de connaître sa vie avant cette rencontre.

C'était un temps déraisonnable mais doux, si doux ! Cela aurait pu durer ainsi toute l'année, toute la vie. C'était comme un sommeil réparateur dont on ne veut pas sortir, auquel on s'accroche malgré les bruits de la rue qui vous assaillent, le soleil qui perce les volets, l'agitation de la maison. Marin ne se serait pas lassé de regarder Ella, sa petite ride au coin des lèvres. Il ne demandait rien d'autre que ces moments hors du temps, avec Ella. C'était comme s'ils étaient déjà morts tous les deux, délivrés du temps, du désir et même de la parole, délivrés du passé et de l'avenir, délivrés d'eux-mêmes et des autres.

Mina était intervenue, l'avait rappelé à l'ordre. C'est

drôle, quand on y pense. Car enfin, c'est bien elle qui ne voulait pas d'histoires d'amour, et c'est elle aussi qui ensuite, quand ce qu'elle avait elle-même déclenché avait pris corps, s'était mise à faire à Marin cette scène de jalousie...

Mais que voulait donc Mina ? Pourquoi cette insistance à les faire sortir des cafés où ils buvaient tranquillement ? Agacé, Marin posa un jour la question :

– Que peut-il se passer entre un homme et une femme qui se connaissent depuis trois semaines et qui n'ont rien fait d'autre, jusqu'à présent, que boire ensemble dans des cafés en échangeant quelques paroles sur le temps qu'il fait ?

Réponse : Sexe.

Question : Si vite ?

Réponse : Déjà trop tardé. Histoire languissante. Atmosphère malsaine.

Marin : Pas d'accord. Atmosphère plaisante. Histoire pas languissante puisque pas d'histoire. Flottent en dehors du temps.

Réponse : Foutaises.

Marin : Mina, tu me fais de la peine, tu deviens grossière.

Mina (furieuse) : C'est toi qui ne fais pas ton travail. Si histoire Marin/Ella n'avance pas, rapport partira en haut.

Marin (se rappelant soudain que c'est lui l'écrivain et que le personnage appelé Marin n'est que son double) : Merde alors ! Elle va finir par me faire perdre mon boulot, la salope !

Oui, ce que voulait Mina, c'est qu'il y ait entre Ella et Marin une classique histoire d'amour sans amour, pas même une histoire de séduction, tout juste une histoire de cul. Le cul c'est la santé, disait-on au Centre, entre résidents. Le cul tout seul, sans assaisonnement, avec juste ce qu'il faut de complication pour que ça intéresse le public. Au bout de combien de temps, combien de fois, dans quelle position et avec quel succès, voilà les questions bien simples et bien saines que peuvent se poser un homme, une femme, et les inévitables voyeurs de ce genre de choses.

En littérature d'ailleurs, qu'est-ce qu'on fait d'autre, finalement ? Qu'est-ce qui attire les lecteurs de romans, si ce n'est pas les *scènes* : combien d'amants a l'héroïne et quelles pages on peut sauter et lesquelles au contraire photocopier pour ses amis ou pour un rapport à l'inspecteur.

— En somme, tape Marin, furieux sur sa machine, ce que tu veux c'est que je fasse dans le porno ?

— Tout le monde n'en est pas capable, dit Mina.

— Si j'essayais, est-ce que tu me donnerais le feu vert ?

Aucune réponse ne vint, mais sur l'écran de Mina 2, une petite flamme brilla un moment.

III

Le bâtiment se trouve en retrait derrière un bout de jardin assez joli, avec des arbres, des sentiers, des massifs de fleurs, cette profusion de détails plus vrais que nature donnant un étrange sentiment de malaise comme lorsqu'on remarque, chez une naine, les ongles faits et les hauts talons. Au printemps, quand les arbres ont des feuilles, la façade de la maison disparaît complètement. Cela fait un tableau impressionniste, plein de tremblements, de lueurs vertes et jaunes. On pense à Monet, à Pissaro. C'est gai. Au milieu, entre les arbres et juste devant la façade s'étend une pelouse un peu bombée. Est-ce le lieu qui veut ça ? On dirait le dos d'une très grosse tortue sur lequel l'herbe aurait poussé.

C'est un peu sur la droite que commencent les sentiers au dessin sinueux, pensé. Cette sorte de parc, ce parcuscule, ce parcochet a été conçu par un jardinier-paysagiste du début du siècle. Dans son effort pour ressembler à un vrai parc, il en devient attendrissant, pas vraiment ridicule, à peine un peu prétentieux. Il y a des jours, au printemps et même à l'automne, où les stagiaires le trouvent beau, sympathique même. La plupart du temps néanmoins, il les agace.

Marin s'y promène le soir, lorsqu'il a bouclé sa tortue. Il se roule une cigarette de tabac noir (on a les gestes subversifs qu'on peut) et regarde le jardin, pensif. Se pourrait-il qu'Ella noue une idylle dans cet endroit si dérisoire ? Elle s'y promènerait avec, à ses côtés, un homme encore jeune, vêtu à l'occidentale, qui du plus loin qu'il s'en souviendrait aurait parcouru le monde pour en raconter aux sédentaires les merveilles mais aussi les souffrances.

Parmi tous les jardiniers qui parcourent le parc, inlassablement, Marin cherche celui qui pourrait être le chevalier servant d'Ella. De nombreux jardiniers sont en effet occupés toute la journée à entretenir ce minuscule jardin. Ils ont parfois des initiatives, réclament des crédits, ont des exigences inouïes : qu'on leur paie des voyages à l'étranger, d'où ils rapporteront quelque essence subtile, des bégonias géants, un cèdre dans un chapeau. Faute de les obtenir, ils s'arrogent le droit de courir dans Paris à la recherche de jardins perdus, pour copier, reconstituer, faire de ce petit bout de terre un condensé, un résumé de tous les jardins possibles. Ils ont réussi à faire tenir dans ce peu d'espace un jardin japonais (facile), une serre comportant des fleurs carnivores, un labyrinthe, une rotonde où l'on peut s'asseoir. Ils avaient demandé un lac avec des cygnes, mais il y a des limites à tout. Ils ont tout de même obtenu une mare avec des canards (deux), c'est presque aussi bien. Ils auraient bien voulu une ménagerie aussi avec un lion, un singe, quelques autruches. Mais le lion était trop cher, le singe est mort de froid et d'ennui et les autruches se sont enfuies à toutes jambes. Il reste seulement un vieux perroquet, au vocabulaire limité par ses intérêts strictement alimentaires. Il s'appelle Coco et répète toute la journée : « Cacahuètes à Coco, cacahuètes à Coco. » Les cacahuètes, depuis la Grande Crise, ont disparu de la circulation. Mais Coco n'est pas difficile, tout lui est cacahuète.

Tous ces jardiniers sont de faux jardiniers, c'est peut-être pour cela qu'ils font tant de zèle. Il y a le jardinier-peintre, le jardinier-poète, le jardinier-philosophe, et beaucoup d'autres jardiniers qui ne veulent même pas dire ce qu'ils étaient avant de devenir jardiniers. Certains sont jeunes et beaux, d'autres déjà plus âgés. Chacun a son chemin, son tracé, ses besognes préférées, ses fleurs ou ses arbustes. Ils se croisent sans jamais se rencontrer ni se parler, tels des moines dans un couvent. Ils ne fraient pas entre eux mais ne détestent pas causer avec les résidents et les stagiaires. Et puis ce sont pour la plupart de chauds lapins qui profitent éhontément des avantages que leur offrent les cabanes de jardin servant prétendument de réserves à outils, en réalité chambrettes propices à des amours fugaces mais néanmoins intenses.

Ella, quand vient le soir, ne se promène pas romantiquement dans le jardin, la main dans la main d'un jardinier-poète. Ella va se faire sauter dans la cabane par tous les jardiniers qui en ont envie, et revient parfois dans la journée faire à la sauvette quelques quarts d'heure supplémentaires. Ella fait partie du réseau organisé dès le début de l'année par ces êtres lubriques, aux gros appétits sensuels, à qui il faut chaque jour une bonne ration de chair fraîche. Ella leur suce la queue avec délectation, elle les fait se pâmer de plaisir et elle-même se roule à leurs pieds comme une chatte en chaleur. Après quoi elle remet tout en place dans sa personne sournoise : sa petite ride au coin des lèvres, son sourire, tout ce qui bouleverse Marin, tout ce qui agace Mina.

Les jardiniers commencent à jardiner à dix heures du matin. Ils arrivent tous en même temps avec leurs pelles et leurs râteaux. Jamais, au cours de la journée, ils n'auront l'air si occupés. D'ailleurs c'est vrai pour tout le monde dans le château. A dix heures du matin, le rideau se lève, tout le monde est sur le pont : les cuisinières se demandent ce qu'elles vont faire pour le déjeuner cependant que les bonnes malgaches des habitants de ce quartier tranquille, à l'ouest de Paris, partent au marché, leur cabas sous le bras. Au marché, on ne trouve pas grand-chose, tout étant réquisitionné par le Centre, mais ça fait une distraction. Les bonnes malgaches peuvent parler entre elles en malgache, et aussi esquisser des flirts avec les domestiques du château qui viennent là pour draguer, puisque tout est livré au Centre et commandé des mois à l'avance.

Dix heures du matin est l'heure où les activités battent son plein (ou leur plein si l'on décide que « son » est un adjectif possessif et non un nom commun masculin singulier signifiant bruit.) Les danseurs dansent, les joggeurs joggent, les tortues tortuent. Les écrivains écrivent, les chanteurs chantent, les méditants transcendantals (ou dantaux) méditent transcendantalement, les tortues, les tortues ? Les fabricants d'idéologie fabriquent de l'idéologie, les jardiniers jardinent, les femmes de ménage font le ménage, les chiens chiennent, les tortues, tortues, tortues...

Dix heures du matin est une heure laborieuse, studieuse, sérieuse. Dix heures du matin n'est pas l'heure des braves, ni l'heure où les lions vont boire, ni l'heure du petit blanc au comptoir, ni l'heure des adieux, ni l'heure du berger. Dix heures du matin est l'heure où la journée voudrait faire croire qu'elle est plus vieille qu'elle n'est. Dix heures du matin est l'heure où les orages n'éclatent pas, c'est trop tôt ou trop tard. Dix heures du matin est une heure assez rude, avec juste une petite pointe d'humidité.

A dix heures du matin, on n'a rien à dire et tout à faire. C'est une heure un peu décourageante pour ça. On se demande où on va la chercher. C'est une heure à ne pas mettre un chien dehors parce qu'il y est déjà.

Dix heures du matin n'est pas une heure qui donne envie d'en parler longtemps.

Mais le parc ne suffit pas pour qui cherche la vraie nature, celle qui est là qui t'invite et qui t'aime, celle en qui il faut se retremper si l'on ne veut pas être dénaturé. Les stagiaires, les résidents, tous les habitants du château ont besoin, de temps à autre, d'un véritable bain de nature. Les décideurs le savent bien même s'ils espèrent toujours que la nouvelle promotion montrera une mutation, une accoutumance définitive à vivre en vase clos. Mais immanquablement chaque année, à peu près à la même époque – fin octobre ou début novembre – le mal revient. Les stagiaires n'ont plus goût à rien, même pas à la fête. Ils ne font que dormir ou alors forcent un peu trop sur les boissons alcoolisées, bavardent, rêvent. Ils ont parfois des vertiges, l'attribuent au mal des tortues non reconnu par les médecins, mais dont tout le monde sait bien qu'il existe. Les bruits les plus fous commencent à courir. Madame Fa, après avoir réuni d'urgence tous les permanents, demande le feu vert aux décideurs pour un départ groupé à la campagne. Ce bol d'air est une soupape qui permettra d'éviter le pire, dit-elle. Tout le monde en est bien d'accord et l'autorisation est immédiate.

Le Centre a trois implantations provinciales dont chacune a son charme : Caen (belle ville entièrement rebâtie avec quelques remarquables vestiges du passé – proximité de la mer – dégustation d'huîtres – calvados) ; Lille (ses pavés, sa culture, ses bars à moules/frites) ; Tours (la Loire, les caves de Vouvray, les rillettes et les rillons – ne parlons pas des châteaux.) Les annexes du Centre sont situées dans d'immenses parcs où l'on peut se perdre, jouer à cache-cache et à colin-maillard. Toutes les activités du Centre sont suspendues et remplacées par des activités de plein air : courses d'orientation, jeux de piste, jeux de ballon... Le soir on va en ville déguster les spécialités locales ou bien l'on reste dans le domaine pour assister à des projections, des conférences ou s'exercer à des danses folkloriques. A onze heures du soir, on va boire de la bière, du calvados et du chinon dans le troquet le plus proche dont on fait rouvrir les portes à grands cris. On y rencontre les gens du cru, on fraternise. Ils sont étonnants de vérité, conservés dans la province comme dans du formol, ivres, tristes, envieux et goguenards à la fois devant les artistes, les cinglés, les parisiens. Le mot stagiaire n'est pas encore entré dans leur vocabulaire. On dirait qu'ils vivent en dehors de tout, n'ont jamais entendu parler des tortues ni du Nouvel Ordre du Monde. Parfois on se demande (les permanents surtout qui finissent par devenir soupçonneux) si ce ne sont pas de vieux comédiens appointés par les décideurs pour donner à ces vacances organisées une touche de *couleur locale.*

Et tous ces mots qui sortent de leurs bouches, en patois, en français, dans des langues dont on n'a plus l'idée. Ces mots non calibrés, épais à couper au couteau, dégoulinants de naturel, juteux, qui tiennent au corps, c'est bête de les oublier si vite comme si, une fois rentrés au château, le voisinage des tortues faisait l'effet d'un bain de vapeur rendant le cerveau aussi lisse qu'une peau après le passage de la lofa.

Parfois aussi, dans la journée, ils frètent un car qui les amène dans un bois où ils font de bonnes marches très gaies, parmi les feuilles mortes et les ruisseaux gelés. Au détour d'un sentier, comme par hasard, les permanents poussent la porte d'une maison accueillante où on leur sert du fromage et du vin sur de larges tranches de pain bis. On rit beaucoup alors, on chante, la vie est belle.

Le soir c'est autre chose, on va manger des huîtres au bord de la mer en Normandie ou déguster des andouillettes dans les caves de Touraine. En rentrant à l'annexe, on a peine à se séparer, à se coucher si tôt. Les bouteilles sortent des placards et, dans une aimable promiscuité, permanents et stagiaires se les font passer de main en main, de bouche en bouche, dans un flot de confidences à la russe, avec des rires à n'en plus finir et des soudaines crises de larmes incontrôlées. Adieu château, adieu tortues, adieu Nouvel Ordre du Monde, on régresse délicieusement jusqu'à l'aube de l'humanité, dans les bras les uns des autres, à se serrer jusqu'à s'étouffer, à dire ne partez pas, restez encore un peu, c'est si bon...

On finit par oublier pourquoi on est ensemble, on glisse dans une vie nouvelle sans obligations ni sanctions. Le Centre nous avait fait oublier la famille, le travail, la vie d'avant avec ses horaires et ses charges, mais maintenant c'est le Centre qu'on oublie, la douce tyrannie des tortues, la règle du sourire, la « liberté » sexuelle. Ici, loin du Centre, loin de tout, on se roule dans le sentiment, les ivresses sont créatrices, les âmes s'envolent et déploient leurs ailes trop longtemps comprimées, on parle pour ne rien dire, pour se dire, pour s'aimer, pour dire le malheur de vivre et le malheur d'aimer et le malheur plus grand encore de ne pas aimer, de ne plus savoir ce qu'aimer veut dire, ce que vivre veut dire, ce que dire veut dire.

Ella, en Normandie, en Touraine, quitte un air souffreteux, elle ose dire son véritable prénom, Joséphine, Émeraude, Marie-Mathilde, Adélaïde, elle ose être une femme avec des larmes, des crises de nerf, des cheveux fous, des aventures. Elle ose être séduisante et désirée, rancunière, méchante, injuste, tremblante et dure, inaltérable comme la pierre et cependant vivante, si vivante! Et Marin ose être simplement son amoureux, plus ou moins transi, plus ou moins éperdu, fou de jalousie parce qu'elle a regardé un autre homme et fou de bonheur parce qu'elle lui a souri. Marin ose aller vers Ella tout simplement, comme un homme va vers une femme, sans plus se demander si Mina ne va pas lui taper sur les doigts, si les résidents du Centre ne vont pas ricaner derrière son dos, si les stagiaires ne vont pas lui faire payer sa préférence, si les autres écrivains ne vont pas dire qu'il est devenu complètement gâteux.

En Touraine, en Normandie, et dans la banlieue de Lille, on dirait qu'Ella et Marin deviennent un vrai couple, ils vont ensemble comme les deux doigts de la main, qui voit l'un voit l'autre, qui parle de l'un parle de l'autre, qui aime l'un doit aimer l'autre. On ne dit plus Marin, Ella, on dit Ella-et-Marin ou Marin-et-Ella.

En Normandie, en Touraine, à Lille, les idylles jusque-là cachées se dévoilent, les préférences s'accusent, les regards se font plus tendres. Pourtant, au Centre, on se croyait libre ou mieux encore libéré, sans complexe, si ça ne vous plaît pas regardez ailleurs, et c'est maintenant qu'on s'aperçoit combien au contraire on était coincé, censuré, ligoté. Ah! que ça fait du bien d'être libre, de respirer l'air pur et de montrer qui on aime! Que ça fait du bien d'être soi-même, d'être heureux et de ne pas le cacher, de marcher main dans la main même quand on rencontre quelqu'un d'autre ! Que ça fait du bien de voir que les autres ne vous blâment pas d'être heureux, qu'ils ne semblent pas jaloux mais contents comme si votre bonheur loin de les diminuer s'ajoutait à eux, les rendait heureux par reflet, par contagion.

C'est quand l'euphorie est à son comble que Madame Fa se dit qu'il est temps de rentrer. Il s'agit de ne pas laisser passer le moment car les résidents eux-mêmes risquent de basculer dans un excessif optimisme et de traîner les pieds pour rentrer au Centre, mais de toute façon l'opération est toujours délicate : il faut trancher dans le vif, arracher la peau du bébé-phoque, tirer d'un coup sur le tricostéril, ça fait mal mais c'est pas fait pour durer, le bonheur, ça rend bête et ça ramollit. Le Nouvel Ordre du Monde veut des êtres durs comme des diamants, de vrais petits soldats de l'informatique. Pas des robots, non, ne nous faites pas dire n'importe quoi, mais des hommes et des femmes nouveaux, débarrassés de toutes ces scories inutiles : les sentiments, les phrases longues, l'oxygène, et la légère griserie des longues soirées d'automne...

Tous en selle et que ça saute ! déclare Madame Fa à son image dans le miroir. Mais en même temps elle se tire la langue et essuie une espèce de trace humide qui ressemble à une larme. Un fantôme de souvenir vient de passer derrière son regard désormais un peu fixe.

IV

Un escalier mène à la grande porte vitrée à deux battants, grand souci pour la directrice du Centre. Un petit escalier, avec des marches qui commencent à s'user dans le milieu et deux rampes inutiles parce que trop basses. Tout cela donne un air ancien au bâtiment. Les stagiaires manquent de soin, brisent les vitres comme un rien dans les allées et venues. Certains se blessent parfois, se coupent. On doit remplacer les vitres, faire venir des ouvriers de l'extérieur, contacter les assurances, toutes ces choses ennuyeuses qui font perdre du temps et prendre des risques, courir des dangers. Mais comment faire ? On ne trouve plus, dans aucun magasin, dans aucun entrepôt, de ces portes anciennes trop grandes, trop larges. On ne peut tout de même pas remplacer les vitres par des planches. Cela ferait maison en démolition, donnerait une allure inquiétante au château, pour le moment si débonnaire, si rassurant.

Le hall d'entrée, de belles proportions et de bonne surface est carrelé en noir et blanc. Deux colonnes coupent le milieu. Au fond, juste en face de la porte se trouve une statue de pierre blanche représentant une sorte de Vénus penchée sur le côté, la poitrine haute, le regard en dessous. Elle ne fait pas l'unanimité dans la maison. Beaucoup la trouvent ringarde. Les ingénieurs qui viennent purger les tortues éclatent de rire en la voyant, à chacune de leurs visites. « Encore là, celle-là » disent-ils. Ils prétendent que dans tous les autres centres, une tortue en bronze a remplacé ce genre de statue mollassonne. Sauf à Montélimar où il y a encore une Vénus du même genre, mais droite celle-là, et l'air un peu plus malin. A Montélimar !

Onze heures du matin est l'heure de la pause-café. Le soleil commence à monter dans le ciel, et les estomacs à tirailler leurs propriétaires. Les stagiaires, honteusement d'abord puis tout à fait ouvertement, s'éclipsent sous divers prétextes (pipi, cachet à prendre, copie à reproduire, lettre à envoyer, photo à développer, coup de téléphone à donner, etc.) et se retrouvent quelques minutes plus tard devant la machine à café ou, pour les plus hardis, chez Antoinette.

Onze heures du matin n'est pas une heure métaphysique. Les angoisses de la nuit sont loin, les somnolences de l'après-midi pas encore là. Onze heures est un peu tôt pour l'apéritif, mais on commence à penser sérieusement au repas.

Onze heures est une heure de relâchement : on travaille depuis le matin, le déjeuner se fait attendre (pas avant midi et demie ou une heure), il n'y a pas d'urgence car la journée s'étale encore devant soi. On relève le nez de sa tâche pour humer l'air ambiant. On se promène dans le parc. On voit enfin le temps qu'il fait pour la journée.

Onze heures du matin n'est pas une heure très intéressante, c'est une heure un peu creuse, comme les estomacs. Il est trop tard pour commencer quelque chose, trop tôt pour finir, trop tôt pour manger, trop tard pour dormir. Trop tôt pour boire de l'alcool, un peu tard tout de même pour boire du café.

Onze heures du matin est une heure entre deux heures. Ce n'est presque plus le matin. C'est midi moins une heure.

Marin n'aimait pas beaucoup la façon de s'habiller d'Ella. Ce qu'il lui reprochait c'était que, de sa façon de s'habiller, on ne pouvait pas parler. On ne pouvait pas dire qu'elle s'habillait mal ni qu'elle s'habillait bien, ni qualifier aucunement sa façon de s'habiller. Il se demandait quelle idée, quel schéma suivait Ella dans son habillement, qu'est-ce qu'elle se disait quand elle achetait ou recherchait quelque chose à se mettre. Il cherchait la clef. Jusqu'au jour où elle lui dit s'être débarrassée de tous ses habits verts et où il comprit que ce qui guidait Ella en matière d'habillement, c'était simplement et uniquement leur couleur. Elle ne s'intéressait ni à la coupe ni à la matière, ni au confort ni à la beauté. Elle ne s'intéressait qu'à la couleur. Après le vert, elle se mit au rose et ressembla pendant tout un hiver à un bonbon anglais.

Sur sa coiffure aussi, il trouvait à redire. Par exemple, comme elle n'arrivait pas à choisir entre les cheveux longs et les cheveux courts, elle avait le plus souvent des coiffures à mi-chemin, c'est-à-dire trop longs pour être courts mais en même temps trop courts pour être longs. D'autre part, elle n'arrivait pas non plus à se décider sur leur couleur, blonds un jour, noirs le lendemain, frisés un jour, raides et lisses le lendemain.

Par moments, les moments de lucidité, quand il cessait d'accuser Mina 2 de saboter son travail, le Centre de lui donner le blues, ses camarades écrivains de lui couper l'herbe sous le pied et Madame Fa d'exercer sur lui un attrait sensuellement maléfique, il se demandait si ces hésitations d'Ella ne venaient pas de lui, finalement. Si ce n'était pas lui qui hésitait à donner forme, couleur, apparence et modelé à Ella, s'il ne se complaisait pas dans l'esquisse toujours reprise, s'il n'était pas au fond, tout au fond, un impuissant, un velléitaire, un incapable, un impotent, un écrivain fini avant d'avoir commencé. Pourtant il se sentait plein de sève.

Et si cette difficulté à définir Ella lui venait plutôt de la crainte de finir, devenue désir de ne pas finir et pour plus de sûreté de ne pas commencer ? Comme avec Ella, tant qu'elle n'avait pas encore pris forme, il était à l'abri d'un sort funeste, celui que Schéhérazade retardait par ses récits au sultan des *Mille et Une Nuits*. Comme si Ella devait être sa dernière créature et l'histoire d'Ella son dernier roman.

Bien sûr, on pouvait trouver une justification prosaïque à cette crainte, à ces atermoiements : les places d'écrivain étaient chères, rares. Être écrivain au Centre était un privilège qu'on savait menacé. D'autres piaffaient à la porte, leurs manuscrits sous le bras, certains déjà vieillis sous le harnais de l'indépendance, du vagabondage. De leur meute impatiente parvenaient des grondements sourds. Mais tout de même, est-ce qu'il en était arrivé là, Marin, à se crisper sur ses positions, à défendre son fromage au prix d'une ruse grossière : lambiner ? Évidemment non, les raisons de ses hésitations, la clef de ses tergiversations devait se trouver ailleurs, dans un sombre pressentiment, un tressaillement de tout l'être, un recul comme en éprouvent les chevaux à l'abattoir. Quand Ella aurait pris figure humaine, quand elle serait finie, polie, séchée, recouverte de vernis, c'est lui, Marin qui se déferait, qui s'évanouirait, qui retournerait à l'état d'esquisse. Alors il connaîtrait la tristesse des accouchées ou des hommes après l'amour, quand on se sent vidé soudain de tout son être, quand l'autre à côté de vous prend son visage d'étranger – même si tout s'est bien passé, même si l'on est heureux.

Ce jour-là, Ella portait un pull-over rose sur un pantalon de velours côtelé gris rentré dans des bottes de mousquetaire. Elle avait pris un coup de vieux et de dix-huit ans qu'elle avait la veille (quand elle s'habillait en vert) en paraissait plus de quarante. Mais avec cela de l'allant, de la gaieté qui faisait qu'en la voyant on lui trouvait l'*air jeune pour son âge*. Elle lisait un de ces ouvrages compliqués à nom latin qui traitent de la sexualité, de la famille et du sort des sociétés. Elle fumait aussi, une cigarette sans tabac ou si peu. Quand Marin entra dans le café, elle ne leva pas la tête, sursauta quand il s'assit auprès d'elle.

– Tu sais, je suis enceinte, lui dit-elle. Marin n'en crut pas ses oreilles.

– Tu es sûre ?

– Tout à fait sûre.

Il prit un air détaché.

– Est-ce que j'y suis pour quelque chose ?

– On peut le dire, répondit Ella en continuant à tirer sur sa cigarette sans tabac.

– Ce sera un demi pour moi, dit Marin au garçon. Deux demis, rectifia-t-il sur un signe d'Ella. Mais voyons, ce n'est pas possible, je ne me rappelle rien.

– Écoute, dit Ella, ce n'est pas la peine de te fatiguer. Je sais bien avec qui j'ai fait l'amour, quand même.

A ce moment-là, Mina 2 se mit à couiner furieusement. Qu'est-ce qu'elle a encore, celle-là ? Elle aurait voulu que je lui fasse un enfant, à elle aussi ? Tout à coup, Mina s'arrêta de bourdonner, tomba en panne comme une femme qui n'est plus aimée. La sirène d'alarme résonna à l'étage. Marin n'y fit d'abord pas attention : cette sirène était dressée à résonner dès qu'une petite fumée passait auprès d'elle et comme les fumeurs clandestins étaient nombreux, elle avait des coups de fièvre plusieurs fois par semaine. Mais il entendit une cavalcade dans les couloirs, sa porte fut ouverte en trombe, il reconnut la tête effarée de Cyr et le long nez qu'il avait pris depuis qu'il avait été promu chef d'étage.

– Panne générale des tortues, cria-t-il. Plus d'alimentation, tout s'est arrêté.

Depuis qu'il était au Centre, c'était la première fois que Marin vivait une panne générale. Avant son arrivée ici, il y en avait eu plusieurs, mais depuis que les ingénieurs des tortues venaient régulièrement, on pensait que cela ne pourrait plus se reproduire. Il sentit monter en lui cette sorte d'exaltation qu'on éprouve à vivre un événement historique. Il essaya frénétiquement de se rappeler les consignes que Dorothée exposait pourtant tous les lundis matins, en essayant de couvrir de sa voix, un peu éraillée par l'usage immodéré du tabac, les bavardages distraits des habitants du Centre. Il se souvint d'un cordonnet qu'il fallait tirer à la ceinture de sa veste de travail, seulement ce jour-là il avait omis de revêtir sa veste, il faisait chaud, presque un temps de printemps. Il fallait y aller et ne pas oublier Ella surtout, qui avait bien besoin d'être enceinte à ce moment-là, elle allait être lourde à traîner.

Tout le monde se retrouvait dans les escaliers, à tourner comme des toupies complètement affolées : les danseurs dans leur justaucorps (on disait plutôt *léotard* au Centre), les méditants dans leur transcendantalisme, Madame Fa et Ursule, Théophile et ses troisième âge, Anselme sorti de son antre à fabriquer de l'idéologie ce qui ne le rendait pas plus malin dans des circonstances tragiques, Brice et sa crécelle, les femmes de ménage (sauf celles qui se faisaient sauter par les jardiniers restés prudemment à l'extérieur), et Cyr qui papillonnait en se donnant de l'importance. Et comme tout le monde – même Dorothée qui les récitait mécaniquement le lundi sans penser à ce qu'elle disait – avait oublié les consignes de sécurité, il fut convenu que le plus simple était de foutre le camp au plus vite et faute de meilleure idée, ils partirent tous en rangs serrés chez Antoinette.

Ce dimanche, quand les aspirants arrivent à la journée portes ouvertes, ils trouvent au Centre un air bizarre. Pas de jardiniers dans lc jardin, pas de Dorothée sur le seuil, aucun bruit. On n'a pas eu le temps de les prévenir de la panne générale des tortues, ils avancent sans méfiance, un peu surpris par ce château qu'on leur avait dit si animé et qui a l'air de dormir. Dans le hall, ils attendent qu'on vienne les chercher comme c'est la coutume, mais ne voyant rien ils s'enhardissent, se mettent à monter les étages, à ouvrir les portes des salles.

Les tortues sont là pourtant, mais les enfants qui se précipitent pour les faire marcher n'en tirent aucun son, aucune réponse. Ne touche pas disent les parents, c'est peut-être dangereux. Ils savent bien que non mais ils se souviennent qu'autrefois, avant que les Centres ne soient construits un peu partout, avant la venue du Nouvel Ordre du Monde, on avait fait courir le bruit que les tortues étaient dangereuses pour la santé, pour l'équilibre mental, etc. Bien sûr, c'est ce qu'on dit toujours de toute innovation technique, mais tout de même il en restait quelque chose, une vague inquiétude, une méfiance...

C'est à ce moment-là que Madame Fa sort de son

bureau. Elle a les yeux rouges : Ursule est mort à ses pieds, au moment même où se déclenchait cette panne générale des tortues. Tous sont partis, comme des rats quittent le navire mais elle, le capitaine, est restée à bord. D'ailleurs son contrat lui interdit de quitter le château en cas d'alerte. Elle doit attendre les secours qui tardent à venir.

– Il n'y a rien à voir aujourd'hui, leur dit-elle. Nous faisons relâche.

Ils protestent. On ne les a pas prévenus, ils ont remis bien d'autres occupations importantes, intéressantes, pour être là puisqu'ils avaient enfin obtenu la convocation tant désirée, prélude, ils l'espéraient, à leur admission au Centre l'année prochaine ou dans deux ans.

– Il n'y a personne, répète Madame Fa de sa voix doucement monotone, comme cassée. Partez.

Alors peu à peu ils reculent, ils s'en vont, intimidés par cette femme à la voix sourde et bientôt pris de peur par ce silence qui règne dans le château. Et s'il se passait quelque chose de grave qu'on ne leur dit pas ? S'il était arrivé malheur ? Où sont tous les résidents du Centre ? Sont-ils morts, déportés, désintégrés ?

Ils courent maintenant, se bousculent dans les escaliers, se marchent sur les pieds. Madame Fa les suit d'un regard résigné. Elle retourne dans son bureau. Elle est aux ordres. Ils vont bientôt arriver.

Elle pense aux autres dimanches qui se passaient tout autrement. Alors Dorothée, vêtue d'une robe de soie prune ou d'une combinaison d'aviateur, se tenait sur le perron, accueillait les visiteurs. Chaque permanent faisait les honneurs de la salle, expliquait les barres pour la danse, les tapis pour la méditation transcendantale. On laissait les aspirants jouer avec les tortues. Ils faisaient leur horoscope, organisaient des jeux, posaient des devinettes. On leur offrait un pot dans la salle de libations, ils pouvaient demander tout ce qu'ils voulaient aux stagiaires, aux résidents et même aux domestiques. C'était gai alors, c'était le bon temps.

Aujourd'hui Madame Fa est seule avec, sur ses genoux, le cadavre d'Ursule qui devient froid et raide. Elle se demande ce qu'elle en fera. Les jardiniers sont partis avec les autres, il n'y a personne pour creuser de trou dans le jardin. Enfin un message lui parvient :

– Faites évacuer le Centre !

Elle rit. Comme si l'on avait attendu le message...

– Faites évacuer le Centre d'urgence ! crache le messager central, irrité de ne pas avoir reçu de réponse.

– Exécuté, dit Madame Fa.

Elle le dit si vite que le messager n'a pas eu le temps d'enregistrer et envoie pour la troisième fois son ordre :

– Je répète : faites évacuer le Centre d'extrême urgence !

Puis il se radoucit :

– Réponse bien reçue, dit-il.

Madame Fa attend un peu, puis s'impatiente.

– Et ensuite ? demande-t-elle.

– La situation est en cours d'analyse. Patientez.

Madame Fa rêve. C'est le mot analyse qui soudain lui a rappelé des souvenirs anciens. Au temps où les gens se faisaient analyser pour comprendre comment vivre. La vie alors était difficile, mais aussi pleine d'imprévus. Les gens avaient des peines de cœur, des blessures d'amour-propre, des complexes d'infériorité. Ils avaient des histoires avec Œdipe, avec leur maman, avec leur enfance. Ils essayaient de comprendre pourquoi ils ne fonctionnaient pas bien. C'était juste avant la Grande Alerte et la Grande Crise, avant que n'ait commencé à se mettre en place le Nouvel Ordre du Monde. A cette époque-là, les gens avaient un âge. Ils se trouvaient toujours trop vieux ou trop jeunes pour faire les choses. Ils avaient beaucoup de difficultés à vivre et ne comprenaient pas pourquoi avant, bien avant, les gens, leurs grands-parents, semblaient avoir vécu sans se poser de problèmes, sans crier gare.

— Attention ! attention ! vous allez recevoir un message.

Madame Fa se redresse. Elle déchiffre :

— Panne sans gravité. Tortues en état de marche dans dix secondes. Un, deux, trois, quatre, cinq, six, sept, huit, neuf, dix. Terminé.

Madame Fa va se lever. Ursule est toujours sur ses genoux. Elle transmet :

— Ursule est mort.

— Qui est Ursule ?

— Un chien.

— Prière apporter Ursule à la Grande Tortue.

Madame Fa frissonne. La Grande Tortue, on n'en parle jamais au Centre. Les stagiaires ne savent même pas qu'elle existe. C'est une très vieille tortue d'avant le Nouvel Ordre du Monde, qui broie et avale les cadavres qu'on ne juge pas dignes d'être enterrés. Les autres morts donnent lieu à des fêtes, à des cérémonies auxquelles participent les ingénieurs des tortues et parfois même, quand ça en vaut vraiment la peine, le Résident Directeur Général.

Madame Fa sent des larmes couler le long de ses joues. Elle aimait Ursule, Ursule l'aimait. Elle ne veut pas de la Grande Tortue pour Ursule. Mais comment discuter ? Le messager sera intraitable.

Il ne faut rien dire. Il faut jeter à la Grande Tortue quelque chose qui ressemble à un chien et demander à Mario, cette nuit, d'enterrer Ursule dans un coin du parc.

Car ils sont tous en train de revenir, les stagiaires, les résidents. Ils arrivent, ils sont là, joyeux finalement d'avoir passé un bon moment chez Antoinette, une chance cette panne des tortues, une vacance dans leur existence qu'ils découvrent, à la faveur de cette pause, si monotone. Leur temps d'ordinaire est si rempli par les horaires qu'ils finissent par ne plus penser à autre chose qu'à leur itinéraire de salle en salle et aussi aux quelques idées qu'ils ont lues dans le journal du Centre, dont ils discutent mollement au moment du repas. Ils ont même perdu les mots pour décrire leur vie et lorsque quelqu'un a parlé un jour d'univers concentrationnaire, ils lui ont demandé ce qu'il voulait dire. C'était un mot nouveau pour eux, un de ces mots que les tortues avaient depuis longtemps effacé de leurs mémoires.

Mais il est tout de même trop tard pour, comme si de rien n'avait été, refaire la journée portes ouvertes. Les aspirants reviendront dimanche prochain, s'ils n'ont pas été échaudés par l'atmosphère inquiétante du Centre, ce jour-là.

Marin revient avec Ella. Elle n'est plus enceinte. La panne des tortues a tué l'enfant qu'elle avait dans le ventre.

V

Il y a deux étages dans lesquels se trouvent toutes les salles spécialisées dont on a besoin : la salle de concertation, la salle de méditation transcendantale, la salle de danse, la salle de rencontre, la salle d'écriture, etc. Les stagiaires suivent un itinéraire – personnalisé au début du stage – de salle en salle, suivant un ordre fixe, comme les stations du chemin de croix. Il y a parfois des bousculades dans les couloirs, des piétinements, mais jamais d'injures ni de coups, ce n'est pas le lieu. Pourtant l'agressivité n'est pas dépréciée, au contraire on l'encouragerait plutôt, à condition de l'exercer dans la salle prévue à cet effet et dont on retire parfois des blessés. Le reste du temps, « keep smile » reste la devise et l'on entend beaucoup de « sorry » et « je vous prie de m'excuser » dans les couloirs.

Les salles peuvent décevoir au premier abord. Elles sont toutes à peu près identiques, rectangulaires, sans beaucoup de mobilier. Sauf la salle de concertation, qui est ronde avec des sièges qu'on pourrait croire confortables. Sur les sols se trouve un revêtement caoutchouteux, verdâtre qui étouffe les pas mais qui serait fragile, salissant si, à l'intérieur de la maison, tout le monde, visiteurs inclus, ne portait des chaussons de feutre, un peu semblables à ceux dont on affuble les pèlerins dans la grande mosquée du Caire, disent les gens qui ont voyagé. Il n'y en a plus tellement depuis la Grande Pénurie. Les jeunes n'ont jamais quitté la France et certains n'ont même pas été plus loin que Châteauroux. Ce que racontent les anciens sur leurs voyages autour du monde leur paraît relever de la mythologie, presque autant que les barricades de 68 et la guerre d'Algérie. Cette période épique, voyageuse et si française à la fois, si patriotistique (on a oublié l'ancien adjectif allant avec le mot patrie, et l'on a inventé celui-là qui semble probable), fait encore beaucoup rêver. Au point que les ingénieurs se demandent s'il ne conviendrait pas de lui tordre le cou une bonne fois, comme on a tordu le cou aux camps de concentration, à Hitler, au nazisme, tout cela sombré dans l'oubli, enfoui, rayé de toutes les mémoires, envolé de toutes les bibliothèques, elles-mêmes disparues.

Au cours de son itinéraire, chaque stagiaire doit passer dans toutes les salles, mais pas dans le même ordre bien entendu. Et pour chacun d'eux il y a des priorités, des recyclages plus urgents que d'autres, des salles où il doit rester plus longtemps. Tout cela est assez complexe, difficile à expliquer aux visiteurs qui s'étonnent parfois du petit nombre de méditants et du grand nombre de danseurs ou inversement.

Et puis, comme dans toute organisation, il y a quelques trous, quelques failles. Par exemple, on n'a pas encore réussi à annuler tout à fait les phénomènes de mode, les engouements d'une saison. Ainsi pourquoi cette année la danse est-elle tellement à l'honneur, y compris chez les hommes qui d'ordinaire la boudaient ? Les professeurs ont souvent l'impression qu'il s'est glissé dans les groupes annoncés des squatters, des passagers clandestins. Pour les adages ou les enchaînements ça devient difficile de ne pas se heurter, de faire encore un travail valable. Surtout depuis que Madame Fa – Fa dièze, disent les plaisantins – s'est mis en tête, dans un but de promotion sociale la concernant, de tout enregistrer par la vidéo. Ces équipes surgissent à tout moment, prennent de la place, branchent des fils, discutent entre elles en riant bêtement, se permettant même d'intervenir dans les cours pour faire de meilleures prises de vue. Le corps des permanents a protesté lors de la dernière concertation, mais Madame Fa leur a cloué le bec : voulaient-ils ou non que le Centre subsiste ? Et comment faire connaître ses activités aux décideurs sinon par l'enregistrement le plus complet possible de ce qui s'y fait ? Toujours cette menace du chômage, de la liquidation, suspendue au-dessus de leur tête. Et jusqu'à quand vont-ils supporter ça ? disent les gens des syndicats aux quelques rares stagiaires qu'ils arrivent à coincer dans un couloir. Comme s'ils avaient une solution à proposer, avec leurs grandes gueules et leur air farouche. Est-ce qu'on peut faire autrement ? marmonnent les stagiaires. Tout le monde sait que c'est une chance d'avoir été accepté au Centre. C'était ça ou la poubelle, comme on désigne maintenant la vie à l'extérieur, peuplée de clochards, de vagabonds, de prostituées si désespérées qu'elles finissent par payer leurs clients, tellement il y en a peu, tellement ils sont pauvres.

C'est le moment de faire une description physique, se dit Marin. Ça l'embête bien d'ailleurs car il n'est pas très fort pour les descriptions physiques. Sorti de : « elle était grande et rousse » ou « petite et brune », il ne sait trop quoi dire sur ses femmes. Et Mina ne l'entend pas de cette oreille.

– Ella n'était pas une fille comme les autres, commence-t-il courageusement en se disant en même temps que ce n'est pas très fort et qu'il va se faire rappeler à l'ordre, ce qui ne manque pas d'arriver.

– Précisez. C'est vague. Qu'avait-elle qui n'était pas comme les autres ? Le nez ? La bouche ? Les yeux ? les oreilles ?

– Ella n'était pas une fille comme les autres. Elle avait de toutes petites oreilles.

– Insuffisant. Ce n'est pas caractéristique.

– Elle avait des oreilles extrêmement petites.

– Dimension des oreilles ?

– Elle avait des oreilles minuscules qui devaient mesurer à peine un centimètre.

– Ella est-ce un monstre ?

– Malgré cela, elles n'avaient rien de monstrueux,

elles donnaient simplement à sa physionomie une perspective inhabituelle.

Tiens, la vache ne dit rien pense Marin. Est-ce qu'elle s'est endormie ? Il arrive à Mina 2 de faire de petits sommes électroniques entre deux questions vicelardes. Marin profite de ces moments pour accumuler tout ce qui pourrait être refusé en d'autres temps.

Mais Mina crache soudain, furieuse :

– Perspective ? Qu'est-ce que c'est que ça perspective ? Ce n'est pas du vocabulaire du roman.

On n'en sortira donc jamais de ce découpage des genres. Il y a les mots permis pour le roman, d'autres qui doivent être utilisés dans la poésie, ou l'architecture, etc. On finit par ne plus savoir quoi écrire. Mais il ne faut pas le dire, c'est un truc à perdre sa place.

– Flûte, dit Marin.

Il en restera là pour aujourd'hui :

– Ella avait des oreilles minuscules.

Et il ajoute, parce qu'il ne peut pas s'en empêcher : – qu'elle cachait ordinairement sous ses cheveux car elle en avait honte.

Sur ces mots, il s'en va retrouver son vieux copain Brice qui a un stock d'histoires drôles, de charades à tiroir, de devinettes chinoises à dérider un croque-mort.

Brice est l'amuseur du Centre. C'est un poste auquel on n'avait pas pensé tout de suite. La gaudriole, comme l'art, on n'en voyait pas la nécessité, on pensait que c'était bon pour l'ordre ancien, quand les gens vivaient n'importe comment, sans programme. Brice était un ouvrier du Centre, plombier pour être précis, il en fallait bien un. Mais peu à peu Madame Fa avait trouvé à redire à ses activités : il tirait au flanc, passait plus de temps à plaisanter avec les stagiaires qu'à réparer ses tuyaux. Madame Fa avait l'esprit ouvert, elle ne condamnait pas sans réfléchir, entendre le suspect. Elle avait fait venir Brice dans son bureau, lui avait demandé ce qui n'allait pas. Un quart d'heure plus tard, elle était pliée en deux, riant aux larmes, et renonçait à renvoyer Brice. Elle avait fait un rapport en haut, on lui avait réclamé des détails : pourquoi faisait-il rire, quel était son secret, avait-il un vrai talent à la chose ? Elle avait fourni toutes les explications et bientôt reçu une recommandation : promouvoir Brice au rang d'animateur, cela s'était déjà fait dans d'autres centres et avait mis beaucoup de liant dans les relations humaines. On avait engagé d'autres ouvriers pour les tuyaux et Brice n'avait pas été fâché de lâcher la plomberie.

Pourtant autrefois, quand ils le connaissaient, les dix du souterrain au temps de la Guerre Froide et de la Grande Dépression ne le trouvaient pas spécialement drôle. Il avait des passages à vide, parlait de son enfance avec des trémolos dans la voix. Ce qu'ils se rappelaient surtout, c'était son appétit, un appétit insatiable. Il en avait acquis une belle corpulence qui ajoutait beaucoup à ses bons mots. C'est peu à peu que ça lui était venu, ce goût de la rigolade. A force d'être triste, un jour il avait trouvé ça comique, il avait pris du champ, avait commencé par se moquer de lui-même, ce qui plaît toujours. Puis il avait trouvé les autres moroses, avait eu envie de les faire rire aussi. Et finalement, ce qui lui avait donné confiance en lui, c'est qu'il s'était mis à avoir beaucoup de succès féminins : les femmes l'adoraient parce qu'il ne leur faisait pas peur et qu'il les faisait rire.

Au Centre, il jouit d'une liberté incomparable. Il est censé *animer* ce qui veut tout dire et rien dire. Il se charge des fêtes, des réceptions, des visites du dimanche, des soirées. Parfois les permanents lui demandent de venir détendre un peu l'atmosphère dans leurs réunions de travail. Il s'est mis à boire aussi, un peu trop comme tout le monde au Centre.

Parfois il exagère. Il se paie le luxe de critiquer le Centre et bien sûr c'est dans l'ordre, c'est prévu, mais il va souvent très loin comme le jour où il s'était déguisé en tortue avec, dans son dos, un disque répétant toujours la même chose : des horreurs sur tout le monde, avec des noms, des détails intimes. On riait jaune. Madame Fa – qui n'était pas la moins brocardée – s'était demandé s'il fallait sévir, infliger une punition voire une suspension, ou feindre de trouver ça tout à fait marrant, rigolo comme tout, joyeux. Elle avait pris conseil. On lui avait prescrit de fermer les yeux pour une fois, mais de ne pas tolérer de récidive.

Et puis c'est déjà novembre. C'est drôle comme le temps passe vite quand on est occupé à écrire l'histoire d'Ella. C'est Brice qui l'a fait remarquer à Marin, comme celui-ci trouvait que le fond de l'air était frais.

– Après tout, on est en novembre, a dit Brice.

Et ils sont allés s'en jeter un chez Antoinette – tous les prétextes sont bons – et au lieu d'histoires drôles, ils se sont mis à parler de novembre.

Novembre est le mois où se nouent les idylles qui, dans le meilleur des cas, dureront jusqu'en juin. Les stagiaires ont appris à se connaître, à s'apprécier. Pendant les deux premiers mois, ils se sont observés du coin de l'œil, ont mesuré leurs charmes respectifs. Souvent, en arrivant au Centre, ils n'avaient pas d'arrière-pensée, n'avaient pas l'idée que ce serait un domaine rêvé pour la drague. Et même aux premières soirées-rencontres, ils n'étaient pas en train, n'avaient pas la tête à ça, si préoccupés étaient-ils de leur avenir, si joyeux d'avoir décroché cette place au Centre.

Il arrive qu'ils se mordent les doigts de leur distraction car, pendant qu'ils pensaient à autre chose, les résidents, eux, ne perdaient pas leur temps. Bien sûr, ils avaient de l'avance, connaissaient, pour en avoir déjà profité, les avantages qu'offrait le Centre à ce sujet. Aussi les plus jolies stagiaires, les hommes les plus attirants, avec cette voix profonde et veloutée qui plaît tant aux femmes, étaient-ils réquisitionnés dès le début, dès octobre en tout cas, par d'habiles permanents sachant comment prendre le peuple sous prétexte d'aide désintéressée, de conseils personnalisés, de conversations particulières. Les stagiaires, simples bidasses, restaient le bec dans l'eau devant ces idylles, au moment où l'envie les prenait de passer des moments agréables avec des personnes de l'autre sexe ou du même, selon les goûts.

En tout cas, il ne faut surtout pas laisser passer novembre sans se placer, parce qu'après ceux qui n'ont pas trouvé chaussure à leur pied ne la trouveront jamais, sauf si une défection a lieu, un ratage, une histoire qui tourne court. En janvier, il peut y avoir encore de la place. A Pâques, c'est vraiment trop tard sauf pour ceux qui aiment les choses vite faites, mais parfois le temps est si court qu'ils n'ont même pas le temps de les faire. Et puis, pour les choses vite faites, il y a les samedis et l'on s'en lasse vite de ces amours d'un soir.

Non, novembre est le bon mois. Les arbres ont perdu leurs feuilles, la nuit tombe vite, ce qui est propice à la méditation, au retour sur soi. On se demande ce qu'on fait au Centre, pourquoi on y est, si tout cela a un sens, à la fin des fins. On s'interroge tout haut devant une personne de l'autre sexe qui compatit, dit : « Moi aussi », « C'est comme moi ». Les choses sont bien amorcées, il ne reste plus qu'à les vivre chacun selon son tempérament.

C'est là que parfois tout se complique. On n'a pas assez observé que, dans les relations sentimentales, deux personnes sont en présence qui n'ont pas forcément le même rythme. Il y a des rapides et des lents, des habitués du coup de foudre et des à qui il faut longtemps pour se dire que peut-être, des qui comprennent au premier coup d'œil et des à qui il faut mettre les points sur les i – les bons amis sont chargés de ça, à moins que ce soit l'un des deux, ce qui est plus délicat, risque de compromettre la suite des événements. Et puis, dans les amours, il y a ceux qui aiment toute la première partie, la période où l'on parle à mots couverts, où l'on soupire en glissant vers l'autre un regard caressant. Il y a ceux qui aiment le moment des déclarations, quand on se dit : « Je t'aime » avec toutes les fioritures qu'on peut y mettre :

– Je t'aime, quel dommage que nous nous rencontrions si tard...

– Si je n'étais pas si vieux, je t'aimerais...

– Je t'aime, mais je ne peux rien te donner, rien te promettre...

– Je t'aime, mais je ne suis pas libre...

– Je t'aime, mais il ne faut pas m'aimer, je ne suis pas quelqu'un d'intéressant...

– Tu es trop bien pour moi...

– Tu es une coquette épouvantable, mais je t'aime...

C'est un moment fort, où l'on a l'impression que la vie vaut la peine d'être vécue. On se dit des choses graves, parfois l'on pleure. On se dit : « Je ne pensais pas rencontrer quelqu'un comme toi. » Il arrive qu'on évoque à ce moment-là toutes les personnes – de l'autre sexe ou du même, selon les goûts – qu'on a rencontrées dans sa vie. On souligne ce que toutes ces personnes avaient de bien : devant l'autre ahuri, un peu paumé, un défilé passe de personnes belles, généreuses, intelligentes, aimées et aimantes.

Là il convient de marquer une pause : pourquoi fait-on cela ? Pourquoi, au début d'un nouvel amour, se croit-on obligé d'évoquer les anciens ? Plusieurs hypothèses peuvent être proposées :

1) On veut prouver à l'autre qu'on n'est pas n'importe qui, qu'on a du succès, qu'on plaît.

2) Mais malgré ce succès considérable, cette vie amoureuse bien remplie, c'est lui qu'on aime maintenant, on le préfère donc à toutes ces belles personnes.

3) Enfin, en évoquant ainsi les mânes des amours défuntes, on leur demande pardon et la permission d'ajouter à la liste cette dernière personne en face de soi, digne de prendre la succession comme une personne de sang royal. Dans tous les cas, ces évocations d'amours anciennes sont flatteuses pour les deux partenaires.

Néanmoins, on l'a vu, le moment de la déclaration est redouté à juste titre par les partisans de la première partie, celle où tout se joue dans les regards et les silences. Car il y a danger et possibilité de rupture. Il y a toujours le risque que l'autre dise :

– Ah, mais non, je ne mange pas de ce pain-là, je croyais que c'était de l'amitié ou une saine camaraderie – ou n'importe ce qu'on peut inventer – mais l'amour, ah non merci, j'ai déjà donné... (un faible espoir subsiste), ou :

– J'en aime un autre... (l'espoir devient extrêmement minime), ou :

– Eh bien moi, je ne t'aime pas... (catégorique mais rare, l'agrément qu'on trouve à être aimé rendant la personne aimante précieuse et douce à conserver).

Il y a aussi ceux, plus rares qu'on ne croit, qui aiment tout simplement faire l'amour avec une personne de leur choix, avec qui la chose ne se réduit pas à un simple échange de bons procédés, mais à qui l'on peut parler avant, après, avec qui l'on sent quelque chose passer. Parmi ceux-là se trouvent diverses catégories : il y en a qui aiment la première nuit, le moment où l'on sent l'autre contre soi pour la première fois, le moment où l'on découvre sa peau, son odeur, son goût, son poids. Comme ils aiment beaucoup ce moment-là, ils font durer souvent assez longtemps la première partie, mais il ne faut pas les confondre avec ceux qui aiment la première partie pour elle-même, elle leur pèse même parfois, et cependant, par raffinement, ils essaient d'attendre le plus longtemps possible, pour que le désir soit plus grand. Le risque, pour eux, est que l'attente lasse l'autre personne et que l'histoire finisse sans qu'il y ait jamais de première nuit, l'autre concluant à l'impuissance, à la frigidité, à quelque vice caché ou à l'indifférence et tâchant de se caser ailleurs, car la vie est courte et le stage a son terme fixé à l'avance.

Il y a aussi ceux qui aiment faire l'amour avec la personne de leur choix, mais pas seulement pour la première nuit, plutôt pour toutes les autres nuits, celles où les corps commencent à se connaître, à se donner du plaisir, à s'aimer entre eux comme de braves bêtes même si les personnes, avec leurs têtes qui n'arrêtent pas de penser, se disputent parfois, se soupçonnent. A ceux-là, la première partie paraît toujours trop longue comme empiétant sur le moment qui leur importe avant tout, risquant de laisser trop peu de temps pour qu'une entente charnelle ait vraiment lieu.

Il y a bien d'autres catégories. Il y a ceux qui aiment, dans les amours, le développement du début à la fin, les étapes, comme on aime un roman-feuilleton. Il y en a même qui apprécient avant tout les ruptures comme étant le moment, bref en général, où ils se sentent libres, universels, forts, vivants. Et mieux encore, il y en a qui aiment les ruptures parce qu'ils se sentent malheureux, abandonnés, et qu'ils se plaisent ainsi, s'apitoient sur eux-mêmes, se roulent dans leur chagrin comme sur une fourrure douce et moelleuse.

Mais la difficulté, on l'aura compris, est que les deux partenaires n'ont pas forcément les mêmes goûts en matière d'amour. Si quelqu'un qui n'aime que le début est amoureux de quelqu'un qui n'aime que le moment de la déclaration, ou l'amour charnel, ou la rupture, la relation avance en boitant, avec des heurts, des incompréhensions. Tout est toujours question de rythme, finalement, il y a les rapides et les lents, mais souvent les extrêmes s'attirent ce qui crée des couples pleins d'étincelles, bourrés d'une énergie électrique et fracassante.

Enfin, au Centre, il y a tout de même l'unité de temps. Quoi qu'on fasse, qu'on commence tôt ou tard, qu'on traîne sur la première partie ou sur la seconde, la fin a toujours lieu au même moment, après les journées du CAVIM et le pot qui s'ensuit. Ce sont des amours en temps limité, qui demandent un effort de style, une certaine concentration, une prudence de Sioux envers les pièges cachés, les débordements prévisibles, et une imagination à toute épreuve pour faire une histoire qui tourne rond, qui retombe sur ses pieds, qui ait une portée, un sens et un style susceptible de rester dans les mémoires des deux partenaires comme une réussite, un truc qui a marché, quelque chose qui avait un début, un milieu et une fin, et pas une de ces histoires mollassonnes et inachevées laissant des regrets vagues, des points d'interrogation, un arrière-goût d'échec.

Bien sûr, toutes les idylles du Centre ne sont pas réussies, certaines commencent trop tard, d'autres finissent trop tôt, beaucoup ne se développent pas ou sont bâclées, ratées. Dommage qu'au cours des journées du CAVIM on n'ait pas institué un prix d'amour. Mais qui, à part les deux partenaires, pourrait le décerner ?

– Ah ! l'amour, l'amour, dit Antoinette aux deux compères, ça vous passera avant que ça me reprenne.

– Tu parles Charles, dit Brice entre ses dents à Marin que ça fait rire il ne sait pas pourquoi parce qu'au fond c'est bête et même pas original, il n'y a que les autobus qui ne lui soient pas passés dessus.

– Justement, dit Marin en plissant les yeux, justement.

Il ne sait pas très bien ce qu'il veut dire mais il sait qu'il veut dire quelque chose, c'est l'essentiel.

– Tu seras toujours le même, dit Brice en lui filant une grande claque dans le dos.

VI

Les chambres des résidents permanents sont sous les toits, on y accède par des escaliers de bois usé, craquant, ce qui donne aux montées et aux descentes une publicité excessive. Dans les plans initiaux, on avait prévu une séparation entre les chambres des hommes et celles des femmes et puis on s'est dit que, de toute façon, il y aurait des magouilles et on a laissé faire le hasard. Quand le Résident Directeur Général est venu au Centre, il y a quelques annés, il a rassuré Madame Fa qui s'inquiétait des allées et venues de chambre à chambre : une fois que tout le monde aura couché avec tout le monde, vous serez tranquille, lui a-t-il dit. Effectivement, les choses se sont tassées petit à petit, les permanents vont dans leur chambre pour y dormir, les journées au Centre sont fatigantes et puis ils ont pris l'esprit maison, ils savent que pour les galipettes, c'est dans la salle de rencontre que ça se passe, le samedi de préférence. Chaque chose à sa place et une place pour chaque chose.

— Tout se tasse, dit Madame Fa en se lissant les sourcils, les coudes sur son bureau. A ses pieds, son chien favori, une petite bête poilue dont on ne voit pas les yeux et qui semble ne pas avoir de colonne vertébrale tant son arrière-train est mobile par rapport à sa tête. Tout homme fort a ses faiblesses, Madame Fa a Ursule, son coup au cœur, son talon d'Achille. Au fait, si ce n'avait pas été l'année de U, elle l'aurait bien appelé Achille, son Ursule. Elle doit le défendre contre la bande de molosses qui hantent le jardin et ses alentours. Elle en a un peu honte parfois, mais elle l'aime. Au fait, qui connaît les amours de Madame Fa ?

On sait qu'elle a été mariée, qu'elle ne l'est plus (veuvage, divorce, séparation ?). Elle a un grand fils. Mais, à part Ursule, y a-t-il quelqu'un dans l'intimité de Madame Fa ? Qui, au Centre, aurait le temps de penser à ce genre de choses, de s'interroger sur ce genre de choses, qui, à part Marin et ceux de sa sorte, les écrivains ? C'est pourquoi il faut les canaliser, leur imposer des pages à faire sous la surveillance des tortues. Qu'ils ne laissent pas traîner n'importe où leur curiosité des êtres, leur faculté de voir les choses qui n'existent pas, et aussi celles qu'on cache, qui n'existent que si l'on en parle.

L'art est une chose bien ennuyeuse, pense Madame Fa. Elle veut dire que c'est quelque chose qui lui échappe un peu, sur laquelle elle n'a pas totalement prise. Et pourtant il en faut, on ne peut pas s'en passer. On avait bien essayé, tout à fait au début, dans les centres, de ne pas recruter d'artistes et surtout, surtout, de se passer des écrivains, les plus ambigus finalement, avec cette espèce de rapport incestueux qu'ils entretiennent avec la langue, cet effort pour la dévier sans cesse de l'emprise des tortues. Mais voilà, l'expérience prouve que, pour qu'un système marche bien, il faut prévoir une petite marge de manœuvre, une petite frange de flou, comme une cour de récréation dans une école. Il vaut mieux que ce soit prévu, intégré dans le plan, sinon on risque des désordres, des troubles. Malgré tout le souci qu'ils causent, il vaut mieux quelques écrivains convenablement surveillés que pas d'écrivains du tout. D'abord parce que ça fixe les rôles : s'il n'y a pas d'écrivains attitrés, chacun peut se croire autorisé à écrire, en chacun une petite marge de flou se développe qui peut grandir, grandir...

Sous les toits, dans ces chambres, il fait chaud l'été et froid l'hiver. Ça ne déplaît pas aux résidents : ils disent qu'ainsi ils gardent le contact avec la nature. Ils ne détestent pas non plus leurs escaliers de bois un peu raides, bruyants, qui permettent à ceux déjà installés de savoir à coup sûr, au pas, qui monte et qui descend. Les chambres sont petites, avec un vasistas ouvrant sur le toit, un lit étroit, une table et une chaise, un lavabo avec de l'eau froide, une lampe. « Le strict minimum », disent-ils aux visiteurs du dimanche pour bien leur montrer qu'ils n'abusent pas, ne volent pas l'argent du peuple, ne sont pas des sybarites, des profiteurs. Cette sobriété étonne un peu. On imaginait les choses autrement : peut-être pas des tapis, ni des rideaux, mais un lit plus grand, un fauteuil, un éclairage un peu moins parcimonieux, l'eau chaude. Ces chambres ont quelque chose de monacal, et pourtant, d'après ce qu'on dit, vous n'êtes pas des moines au Centre, ah!ah!ah!...

– On s'y fait, disent les résidents en hochant la tête. Keep smile. Et même on y est bien. Rien de trop, cela repose l'esprit. Et le corps aussi, pas de ménage à faire ou si peu. Cool.

En fait, ces histoires de confort, c'est vrai, ça leur paraît dérisoire. Comme si c'était ça le problème. Il y a des prisons de luxe qui n'en sont pas moins des prisons.

En définitive, qui était Ella ? Une coquette, une rouée, qui tentait de se faire apprécier par ses esquives et ses ruses, et Marin – comme tous les hommes – tombait dans le panneau, tirait la langue ; ou une brave fille sans complication, tout d'une pièce, qui déroutait par sa simplicité même ? Mais n'y a-t-il pas justement dans la simplicité plus de mystère que dans la ruse ? Et les rusées, en définitive, ne sont-elles pas aussi de braves filles se donnant un peu de mal pour se mettre en valeur sans imaginer que leurs ruses sont cousues de fil blanc et ne trompent personne ?

Tantôt, au cours de leur amour, Marin voyait dans Ella une fille de la nature, limpide comme de l'eau de roche et il lui semblait qu'il s'abreuvait à cette eau comme un chevreau nouveau-né. A ces moments-là, il aimait lui parler de son enfance, de sa maman, de son ours en peluche. Et puis, le lendemain ou un autre jour, ce n'était plus la même fille qu'il avait devant lui, mais une Ella toute différente, résumant en elle tous les traits les plus inquiétants de la Femme : fourbe, évasive, menteuse, mutique, évaporée. Alors il avait peur d'elle, peur d'être dévoré par cette grande force silencieuse, peur d'être réduit à néant, de se détruire à son contact.

Parfois elle pleurait, ce qui l'ennuyait et le rassurait à la fois : c'était donc une humaine ordinaire. Elle ne disait pas pourquoi elle pleurait, simplement au moment d'ouvrir la bouche pour prononcer les phrases les plus simples, elle éclatait en sanglots, ou bien des larmes coulaient doucement le long de ses joues. Elle ne donnait pas de raison à ces larmes, et Marin se disait qu'il y était peut-être pour quelque chose, ce qui lui causait une douce satisfaction et en même temps un trouble léger, une espèce de remords. Ensuite, Ella s'excusait de ces larmes, toujours sans en donner la cause, elle se remettait à parler comme avant, un peu trop pensait Marin qui regrettait le temps des larmes où c'était lui qui parlait doucement, comme à quelqu'un qu'une conversation trop vive risquerait de blesser.

D'autres fois, elle faisait ce qu'elle appelait des *déclarations*. Elle le regardait d'un air malin, puis se lançait dans un long discours qui le mettait en cause, ou bien elle, ou bien le couple qu'ils formaient. Il y eut ainsi la déclaration du 6 janvier où elle fit de Marin un portrait désastreux qui le rendit extrêmement morose. Chaque mot qu'elle prononçait était comme un coup de couteau qu'elle lui enfonçait dans le cœur. Il ne pouvait pas répondre parce qu'il reconnaissait la justesse de ce qu'elle disait (sur sa lâcheté, son indécision, son hypocrisie...). Elle avait conclu abruptement et de façon inattendue ce réquisitoire en lui disant qu'elle l'aimait, ce qui l'avait un instant étourdi, sans que cette conclusion, en somme heureuse, arrive à le faire sortir de l'humeur sombre dans laquelle l'avait plongé tout le début.

Ce qui était troublant, dans toute cette affaire, c'est que peu à peu la situation qui paraissait claire au début – Ella était une créature de Marin, elle était la femme aimée, c'était lui qui menait le jeu – se retournait complètement au point que Marin avait parfois l'impression que c'était lui l'objet et elle le sujet. Elle se sert de moi, se disait-il, et ce qu'il y a de plus grave, c'est que le but qu'elle poursuit, je ne le comprends pas. Rendre jaloux son mari ? Attiser le désir des autres hommes par l'emprise qu'elle montrait sur lui ? S'amuser à le tourner en bourrique ?

Il se raccrochait à des schémas classiques : Ella était amoureuse de lui et voulait l'épouser, ou se l'attacher de façon durable. Elle voulait chasser de sa vie tous les autres personnages, salir définitivement son passé, tourner en ridicule ses anciennes amours : Bénédicte, Hélène, Carole et les autres devenaient de vulgaires petites femmes sans intérêt, qui n'avaient pris une importance provisoire dans la vie de Marin que parce qu'il ne la connaissait pas encore. Désormais Marin serait définitivement le chantre d'Ella.

C'était quand même un peu fort, si l'on pensait qu'Ella n'existerait pas sans Marin, et aussi sans Madame Fa, sans les tortues – sans Mina 2 surtout – bref l'existence d'Ella était un hasard tout à fait hasardeux. Et voilà que maintenant elle relevait la tête, prétendait tirer les ficelles, être la maîtresse du jeu !

Marin, furieux, disait à Ella qu'il ne fallait pas qu'elle compte être désormais la seule femme de sa vie, le seul personnage de son œuvre ! Il voulait être libre de composer ses livres et sa vie à sa guise, de ne parler que de chats s'il en avait envie, de donner une suite à l'histoire d'Émile, de reprendre pour d'autres aventures le personnage d'Elizabeth, de suivre à nouveau Carole en Lybie, Antony en Amérique, Marguerite en Écosse et Nicole à Fécamp. Il n'avait pas commencé à vivre le jour où il avait connu Ella et il n'avait pas l'intention de s'arrêter de vivre le jour où, par la force des choses, ils se quitteraient. D'ailleurs coucher avec la même femme toute sa vie, très peu pour lui ! Il n'avait été que trop fidèle (par manque d'occasions plus que par vocation véritable). Il se rendait compte qu'il avait perdu beaucoup trop de temps avec l'une ou l'autre, qu'il ne faut jamais s'attacher, faire court, etc.

A ce moment-là, Ella éclatait de rire, le regardait d'un air narquois et lui disait qu'il ne manquait pas de souffle de croire qu'elle voulait lui dédier son existence. Marin était un peu honteux alors car c'est vrai, ça pouvait paraître prétentieux tout ce qu'il avait dit, c'était un peu désobligeant pour Ella, il semblait dire qu'elle ne pouvait pas trouver un autre homme, qu'elle était en peine de, etc.

Ou bien Ella le regardait avec tendresse et disait qu'elle l'aimait beaucoup ainsi, quand il crachait le feu de la liberté, qu'elle aimait justement les gens libres et que le ciel était témoin qu'elle ne songeait pas une seconde à entraver cette liberté. Alors Marin la trouvait bien jolie, il remarquait qu'elle n'avait pas de soutien-gorge et avait envie de lui faire l'amour.

Seulement il ne savait toujours pas si Ella était sa maîtresse ou sa servante, la chance de sa vie ou sa dernière et plus cuisante défaite. Il se disait simplement qu'il l'aimait très fort et qu'en un sens Ella avait raison de penser – si elle le pensait – qu'elle avait effacé par sa présence toutes les femmes de sa vie, et même les hommes et même bien d'autres choses, elle était là, elle vivait à côté de lui, c'était avec elle qu'était sa vie en ce moment, c'était elle qui le passionnait, c'était d'elle qu'il attendait le jour et la nuit, le bien et le mal, le plaisir et la douleur.

Voici venu le moment de parler de Mina.

Mais les tortues auraient-elles une histoire ? Ont-elles une histoire, les tortues ? Ce serait alors non des machines ni même des animaux, mais des sortes d'humains.

Pourtant, c'est un fait, Mina 2 a une histoire, marquée pour elle par ce numéro 2 qui lui a été accolé après son accident, sa grande crise.

Mina fait partie de la première génération des tortues, celle qui est venue tout de suite après les gros ordinateurs qui prenaient des pièces entières, demandaient des années de formation pour être servis et faisaient peur au commun des mortels. Mina est une des premières tortues apprivoisées, de celles qu'on pouvait caresser dans le dos sans qu'elles vous mordent. Les enfants venaient la voir et jouaient avec elle. Étant jeune, elle était très docile, très douce. Et en même temps assez coquette, c'était une tortue de démonstration, on avait l'impression qu'elle faisait le gros dos, qu'elle se gonflait quand on la regardait, quand on pressait sur ses petits boutons. Alors elle allumait ses clignotants et ronronnait doucement comme une brave bête qu'elle était. Mais tout cela, expliquait le démonstrateur aux enfants médusés n'était bien sûr qu'une illusion – de l'anthropomorphisme, avait-il dit. Les enfants avaient été impressionnés : ils confondaient anthropomorphes et anthropophages. Après tout, ils n'avaient peut-être pas tort.

Tout cela se passait avant que Marin arrive au Centre, bien sûr. Le Centre d'ailleurs, tel qu'on le connaît maintenant, n'existait même pas. Madame Fa n'en était pas la directrice, elle remplissait d'autres fonctions dans d'autres lieux. Quand elle était arrivée au Centre, on lui avait présenté ses auxiliaires parmi lesquels, en bonne place, se trouvait Mina. Il y avait eu comme un courant de sympathie entre elles deux. Mina était, dès cette époque de son adolescence, une tortue très féminine et Madame Fa était jeune encore, le teint pas encore gâté par l'abus des bonbons au miel.

Quand le Centre s'était créé, on n'y avait pas tout de suite admis les écrivains. On pensait que l'époque de l'écriture était révolue et que les écrivains n'avaient qu'à se reconvertir en non-écrivains. D'ailleurs il en restait si peu... Presque tous étaient morts de faim pendant les années de la Grande Pénurie, au moment où tout avait basculé, où l'on avait craint la grande guerre avant que ne se mette en place, peu à peu, le Nouvel Ordre du Monde.

Dans ses moments d'exaltation, quand elle sort de sa réserve professionnelle, Madame Fa dit volontiers qu'à sa génération il aura été donné de vivre une grande aventure, celle du passage d'un monde dans un autre. Et elle remerciait le féminisme d'avoir permis à des femmes comme elle d'en être l'artisan.

Mina avait d'abord été l'assistante personnelle de Madame Fa. A cette époque, Madame Fa que certains persistaient à appeler Isabelle – Isabelle ! ce nom ferait rire aujourd'hui – n'avait pas encore Ursule, elle n'avait pas éprouvé le besoin d'une présence animale. Mina, en somme, lui suffisait. D'ailleurs, il n'y avait pas grand-chose à faire au Centre, on disait « centre en préfiguration », ça permettait à Madame Fa d'avoir un beau bureau, aux visiteurs d'admirer les tortues en posant des questions, aux enfants de rêver. On dressait les chiens à la campagne, aux portes des villes. On réfléchissait au moyen de sélectionner les stagiaires, de recruter des permanents. Pas une seconde on ne pensait aux écrivains.

Le premier écrivain avait été recruté par hasard, sur la bonne mine de son second métier. Il était architecte et construisait des écoles, occupation honorable certes, mais particulièrement dépassée. Dans le nouveau monde, on n'aurait plus besoin d'écoles, d'abord parce que la production d'enfants aurait beaucoup diminué grâce à la stérilisation, et surtout parce que tout était en train de changer, il fallait d'abord et en priorité s'occuper des adultes. D'autre part, construire du neuf était une absurdité dans un pays où tant de vieilles demeures se trouvaient partout, qu'il s'agissait simplement de restaurer, d'aménager, de réhabiliter, de rebaptiser.

Cet architecte, retiré ainsi que tous les premiers résidents du Centre d'une activité qui à force d'être inutile en devenait nuisible, avait pris la chose avec philosophie. Il était très gai ce qui lui avait valu une bonne note de la patronne – keep smile – mais elle dut bientôt déchanter, car cette gaîté n'était pas due comme elle l'avait cru tout d'abord, à la bienveillance avec laquelle Archibald (c'était le nom qu'il s'était choisi puisque, en bonne logique, la première année devait être l'année des A, coutume qui s'était perdue dès la lettre C devant les protestations unanimes des stagiaires de la troisième génération, disant qu'on les traitait comme des chiens ce qui en somme n'était pas faux, même si c'était des chiens de race) envisageait sa nouvelle vie au CAVIM, mais au fait qu'écrivain rentré, il voyait sa nomination au Centre comme de longues vacances inattendues qui lui permettraient de se livrer enfin à sa manie. On l'avait découvert un jour, dans son atelier où il était censé réfléchir au Nouvel Ordre du Monde – et même si personne en haut lieu n'avait la moindre intention de tenir compte de ses avis, c'était tout de même bien là son travail, ce pour quoi il avait été recruté – en train de glousser de façon obscène avec deux ou trois tortues, qu'il avait détournées du droit chemin pour les faire se livrer à la composition de poèmes orgiaques et de romans polissons. Un frisson parcourut l'échine de Madama Fa quand elle prit conscience de la chose, non qu'elle fût bégueule, mais cette activité en somme littéraire lui paraissait encore plus démodée que la construction des écoles, et il lui sembla qu'était écrite en lettres de feu la condamnation de toute son action auprès d'Archibald. Car elle se souvint du soin qu'elle avait pris de l'instruire, de la bienveillance apparente avec laquelle il l'écoutait – et qui sait même si elle ne ressentit pas, à un moment ou à un autre, comme un faible pour lui ? – du zèle avec lequel il avait pris possession de son atelier, de la flamme qui brillait dans ses yeux à ce moment-là où elle n'avait pas su reconnaître, et en y pensant elle se serait battue, la flamme de la concupiscence pour une activité de lui seul connue.

Mais voilà. La grande force de Madame Fa, comme de tous les véritables chefs, était de savoir s'adapter aux circonstances. Faisant contre mauvaise fortune bon cœur et ne perdant pas pour autant tout esprit d'à-propos, elle félicita Archibald de la bonne tenue de son œuvre, lui attribua Mina (dans l'idée, bien entendu, que celle-ci qui lui était toute dévouée lui rapporterait les faits et gestes de son nouveau maître) et fit parvenir en haut lieu un rapport sur l'intérêt d'intégrer dans les Centres de véritables écrivains.

Car – et c'était là la force de son raisonnement – il apparaissait, après l'expérience de cette première année, qu'il se trouvait, dans la vie au Centre, comme une incitation à l'écriture. Dès lors, il était de bonne politique de canaliser cette incitation, qu'on pouvait même appeler tentation, le mot n'était pas trop fort, sur un certain nombre de personnalités dûment choisies et dont le rôle serait d'écrire des œuvres de fiction. Ainsi, les autres n'auraient plus aucune raison de se livrer à ce genre d'activité, ni aucune excuse si l'envie les en prenait soudain, ce qui venait d'arriver à ce malheureux architecte (avec lequel il ne fallait pas être trop sévère, car elle en faisait son affaire personnelle).

Eh bien, cette proposition n'avait pas du tout déplu. On n'avait pas félicité la patronne pour autant, mais lors d'une de leurs visites d'inspection, les ingénieurs des tortues lui avaient glissé dans l'oreille que son idée faisait son chemin et qu'elle en aurait bientôt des nouvelles. Et dès la deuxième année, on avait créé au Centre la section des écrivains. Tout de suite, les difficultés apparurent. Qui était écrivain ?

Après de multiples palabres, on décida que c'était simplement ceux qui se disaient tels. A ce compte, il n'était pas besoin que leurs écrits fussent connus, ni même à la rigueur qu'il y eût déjà quelque chose tombé de leur plume. Le cas d'Archibald était exemplaire. Personne ne lui aurait reconnu, avant son entrée au Centre, la qualité d'écrivain et cependant il avait montré qu'il l'était bel et bien.

Comme toujours dans ces cas où l'embarras est grand, on s'en remit au copinage. Il fallait bien faire quelques fleurs à l'un ou à l'autre. C'est ainsi que Marin s'était vu recruté par l'intermédiaire de Léontine, au moment où les bibliothèques fermant on lui avait trouvé cette place de domestique. Mais tout de même domestique, Madame Fa, malgré les protestations de Léontine, avait un peu honte – si elle pouvait lui faire une petite faveur, elle se sentirait moins coupable. Léontine qui s'ennuyait au Centre et craignait de s'y ennuyer plus encore, avait demandé d'y faire venir Marin, son camarade, son vieux complice des années difficiles. Elle avait été sa maîtresse, dans des temps lointains et cela avait créé entre eux un lien qui, pour être sexuel, n'en était pas moins profond.

Mais Mina, dans tout cela ? Eh bien Mina était tout bonnement tombée amoureuse d'Archibald. Et elle qui ne se plaisait jusqu'alors qu'en la compagnie des femmes (c'est du moins ce que Madame Fa croyait parce qu'elle, Madame Fa – Isabelle pour les intimes – se plaisait dans la compagnie de Mina) n'avait pas résisté au premier homme venu – enfin pas tout à fait le premier tout de même, car il y avait eu dans sa vie déjà maint et maint ingénieur. Mais Archibald, avec sa moustache à la gauloise, ses longues mains, ses longues jambes, Archibald avec son mégot toujours collé au coin des lèvres avait eu avec Mina un feeling, une approche extraordinaire. Et Mina, pendant qu'il composait ses romans pornographiques, ou bien quand une petite stagiaire pénétrait dans l'atelier, avait commencé à ressentir quelque chose. Enfin, c'était l'impression qu'elle donnait. Archibald était un jour entré comme un fou dans le bureau de Madame Fa en lui disant : « Ma tortue tressaille. »

– Vous avez dit : tressaille ? avait demandé Madame Fa.

Et elle aussi avait profondément tressailli.

Treize heures est une heure bête, parce que c'est la treizième heure et en même temps la première. C'est aussi pourquoi c'est une heure mystérieuse, poétique.

Le déjeuner de midi se prend, en général, à treize heures. Il faut laisser midi à midi. A treize heures, tout recommence.

A une heure du matin, en général, on dort. Ou alors, c'est qu'il se passe quelque chose d'extraordinaire : une fête, une insomnie, un surcroît de travail. Quelquefois, c'est simplement qu'on travaille de nuit, comme les gens de théâtre.

A treize heures, la matinée est finie, l'après-midi n'est pas encore vraiment commencée. D'ailleurs, on dirait que le temps s'est arrêté.

Ce n'est pas à treize heures qu'on prend de bonnes résolutions. A treize heures, on se sent un peu paresseux. A quoi bon tout ce foin, pense-t-on, toute cette agitation ? On a tout son temps. De toute façon, la journée suit son bonhomme de chemin, on n'est plus si pressé d'arriver au bout. On a fait le principal en vivant le matin. L'après-midi, ce n'est pas très sérieux. C'est un moment de sieste, de digestion, des heures fades qui s'étirent en attendant la nuit. Au fond, on pourrait se dispenser de l'après-midi. Ou alors garder seulement l'heure du thé avec des petits gâteaux, parce que c'est doux, ça réconforte, surtout l'hiver.

A treize heures se font les déjeuners d'affaires. C'est là que les contrats se signent entre la poire et le fromage. Il n'y a pas tellement de déjeuners d'amour à treize heures. La lumière est trop crue, ce n'est pas le moment des déclarations, des soupirs.

Treize heures est parfois une heure fatidique. Il faut la passer très vite, en pensant à autre chose. Par exemple en mangeant et en buvant beaucoup de vin.

A treize heures, au Centre, les résidents et les stagiaires font la trêve. Ils mangent ensemble comme si de rien n'était. Ils se mélangent. Mais souvent, après le déjeuner, ils se séparent à nouveau, chacun retrouvant les siens pour le café.

A treize heures, il faut se dépêcher si l'on veut avoir une place à la cantine et manger autre chose que du bifteck haché surgelé ou du jambon salade.

Treize heures est finalement une heure fatigante, malgré ses apparences d'heure entre deux heures. A treize heures il faut faire vite si l'on veut faire ce qu'on a à faire. Treize heures est une heure précise, tapante. Treize heures est une heure méchante, au fond.

A treize heures, dans les grandes villes, les employées de bureau font leurs courses. Mais, dans ce quartier tranquille à l'ouest de Paris, les magasins ferment entre midi et deux heures. A treize heures, on se casse le nez dessus. On n'a rien d'autre à faire que de manger ou, à la rigueur, se promener. L'été on peut aller à la piscine, quand il y a de l'eau. L'hiver il n'y a vraiment rien que quelques cafés où l'on joue à des jeux de hasard.

A treize heures, le soleil de l'hiver pointe faiblement. Il a plu le matin ou il pleuvra le soir : c'est l'éclaircie.

A treize heures, les rues sont vides. Même les chiens ont fini de pisser.

VII

Les stagiaires sont cantonnés dans les dortoirs du rez-de-chaussée. A vrai dire, ce ne sont plus tout à fait des dortoirs, mais des sortes de boxes. « On rentre les chevaux à l'écurie », disent rituellement les stagiaires en allant se coucher. Il faut toujours garder le moral même quand les circonstances ne s'y prêtent pas. Un bon mot détend l'atmosphère. « On se range », disent-ils aussi, « on rentre dans nos boîtes. » C'est vrai que, pour entrer dans ces boxes, il vaut mieux se mettre de profil. On tombe tout de suite sur le lit, prolongé par un lavabo. Sur la droite se trouve un minuscule placard avec une planche et deux cintres, de quoi entreposer quelques habits civils : petits foulards, une veste ou une chemise, voire une robe. Le reste, ce qu'ils portent tout le temps au Centre, sorte de survêtement à tout faire, leur est fourni à date fixe et, il faut le reconnaître, convenablement entretenu.

Bien que les résidents renchérissent sur l'aspect monacal de leurs turnes (vieux mot français survivant on ne sait pourquoi et plus usité au Centre que le mot international normalement admis : chambre), on se doute qu'ils sont considérablement jalousés par les stagiaires qui, épris en ce domaine de démocratie, se demandent ce qui justifie ce traitement de faveur. Certains ont même des souvenirs d'un certain club de vacances, célèbre avant le temps de la Grande Pénurie, où c'étaient les organisateurs justement qualifiés de gentils qui héritaient des cabanes les plus dégueulasses où ils s'entassaient à dix-huit certains soirs. C'est normal, disent les stagiaires, les grands doivent donner l'exemple au lieu de se vautrer dans un luxe insolent.

Au début du Centre, à l'époque où le Résident Directeur Général était venu lui-même en visite, au temps où Madame Fa n'avait pas encore établi son emprise sur la maison, il y avait même eu de vilaines histoires d'idylles entre stagiaires et résidents permanents : des jeunes filles et même des jeunes hommes n'hésitant pas à livrer leurs corps contre quelques heures délicieuses passées dans les chambres d'en haut. Depuis, on l'a vu, la sexualité a perdu beaucoup de sa fantaisie, tout cela est maintenant canalisé et il y a bien des années qu'on n'a pas vu de stagiaire monter sous les toits. Cela n'a même pas besoin d'être interdit, c'est tout simplement impensable.

Marin continuait donc tranquillement sa romance avec Ella. Une romance jusque-là un peu entravée par les conditions de vie dans le Centre, où toute intimité, il s'en rendait compte seulement à cette occasion, était fermement pourchassée comme détruisant l'esprit du groupe. (Mina avait failli ne pas laisser passer cette phrase, jugée subversive. Il y avait eu une longue discussion, par écran interposé, et puis Marin avait eu gain de cause. Mais il se promit d'être plus prudent dorénavant, ces petites victoires étant bien dérisoires et ne faisant guère avancer ses affaires.) Ils n'allaient plus dans les cafés. Peut-être parce qu'ils n'avaient plus d'imagination en ce qui concerne les boissons, ayant épuisé toutes les couleurs de l'arc-en-ciel, toutes les saveurs, amères ou sucrées, toutes les consistances, légères ou lourdes. Pendant quelques jours, leurs tête-à-tête cessèrent, ils se contentaient d'échanger des regards surpris, émus, entendus, lourds, langoureux, des regards par-dessus les têtes des stagiaires, des permanents, de Madame Fa elle-même qui s'en aperçut mais ne dit rien. Et puis Madame Fa n'était pas cette dame de fer et d'acier qu'on supposait à la voir, à l'entendre. Elle avait un cœur, et depuis qu'Ursule vivait avec elle, elle avait compris bien des choses de la vie, et que tout ne se réduit pas à un règlement.

Il se mit alors à s'intéresser au passé d'Ella, ce passé qui lui paraissait si ennuyeux, si superflu lorsqu'ils étaient dans les cafés. Pourquoi était-elle au Centre ? Qui était ce mari dont elle arborait la bague ? Avait-elle des enfants, des parents, des animaux familiers, des plantes ? Quels étaient ses goûts, ses passions ? Qui était Ella ?

En même temps, il se sentait glisser sur une pente dangereuse. Ella était elle-même tout entière dans sa première apparition, dans sa petite ride au coin des lèvres, dans ses yeux qui brillaient. La vie d'Ella, sa vie d'avant le Centre, risquait d'être décevante à force de banalité. Il apprit tout de même avec plaisir que, si elle était au Centre, c'était par hasard, ayant pris au dernier moment la place d'une amie enceinte. Jusqu'au jour où cette amie lui avait parlé du Centre, elle en ignorait tout. Elle était venue là sans but précis, simplement parce que tout le monde l'avait félicitée de sa chance, regardée avec envie, dit que c'était une occasion à ne pas laisser passer, que certains attendaient des années avant d'être admis.

C'était d'ailleurs une stagiaire modèle, docile. N'attendant rien du Centre, elle acceptait de bonne grâce toutes les propositions, tous les parcours. Même elle s'amusait, parlait avec malice de Théophile, d'Aurélie. Marin se surprenait à rire avec elle aux dépens de ses copains, un peu honteux de ce rire, mais frappé par la justesse des observations d'Ella. C'est une femme pleine d'esprit, se dit-il un jour. Et ce fut la première chose qu'il pensa d'Ella : que c'était une femme pleine d'esprit.

Peu à peu, il eut des lueurs sur son passé. Ils avaient des conversations à table, ou dans le parc, au détour d'un couloir. Ces conversations détonnaient un peu au Centre où elles n'avaient plus guère cours, ayant été remplacées par des communications, des concertations, des circulaires. Ou fallait-il donner ce mot à ce qui se passait dans le bureau de Madame Fa, quand elle convoquait un résident ou un groupe ? Ne s'agissait-il pas là plutôt de confessions, de conférences ?

Ella n'avait pas d'enfant, ni d'ailleurs de métier. Son mari était beaucoup plus âgé qu'elle – vingt ans au moins – il la gâtait, la traitait en petite fille. Cela lui pesait un peu : elle aurait voulu être moins dépendante, plus accomplie. C'était la première fois depuis longtemps qu'elle faisait quelque chose pour elle-même, au Centre. Ce jour-là, Marin remarqua qu'elle avait un petit grain de beauté sur la narine droite. Ils marchaient dans le parc, côte à côte, elle était presque aussi grande que Marin. On était en novembre, un soleil d'arrière-saison brillait doucement entre les arbres. En passant de l'ombre à la lumière et comme il s'écartait un peu d'elle, Marin vit, sous le léger corsage qu'elle avait mis ce jour-là, la pointe d'un sein. Il pensa qu'elle ne portait pas de soutien-gorge et cela l'attendrit sans le troubler.

Un autre jour, il l'avait emmenée dans sa chambre, pour lui faire un café. Ella fut éblouie par ce luxe auquel deux mois de vie de stagiaire ne l'avait pas habituée. Elle tournait dans la chambre comme une toupie, avalait le café avec des mines gourmandes. Marin fut un peu ennuyé de ce comportement qu'il trouva infantile, sot. Puis il se demanda si ce n'était pas une attitude de défense, si elle n'avait pas cru – et n'était-ce pas vraisemblable ? – qu'il l'avait amenée là pour la séduire, la prendre de force. Ainsi il aurait l'air d'un suborneur ? Cette idée l'amusa, le flatta même un peu. Il la regarda avec plus de gentillesse, voulut la faire parler d'elle-même et aussi de ce vieux mari qui l'intriguait. Elle éclata de rire – Marin trouva ce rire un peu forcé, peut-être parce qu'il se sentait vexé par ce rire – lui dit que ce vieux mari était une invention qu'elle avait faite quand ils ne se connaissaient pas encore très bien. Se connaissaient-ils si bien maintenant ? En réalité, son mari avait un âge normal, elle-même avait un métier très prenant. Elle était esthéticienne. En somme, nous sommes tous les deux des artistes conclut Marin, bonhomme. Mais ces mensonges lui laissèrent une impression de malaise. Car si Ella était menteuse, comment savoir quand elle dirait la vérité, et cette nouvelle personnalité qu'elle lui tendait aujourd'hui comme un bouquet de fleurs, était-elle plus vraie que l'ancienne ? Il décida de se méfier, de n'accorder à ses paroles qu'une foi mesurée. Assise sur son lit, elle le regardait avec une lueur d'amusement dans le regard. Elle avait ôté ses chaussons de feutre obligatoires au Centre et il vit qu'elle avait le pied petit, mince, extraordinairement cambré. Il pensa qu'elle avait dû faire de la danse classique pendant des années, mais ne lui demanda rien. Ce serait un secret entre lui et lui.

Pendant quelque temps, il lui battit froid. Quelque chose en elle lui avait déplu, quelque chose qui n'était ni ses mensonges ni son comportement, peut-être simplement cette lueur d'amusement dans le regard qui pouvait faire penser qu'elle se moquait de lui, qu'il y avait en lui, Marin, quelque chose qui suscitait son ironie. Ou peut-être n'était-ce même pas cela. Peut-être était-ce simplement qu'il la connaissait mieux, qu'il pénétrait plus avant dans la connaissance d'Ella et qu'il retrouvait ce qu'on retrouve toujours chez une femme (chez un homme aussi bien d'ailleurs, se dit Marin dans un esprit de justice) une fois passé le premier éblouissement qui vous a attiré vers elle, fixé sur elle. Quelque chose de triste, de vide et d'amer, quelque chose qui a la saveur fade de la mort, une pourriture imperceptible, le ver dans le fruit. Ella n'était pas une fée, ni une créature de rêve, Ella n'était pas une déesse, une ondine, Ella n'était pas un personnage de roman, Ella n'était pas une femme extraordinaire, Ella était une femme. Et même, allons plus loin, Ella était un homme comme Marin. Non pas un homme au sens viril du mot, elle n'était pas masculine, elle était humaine. Un être de la même espèce que Marin avec probablement les mêmes angoisses que lui et les mêmes misères, avec juste la petite différence qui fait rêver.

Peut-on aimer son semblable ? Est-ce qu'on s'aime soi-même ? On se tolère, on fait avec, parfois on se flatte, on se console, on trouve des trucs pour se supporter, il faut bien. C'est déjà dur pour soi, on a parfois envie d'abandonner, de dire pouce, on aimerait bien se laisser aller, se laisser vivre, se laisser tomber tout au fond du trou. On aimerait bien, se dit Marin, ne plus écrire, ne plus penser. On aimerait bien ne rien faire. On aimerait mieux encore ne pas être, se laisser ballotter, flotter, emporter, sombrer. Être le navire qui fait naufrage au lieu de lutter contre la tempête. Faire eau de toutes parts, retourner à l'état liquide.

On se dit tout ça dans l'absence, dans la solitude. Puis on revoit la personne ordinaire, on revoit l'humaine ordinaire dont on a pensé, dans la solitude et dans l'absence, qu'elle n'avait rien de plus que les autres. Et de la revoir, on est heureux. C'est à cette joie qui vous inonde qu'on reconnaît l'amour. Tout ce que Marin avait pensé de raisonnable, de triste, de désespéré en l'absence d'Ella – absence provoquée d'ailleurs, puisqu'il la fuyait – tout cela disparaît comme par enchantement, et c'est l'enchantement qui subsiste. L'enchantement de voir Ella, d'écouter Ella, de toucher Ella.

Il y avait pourtant d'autres femmes au Centre. Certaines sans doute plus jolies qu'Ella, plus brillantes, plus sensuelles, plus ceci, plus cela. Alors pourquoi les trouve-t-il ternes tout à coup ces femmes pleines de charme pourtant, toutes ces femmes qui n'ont que le tort de ne pas être Ella ? Pourquoi est-ce Ella qui l'intéresse et aucune autre ? Pourquoi, lui souffle Mina, n'a-t-il pas décidé, ce qui aurait fait un roman croustillant, de les séduire toutes les unes après les autres, de n'en laisser aucune dont il pourrait dire qu'il ne lui a pas mis la main aux fesses ou autre part, aucune qu'il n'aurait pas déshabillée, aucune qu'il n'aurait pas fait crier de plaisir, aucune au moins avec qui il n'aurait pas essayé de ? Surtout que, dit Mina, avec Ella ça n'avance pas vite, cette affaire-là. Il ne l'a pas encore seulement embrassée.

Elle est chiante, pense Marin. C'est pire que si j'étais marié. Les femmes légitimes se contentent d'habitude d'être jalouses, mais elles ne vous poussent pas d'abord à la chose. Mina voulait pousser Marin dans le lit d'Ella, mais ça ne l'empêcherait pas, après, de lui en faire reproche. Avec elle, on avait toujours tort. Tort de faire la chose, tort de ne pas la faire. Ou plutôt, ce que voudrait Mina, il le sait bien, c'est le sexe à l'état pur, la gymnastique. Tout ce qu'il y a avant, pendant, après, autour, tous les désirs, tous les regrets, toutes les pensées, tous les espoirs, ellc juge ça de trop, démodé, sans intérêt. La prostitution, voilà son idéal. C'est propre, hygiénique, ça ne bave pas, ça ne déborde pas. Ric-rac, combien je vous dois ? L'addition s'il vous plaît. On paie et on s'en va. On est quitte.

C'était vrai pourtant qu'il y avait d'autres femmes au Centre, Marin s'appliqua à les regarder, à leur parler. Certaines lui sourirent, c'est fou comme les humains s'humanisent dès qu'on les regarde un instant, dès qu'on les écoute, dès qu'on étale autour d'eux une petite nappe de silence, dès qu'on dessine autour de nous un cercle dans lequel nous entrons. Il plut sûrement à quelques-unes. Il passa avec quelques autres des moments agréables, reposants, quelques moments gais aussi où il s'entendit rire et fut surpris de ce rire dont il avait oublié le son. Il fit ce qu'il put. Il fit très convenablement, très honnêtement son devoir d'homme qui ne veut pas être entraîné dans une passion, qui juge comme tout le monde la passion imbécile, dénuée de sens, et dangereuse en plus, laissant un goût amer dans la bouche, donnant quand elle est finie un sentiment de déréliction insupportable. Il s'amusa, comme on amuse le tapis. Mais bien sûr, rien n'y fit. Et cet échec était prévisible, puisqu'il ne faisait tout cela, tous ces sourires, toutes ces avances, que pour se détourner d'Ella, que par rapport à Ella, qui restait son centre autour duquel il tournait comme une chèvre à son piquet.

Il essaya autre chose. Il essaya de lui trouver des défauts. Se dire par exemple qu'elle n'était pas vraiment belle – mais au moment même où il prononçait intérieurement cette sentence, il se disait qu'au fond la beauté le laissait froid, la vraie beauté. Par exemple, quand on disait d'une amie – Marie, tiens Marie, sa chère Marie – quand on disait d'elle : « Marie ? Quelle belle femme ! », il haussait les épaules, agacé, furieux. Ah ! bon, c'est tout ce qu'ils trouvaient à dire, qu'elle était belle ? Comme si, chez Marie, ce n'était pas tout autre chose qui comptait, l'amitié qu'elle avait pour les gens, cette générosité jamais déçue... Bien sûr, Marie était belle, mais on avait l'impression que sa beauté était un cadeau supplémentaire qu'elle faisait à ceux qu'elle aimait. Et Léontine n'était pas belle, qui avait compté pour Marin plus qu'aucune autre femme. Et des quantités de femmes belles avaient traversé sa vie sans y laisser de traces, comme si leur beauté était tout ce qu'elles pouvaient faire pour vous, ayant épuisé, en étant belles, tout leur capital d'humanité. Il se disait qu'Ella, si on lui ôtait son maquillage qui était lourd et appuyé comme souvent chez les esthéticiennes, devait même être plutôt laide. Mais aussitôt il s'attendrissait devant ce maquillage, le travail qu'il supposait, l'attention aux autres qu'il indiquait. Il aimait ses faux cils, son ombre à paupières rose ou verte selon les jours et tout ce qu'il soupçonnait derrière ce teint délicatement nacré, ces cheveux aux couleurs flamboyantes, chaque mèche faisant avec sa voisine un dégradé délicat qui faisait ressembler sa chevelure au pelage bigarré d'un animal de luxe. Elle avait sûrement les seins trop petits et placés trop bas, les fesses trop larges et pas assez musclées. Mais il n'aimait pas les muscles chez une femme et surtout ce dépeçage d'Ella l'épuisait : Ella n'était pas un animal de boucherie. Telle qu'elle était, il la trouvait pleine de grâce et de caractère et surtout ce qui l'avait attaché à elle, c'étaient des traits imperceptibles, peut-être même pas vraiment conscients pour elle, un grain de beauté sur la narine droite, le duvet blond sur la main, la petite ride au coin des lèvres. Tout ce qu'il avait remarqué parce qu'il s'intéressait à Ella, qu'il n'aurait pas remarqué sans cela. Mais pourquoi s'était-il intéressé à Ella ?

Il tentait d'attiser sa colère contre ses autres défauts, autrement plus graves que les défauts physiques : cette faculté de mentir, par exemple ; une certaine propension à la moquerie qui n'était pas loin de la méchanceté ; une sorte d'inappétence pour la culture : elle n'avait jamais lu les livres dont il lui parlait et ne semblait pas le regretter. Mais plus personne ne lisait de toute façon, à part les écrivains qui le faisaient pour se tenir au courant, ou pour faire plaisir à leurs confrères.

A un moment, il cessa de la voir. C'est-à-dire qu'au bout de deux ou trois jours, il remarqua son absence. Partout où il allait, Ella n'était pas. Elle n'était pas au restaurant ni dans les couloirs, elle ne sortait pas des toilettes, n'était à aucune réunion, à aucune soirée. Il pensa d'abord, égoïstement, vaniteusement qu'elle le fuyait. Puis il se demanda si elle n'était pas malade et alla faire un tour à l'infirmerie où il ne vit pas trace d'Ella. Punie alors? Séquestrée? Envoyée en mission? Il se sentit dévoré d'inquiétude.

Un jour il la vit enfin dans le parc et courut vers elle. Elle avait le teint plus pâle que d'habitude, semblait moins maquillée, moins apprêtée et, contrairement à ce qu'il s'était dit naguère, plus belle ainsi, l'air plus jeune.

– Je suis partie soigner mon mari, lui dit-elle, il a été très malade, on a craint pour sa vie.

Elle lui dit alors que sa première confidence était la vraie. Son mari était bien ce vieillard qui avait largement l'âge d'être son père.

– Il a eu une alerte sérieuse, dit-elle. Il lui faut beaucoup de repos.

Marin lui demanda alors quelques détails sur son mari : sa profession, son prénom.

– C'est un capitaine d'industrie. Son nom est Pierre.

Marin fut à l'instant traversé de deux courants contradictoires, exactement comme lorsque dans une mer tiède un courant froid vous saisit soudain, puis s'en va. Il s'aperçut que ce Pierre n'était autre que le fameux industriel dont les journaux de l'extérieur disaient qu'il était l'un des derniers grands. Ella était donc celle qu'on appelait la belle Madame W... et il était évident qu'elle ne pouvait pas être esthéticienne! – et d'autre part il fut saisi d'un agacement d'écrivain devant cette phrase trop pompeuse, trop ronde, cette expression *capitaine d'industrie* qui semblait sortir d'un roman-photo. Mais à ce moment-là, il s'aperçut qu'Ella souriait imperceptiblement, ironiquement, et pensa qu'elle n'avait prononcé cette phrase que par dérision. Dérision envers son mari ? Ou dérision envers Marin qui se sentit soudain tout bête, tout mesquin, un écrivain de quatrième ordre devant une grande dame ? Et il comprit alors que ce qui l'avait attiré chez Ella, ce charme, cette classe incomparable, cette grâce, ce halo mystérieux qui flottait autour d'elle et qui semblait donner à ses gestes, à ses mots un poids, une saveur qu'il n'avait encore rencontrés chez aucune autre femme (et, à y bien réfléchir chez aucun homme) étaient dus à la richesse, à l'habitude de fréquenter les grands de ce monde, les décideurs, à cette vie de femme oisive qu'il n'imaginait pas, qu'il croyait d'une autre époque, d'autres pays. Et il trouva alors le mot qui lui avait manqué pour qualifier Ella, le mot qui lui allait le mieux, mieux que la grâce, mieux que le charme ou le caractère. L'aisance. Ella avait de l'aisance. Elle était à l'aise dans le monde, elle était à l'aise partout, au Centre comme ailleurs, chez Antoinette comme dans la café du bout de la rue. Elle était chez elle. Le monde lui appartenait.

Mais alors que faisait-elle au Centre ? Elle fronça le sourcil, lui répéta que tout ce qu'elle lui avait dit était vrai. Elle avait vraiment un diplôme d'esthéticienne qu'elle avait passé pour s'amuser, se distraire et aussi, ajouta-t-elle sérieusement, parce que son vieux mari – la preuve – la laisserait peut-être un jour seule au monde et qu'elle préparait ainsi son avenir. Et c'était vrai aussi qu'elle n'aurait pas songé à demander le Centre et que c'était une de ses collègues du salon d'esthétique qui lui avait proposé de la remplacer. Elle travaillait incognito là-bas, à mi-temps pour ne pas attirer la curiosité de son mari qui ne savait même pas qu'elle était au Centre, la croyant, comme d'habitude, aux sports d'hiver, en croisière, à la campagne. Ils se voyaient si peu d'ordinaire qu'elle pouvait bien disparaître un an sans qu'il s'en aperçoive. A condition de réapparaître de temps en temps. Il l'aimait d'ailleurs énormément, avait en elle une confiance absolue.

Marin était un peu perdu. Comment peut-on aimer tellement quelqu'un que l'on ne voit presque jamais, qui peut disparaître un an sans qu'on s'en aperçoive ? Il se dit que les riches avaient des mœurs étranges, mais ça ne lui rendit pas Ella moins désirable.

Il voyait maintenant Ella sous un autre jour. Elle n'était plus cette stagiaire qu'il avait distinguée parmi d'autres, on ne sait pourquoi. Il ne se demandait plus ce qu'il lui trouvait. Il savait qu'Ella était véritablement quelqu'un d'exceptionnel, c'est-à-dire qu'au Centre elle n'était pas à sa place, constituait une exception. Quelqu'un que, dans les circonstances habituelles de sa vie d'écrivain besogneux appartenant à la classe moyenne, il n'aurait jamais dû rencontrer. Il se mit à l'observer, à guetter chez elle les stigmates de sa classe. Cette façon qu'elle avait, directe, de vous adresser la parole sans préambule, sans toutes ces hésitations, ces timidités qu'avaient les autres femmes. Cette absence de prudence dans ses rapports avec lui, semblant se soucier comme d'une guigne d'être ou non observée par les autres, alors qu'il continuait à jeter autour de lui des regards apeurés. Cette gaieté perpétuelle, cette ironie qui la laissait toujours à distance des autres, intacte dans toutes ses aventures, au milieu des pires difficultés. Cet air de supériorité qu'elle avait et qui le charmait tant quand il n'en savait pas l'origine. Par moments, qui trouaient le temps comme des éclairs, il voyait dans ses gestes, dans ses paroles, comme le signe, l'écho d'autre chose, d'un autre monde que celui dans lequel il avait toujours vécu, le monde des employés et des professeurs, des intellectuels et des femmes de service, le monde hiérarchisé du Centre avec les domestiques au sous-sol, les stagiaires au rez-de-chaussée, les permanents dans les étages, Madame Fa dans son bureau, les tortues partout et les décideurs invisibles. Un monde en ordre avec une place pour chaque chose, pour chaque personne. Un monde en morceaux où chaque activité avait sa salle, son responsable, son troupeau. Un monde traversé, visité, de loin en loin ou de proche en proche par les ingénieurs des tortues, un monde où chacun savait à chaque moment ce qu'il avait à faire.

Ella était la transgression. Elle n'était pas à sa place au Centre. Et il soupçonnait qu'elle n'était à sa place nulle part. Pas à sa place non plus dans le salon d'esthétique, ni auprès de son vieux mari, pas plus qu'avec lui, Marin, dans ces cafés ou dans ces parcs. Et en même temps, à force de n'être à sa place nulle part, à sa place partout. Il eut comme un vertige, prenant conscience à la fois de cette liberté extraordinaire d'Ella et de son peu de liberté à lui, Marin, voulant signifier par là non son récent esclavage envers Mina 2, cette espèce de mariage monstrueux qu'il y avait entre lui et sa tortue ; non sa vie réglée au Centre, par son travail, les soirées, les conférences avec Madame Fa, mais toute sa vie d'avant et lui-même, réglé, petit, étriqué, compartimenté, traversé par le regard des autres, les opinions des autres, noté, complimenté, commenté, désapprouvé, écouté, interrompu par les autres. Cette vie où il quêtait sans cesse l'approbation d'autrui, tendant aux autres, comme un mendiant, ses dernières productions pour qu'on veuille bien y jeter un coup d'œil, récitant péniblement ses vers aux soirées du mardi, chantant ses chansons à Antoinette, guettant le moindre signe d'intérêt, une moue, un battement de cils et ne récoltant souvent que bâillement, question distraite, parole dépourvue de sens et souffrant de cela, de ce manque de chaleur autour de lui, de ces distances.

Ella, au contraire. Vivant à l'aise dans la distance, ne quêtant rien des autres, ni approbation ni critique. Méprisant l'une autant que l'autre. Étant à elle-même son propre critère. Ne mettant rien ni personne au-dessus d'elle, comme si elle était seule au monde. Et il y avait en elle, autour d'elle, comme une bulle de protection sur laquelle venaient s'écraser tout ce qui arrivait des autres.

Marin comprit alors que la différence entre les riches et les autres (ceux que par commodité, il appelait les riches n'ayant pas trouvé pour le moment d'autre mot, pensant simplement à Fitzgerald, à sa façon fruste d'Américain de dire les choses difficiles) ne venait pas d'une différence de classe, comme il l'avait cru jusqu'à présent. Ella n'appartenait pas à une classe sociale, ou à une couche sociale différente de celle de Marin, avec des caractéristiques différentes. Non, c'était bien plus grave que cela, Ella n'appartenait à aucune classe. Elle échappait à ce déterminisme qui le ligotait, lui et les autres, qui lui dictait ses gestes et ses paroles. Elle traversait les classes sans en être affectée. Les puissants, les maîtres du monde n'étaient pas ceux qui tiraient les ficelles. Ce n'était pas, bien sûr, les ingénieurs des tortues, ni probablement les décideurs qu'on ne voyait jamais mais qui étaient partie prenante au Centre. Les puissants étaient ceux qui restaient à l'écart de toute cette machine, n'y mettaient pas les mains, la regardaient de loin. Ils pouvaient la traverser mais en ressortaient intacts, immaculés, les mains propres. Ils avaient un alibi perpétuel. Ils étaient toujours ailleurs, jamais là quand se passaient les choses, jamais responsables. Les responsables étaient toujours des subalternes, ceux qui étaient en contact avec la machine. Les autres, les puissants, regardaient le monde comme une boule qui tourne sur elle-même : ils jouaient au bilboquet avec le monde, s'en amusaient comme d'un hochet. Ils étaient paresseux comme des dieux, ironiques, voluptueux. Ils s'amusaient. Ils trouvaient la vie, le monde, les autres *amusants*. C'est ce qu'Ella lui avait dit, un des premiers jours dans un café, quand Marin lui avait demandé ce qu'elle pensait du Centre et il avait été décontenancé, troublé par sa réponse : « C'est amusant. »

A ce moment-là, il l'avait mal jugée. Il avait cru qu'elle était superficielle, un peu sotte, et il s'était attendri devant cette jeune femme inconsciente qui ne voyait pas du tout le côté funèbre du Centre, toute cette répétition de la mort qu'ils jouaient toute la journée sous prétexte d'apprendre à vivre dans le Nouvel Ordre du Monde – comme si l'on apprenait à vivre, comme si le fait d'apprendre ne signifiait pas aussitôt qu'on ne vivait pas, qu'on renonçait à vivre, qu'on s'apprêtait à mourir – il l'avait crue frivole, aveugle, alors qu'elle était cynique. Et encore ! Même pas cynique, plutôt naturellement en dehors de tout ça, non susceptible d'être atteinte par cette construction que lui trouvait monstrueuse mais elle simplement amusante, ingénieuse, comme on peut trouver ingénieuse une ruche ou une fourmilière. Elle était d'une autre espèce, voilà, toutes ces histoires de recyclage, de nouvelle morale, de joie forcée, toute cette entreprise un peu folle de transformation de l'homme, tout ce que les syndicats dénonçaient comme totalitaire, fasciste, insupportable, contraire aux libertés individuelles, Ella trouvait tout cela amusant, curieux, avec la même distance qu'elle aurait pu avoir en lisant la vie d'hommes de l'Antiquité ou de la préhistoire.

Marin se demanda alors si ce qu'il éprouvait pour Ella c'était vraiment ce qu'il avait cru tout d'abord, ce sentiment dont le nom était interdit au Centre, ce sentiment tendre et voluptueux, possessif et fou, joyeux et sombre. Il se demanda si ce qu'il éprouvait pour Ella n'était pas d'une autre sorte, si c'était même un sentiment, si ce n'était pas plutôt un mélange assez bâtard entre une curiosité purement intellectuelle, presque abstraite et tout de même quelque chose de chaud et de doux qui la poussait vers elle, vers ce qu'il y avait en elle de tout à fait concret, cette petite ride au coin des lèvres, ce duvet blond sur sa main, ce grain de beauté sur la narine droite. Il n'arrivait pas à recomposer le tout, la personne d'Ella. Il ne voyait pas le lien entre ces détails minuscules, anatomiques et ce qu'il savait par ailleurs d'Ella, son riche et vieux mari, cette vie libre et oisive, cette appartenance à un monde auquel il n'avait pas accès. Il se perdait dans ces réflexions, douloureuses à force d'être difficiles, ne savait plus où il en était avec Ella. Il savait seulement que son absence le soulageait et le privait à la fois, que sa présence le comblait et l'épuisait, que les relations qui s'étaient établies entre elle et lui avaient donné à sa vie hier encore molle, ennuyeuse mais finalement insouciante, légère, une tension, une acuité qui lui faisaient regarder sa vie passée avec pitié mais en même temps un peu de regret. Je ne vivais pas vraiment alors, se disait-il, mais je ne savais pas non plus que la vie, la vraie vie à laquelle j'aspirais du fond de mon ennui pouvait avoir cette intensité déchirante, comme une note très haute que l'on doit tenir longtemps jusqu'aux limites de la voix et du souffle quand la gorge est en feu et la poitrine prête à éclater, quand cette note ressemble à un cri d'agonie, quand la musique demande à celui qui la fait le sacrifice de sa vie. Bref il ne savait pas que la vie, quand elle est vraiment vécue et pas seulement rêvée, quand elle rompt les barrages au lieu de se tenir sagement derrière eux, la vie telle qu'elle est en réalité et non pas telle que le Centre voudrait leur faire croire qu'elle est, la vie était cette corde tendue au-dessus du précipice de la mort, ce saut dans le vide, ce plongeon dans l'océan. Et il comprenait maintenant que toutes les constructions humaines, les lois, les règlements, les statuts, les associations, les centres d'adaptation à la vie moderne, les écoles, les maisons, les arts et les métiers, tout ce qui formait une civilisation n'étaient là que pour faire barrage contre cette force fabuleuse. Et les mots eux-mêmes, les mots de tous les jours et les mots des écrivains étaient comme une succession de petites barrières servant à canaliser ce flot, comme les restanques permettent d'éviter l'érosion des sols. La vie réelle vous emportait vers la mort avec la vitesse d'un cheval au galop, elle vous emportait très loin de ce qu'on appelait la vie d'habitude, elle n'avait rien à voir avec les civilisations, rien à voir avec la paix ni avec la guerre, rien à voir avec rien. Elle était une force à l'état pur, un tremblement de terre, un orage sur les montagnes, une éruption volcanique, une tempête. Elle était la haute mer et la plupart des gens, lui le premier, restaient prudemment sur la plage à se tremper les pieds dans l'eau en la trouvant un peu froide pour aller plus avant.

Oui, voilà ce qu'Ella lui avait apporté, voilà ce que, sans le vouloir, sans le savoir, elle lui avait appris. Ou plutôt ce n'était pas elle, mais cette rencontre entre elle et lui qui avait déclenché cet orage. Ella n'était peut-être pas pour grand-chose dans tout cela : à la fois la cause certaine et évidente, mais en même temps tellement disproportionnée à son effet, comme un mégot jeté distraitement par une portière enflamme d'immenses forêts que des régiments de pompiers n'arrivent pas à éteindre. Et l'on se dit que la forêt était toute prête à s'enflammer, bien sèche, bien pleine de broussailles disposées là comme par exprès. Marin devait être cette forêt mal tenue, desséchée par les ans et l'absence de pluie, ce bois sec, mort, qu'une simple braise suffirait à enflammer.

Ils devinrent amants tout naturellement, et bizarrement cela ne changea rien à leurs rapports. Simplement, quand il faisait l'amour avec Ella, Marin se sentait pour un court moment en plein accord avec cette force sauvage dont il avait découvert, grâce à Ella, qu'elle était la vie, le secret et le fond de la vie. Ella était douce et odorante comme la terre. Elle avait parfois des élans, des embrassements, des gestes tendres et câlins, mais le plus souvent restait palpitante, comme suspendue entre deux eaux avec de petits cris étouffés. Peut-être parce qu'ils faisaient l'amour dans le noir, pour ne pas attirer l'attention des autres habitants du Centre – cela se passait dans la chambre de Marin, où Ella se glissait le soir, quand les stagiaires dormaient et que Marin était souvent déjà couché, se demandant si elle viendrait ou non ce soir-là, s'il convenait de dormir ou bien de l'attendre encore un peu – mais Marin n'arrivait pas à faire coïncider les deux Ella qu'il connaissait maintenant, celle de la nuit qui était douce, docile, amoureuse mais sans rien de passionné, faisant l'amour avec une sorte de naturel confondant (lui pour qui cet acte restait quelque chose d'héroïque et d'exceptionnel même s'il revenait tous les soirs, avec toujours un goût de première fois, l'idée qu'il peut conduire à la réussite ou à l'échec, qu'il y a là dans cette rencontre intime entre deux êtres quelque chose d'infiniment bouleversant dont l'aspect exceptionnel, miraculeux, ne peut s'estomper à la longue qu'entre deux très vieux époux), et celle du jour qui était plus que jamais cette personne ironique et distante, pleine d'aisance et de distinction, trop maquillée, trop admirée. Car, depuis qu'il était son amant, Marin avait découvert ce qu'il n'avait pas vu jusque-là : que d'autres que lui étaient sensibles au charme d'Ella, la courtisant même devant lui comme s'ils ignoraient leurs rapports et les ignorant sans doute. Bizarrement, devant cette Ella du jour, Marin retrouvait ses émotions d'avant leur liaison, comme si ce n'était pas elle-même mais son double ou sa doublure qui venait le rejoindre le soir dans sa chambre. Comme si, mieux encore, deux femmes occupaient sa vie, une la nuit et une le jour, deux femmes qui ne se connaissaient pas, qui n'avaient rien à voir l'une avec l'autre.

A quatorze heures, les magasins qui ont fermé à l'heure du déjeuner – comme cela se fait toujours dans ce quartier tranquille à l'ouest de Paris – rouvrent leurs portes.

A quatorze heures commence la première séance de cinéma.

Quatorze heures est ainsi une heure où le travail recommence et où le plaisir commence. L'après-midi est donc nettement plus agréable que le matin – plus chargé, plus pénible aussi d'un côté – mais tout de même plus agréable puisque bientôt le travail cessera de croître.

Quatorze heures est aussi l'heure de la digestion ce qui la rend un peu lourde, un peu somnolente. Il arrive qu'on traîne un peu les pieds à quatorze heures. Ce n'est sûrement pas une bonne heure pour faire du sport.

A quatorze heures, Antoinette soupire, elle a la paix pour quelque temps. Elle peut essuyer ses verres et se faire les ongles. Et téléphoner longuement à sa maman, en province. Antoinette est veuve. Elle a la quarantaine joviale et beaucoup d'amants – dans les cafés ce ne sont pas les hommes qui manquent. Son fils de douze ans vit à la campagne chez sa mère. Il ne réussit pas trop à l'école, ça lui donne du souci.

Quatorze heures est une heure tranquille où tout le monde est à sa place. Les travailleurs travaillent, les cinéphiles cinéphilisent, Antoinette antoinise, les chiens se lèchent les pattes, les mangeurs digèrent, les dormeurs font la sieste. C'est une chose admise au Centre. Quand on y entre et qu'on doit répondre à toutes les questions des tortues, il y en a une pour savoir si l'on dort habituellement l'après-midi. Vous avez alors le droit de manger au premier service de midi et de ne reprendre le travail qu'à quinze heures – à condition bien sûr de rattraper cette heure perdue soit le matin, soit le soir à sa convenance. On peut aussi capitaliser les heures et travailler le dimanche. En réalité, on s'aperçoit bien vite qu'on demande rarement de récupérer les heures. Tout le monde s'en fout. Ceux qui n'ont pas déclaré qu'ils dormaient l'après-midi se mordent les doigts. Ils auraient pu jouer aux cartes ou lire des romans policiers au lieu de pointer comme des cons pendant que les gros malins pioncent.

Comme quoi on est toujours puni de vouloir faire du zèle.

Les écrivains des Centres ont un statut particulier. Alors que les autres résidents peuvent demeurer aussi longtemps qu'ils ne déplaisent pas, les écrivains se doivent de fournir au moins cinq histoires. Ceux qui ne se sentent pas à l'aise dans les Centres essaient de bâcler n'importe quoi afin de se tirer au plus vite. D'autres, au contraire, qui prennent goût à la vie de château, font durer le plaisir en composant des histoires à tiroir qui s'apparentent, par leur forme et leur fonction, aux *Mille et Une Nuits*. Les paresseux prennent des nègres, anciens écrivains déchus devenus hommes de ménage, jardiniers ou aspirants-écrivains noyés dans le flot des stagiaires. Sous prétexte de les entraîner à l'écriture, on leur fait composer tout un livre en prétendant qu'ils en recueilleront bien quelques honneurs mais quand l'histoire est finie, c'est le maître d'œuvre qui reçoit l'éventuelle tortue de bronze et il n'est plus jamais question du véritable auteur – à qui parfois, cependant, par délicatesse, on dédie l'œuvre en remerciement hypocrite pour sa *collaboration.*

Pendant tout le temps de la composition, les écrivains sont aux prises avec les ordres contradictoires des tortues toujours en train de faire la fine bouche devant ce qui leur est proposé : il y a justement quelqu'un en train d'écrire à peu de chose près la même histoire, ou bien l'histoire est trop en dehors des normes, ne correspond à aucun programme, etc.

Dans ce cursus en cinq points, il y a un passage obligé qui les épouvante tous : c'est la composition d'un roman aléatoire où ils doivent inventer toutes les combinaisons possibles. Chaque fois que le héros traverse une rue, il faut lui laisser la possibilité de ne pas la traverser ou d'en traverser une autre, de rencontrer sa grand-mère ou sa petite sœur, de lui dire que l'oncle est mort ou qu'elle est invitée au mariage de la voisine. Ainsi, pense-t-on, la liberté du lecteur est sauvegardée puisqu'il peut choisir à tout moment le roman qui convient à son humeur, comme on assortit une robe à la couleur de ses yeux.

Les écrivains, quand ils se retrouvent entre eux, se demandent des nouvelles de ce qu'ils écrivent :

– Bonsoir, Marin. Alors, Ella, ça va ?

– Ça va. Tu sais, elle vient de s'acheter un chapeau bleu.

– Ah oui ? Bleu, tiens, tiens...

– Pourquoi ? Tu trouves que bleu...

– Non, non écoute, c'est toi qui vois hein ? Bleu pourquoi pas ?

Marin, dans un élan de politesse incontrôlée, s'enquiert de leurs personnages à eux : Sym vient de se marier, Jos est enceinte, Lia se drogue, Dan a réussi ses examens mais le pauvre Gal a échoué (bien qu'amant de la reine, car la reine est déchue).

– Je me demande, dit parfois Marin, si au lieu d'écrire ces histoires nous ne ferions pas mieux de nous inspirer de la réalité d'aujourd'hui.

– Tu veux dire le Centre, les tortues, dit une jeune

écrivaine encore tout émue de son admission au stage (on a dit, bien sûr, qu'elle la devait à ses relations intimes avec un ingénieur des tortues – il y a comme ça des restes de misogynie qui flottent dans ces centres d'adaptation à la vie moderne, comme des nuages dans un ciel d'été).

– Oui, par exemple, dit Marin.

– Tu sais bien que ce n'est pas ce qu'on attend de nous.

– Ah ! parce qu'on attend quelque chose de nous ?

– Eh bien oui, tu le sais d'ailleurs : distraire, faire rêver.

– Mais personne ne nous lit, dit Marin.

– On nous lirait moins encore, puisque de toute façon on ne pourrait pas l'écrire. Tu veux que je te dise : il y aurait une mystérieuse panne de tortues le jour où l'on voudrait parler de tout ça.

– C'est à voir, dit Marin, on n'a pas vraiment essayé. Il faudrait les prendre par surprise.

– Je trouve que Marin a raison, dit un vieil écrivain. On nous répète assez que nous sommes futiles, que nous ne servons à rien, que tout le monde se fout de nos histoires débiles.

– Je trouve qu'on devrait revenir à Stendhal, dit Marin : « Eh, monsieur, un roman est un miroir qui se promène sur une grande route. Tantôt il reflète à vos yeux l'azur des cieux, tantôt la fange des bourbiers de la route. Et l'homme qui porte le miroir dans sa hotte sera par vous accusé d'être immoral ! Son miroir montre la fange et vous accusez le miroir ! Accusez bien plutôt le grand chemin où est le bourbier, et plus encore l'inspecteur des routes qui laisse l'eau croupir et le bourbier se former. » D'ailleurs ce serait un joli titre, *l'Inspecteur des routes*...

Mais où vont toutes ces histoires que néanmoins ils composent ? Au cimetière des tortues ? Certains prétendent que dans les sous-sols sont entreposées des tortues avec des milliers de livres dans le ventre. D'autres disent que leurs histoires sont centralisées dans un organisme d'invention, chargé de retirer ce qu'il y a de nouveau dans chacune pour renouveler les scénarios de vie qui ont toujours tendance à retarder un peu sur les désirs des citoyens du Nouvel Ordre du Monde. Enfin il y a les pessimistes résolus qui pensent qu'on les détruit au fur et à mesure. A moins qu'on ne les expédie à l'étranger pour montrer la vitalité de la culture française...

Parfois les écrivains se découragent. Pour garder leur place au Centre, il faut qu'ils écrivent, mais que devient un écrivain s'il n'a pas de lecteur ? Peu à peu l'inanité de son activité lui apparaît, il sombre dans la dépression. Son seul public certain, son premier public est composé d'un peuple de tortues imbéciles et bornées. L'écrivain finit par leur refiler n'importe quoi, des resucées de vieux livres, des collages, des phrases sans queue ni tête qui ont l'air de dire quelque chose. Les écrivains entre eux se repassent des recettes pour mettre les tortues en boîte, ils rient sous cape, manigancent des attrapes, heureux si le tilt de colère de la tortue ne retentit pas au moment délictueux, finissant par perdre de vue leur histoire, par ne plus avoir pour but que de déjouer l'espionnage des tortues.

Leurs seuls lecteurs, en dehors d'eux-mêmes (mais les écrivains se lisent entre eux par politesse et non par véritable intérêt), sont les journalistes du vendredi à qui ils distribuent au fur et à mesure les feuilles d'imprimante. Quelques stagiaires y jettent un coup d'œil mais ne comprennent pas très bien où ils veulent en venir. Tant que les histoires ne sont pas, comme dans les séances du mardi, déclamées, mimées, illustrées, ils y restent insensibles. En entrant au Centre, on dirait que les stagiaires ont perdu la faculté de l'imaginaire. C'est comme si tout le passé, le présent et même l'avenir se résumaient dans le Centre. Ils ne parlent jamais de leur vie passée – on leur a suffisamment fait comprendre qu'ils devaient la laisser à la porte – et savent qu'il est inutile de parler de leur vie future puisqu'ils seront envoyés d'office quelque part. Ils sont tellement contents d'avoir été admis au stage qu'ils ont perdu toute possibilité de penser à autre chose. Ils respectent les écrivains mais n'ont pas l'idée de les lire, ni que ce qu'ils écrivent pourrait les concerner. Marin se demande même s'ils savent vraiment qu'un écrivain, c'est quelqu'un qui écrit. Sans doute pas. Pour eux, le mot *écrivain* doit signifier quelque chose comme maigre, oisif, blond, décoré, anglais. C'est une qualité attribuée à une personne mais qui ne donne aucun éclairage sur son activité.

Les écrivains entre eux se récitent les textes qu'ils ont composés dans leur tête sans en écrire un mot et qu'ils déposent dans la mémoire des autres. Si un jour le Nouvel Ordre du Monde devenait l'ancien ordre du monde, et s'il y a des survivants, il restera bien quelque chose de tous ces textes dits à mi-voix à la lueur d'une bougie. Ils racontent leurs derniers déboires avec les tortues, ce qui a été refusé, ce qu'ils ont réussi à passer en douce, et les ruses qu'ils ont employées pour cela... Ils essaient de se renseigner sur ce qui arrive à l'extérieur. Chez Antoinette, un étranger au Centre a fait passer un message. Il faut maintenant le déchiffrer, trouver le code. Ils parlent des futures élections au Centre. Qui est le moins dangereux : Brice, Cyr, Anselme, Dorothée ? L'élu n'aura pas de grands pouvoirs, sera l'otage de Madame Fa, des tortues, des décideurs. Cependant... Marin, à part lui, pense qu'il votera pour Dorothée, car il préfère quand même que ce soit une femme. Les autres se demandent s'il n'aurait pas fallu que l'un d'entre eux soit candidat, mais on ne va pas revenir là-dessus, le pouvoir corrompt tout ce qu'il touche, à bas l'entrisme, restons sur notre quant-à-soi.

Ils se séparent en se serrant gravement la main.

Ces réunions se font tous les jeudis, à minuit, à l'heure où les chiens se couchent. Ils sont toujours étonnés de se retrouver si nombreux. Les tortues dorment sur leurs deux oreilles : elles ont cru qu'en supprimant le mot *syndicat,* on avait supprimé la chose. Et puis, ajoutent les cyniques, les écrivains ont été ravalés à une place si dérisoire qu'on peut bien les laisser à leurs parlotes, l'astre du jour n'en verra pas sa trajectoire déviée, et le Nouvel Ordre du Monde n'en sera pas troublé.

Cependant tout peut changer, disent les optimistes. Même les structures les plus rigides, les situations les mieux établies peuvent un jour se retrouver cul par-dessus tête...

Ils sont là comme avant, tous les dix (ou plutôt, au début, tous les neuf, Marin étant au syndicat des écrivains).

– Je me demande parfois, dit Dorothée, si l'on n'est pas toujours dans ce souterrain, cet abri vous savez, cette cave où nous nous sommes connus pendant la guerre.

– La guerre froide, tu veux dire.

– La guerre je ne sais trop. Mais la cave était drôlement bien chauffée. Autre chose qu'ici avec ces courants d'air.

– Ce qu'on a pu rigoler, dit Brice.

– Parlez pour vous, disent Blandine et Marie. Pour nous, les jeunes, ce n'était pas tellement drôle.

– Ah quand même, c'était le bon temps !

– On buvait de l'Izarra, dit Théophile, pensif, une liqueur du pays basque.

– De l'Izarra, tu crois ? dit Anselme. C'était pas plutôt de la Marie Brizard ?

Etc., etc.

– Quand même, je me demande ce qu'on faisait toute la soirée.

— Mais comment, tu ne te rappelles pas ? Marin nous racontait l'histoire d'Émile.

— Marin, mais où il est Marin ?

— Celui-là quel lâcheur avec son syndicat ! Pour une fois qu'on pouvait être ensemble à rigoler, à évoquer nos souvenirs d'anciens combattants.

— Combattants, combattants, comme tu y vas ! On n'était pas si flambards.

— C'est drôle, mais l'histoire d'Émile, je l'avais complètement oubliée.

— Moi je m'en souviens très bien, mais je sais pas pourquoi je ne me rappelais pas qu'il s'appelait Émile. Vous êtes sûr que c'était pas plutôt Édouard ?

— Ou Eugène, dit Cyr. L'histoire d'Eugène, il me semble que ça sonne mieux.

— Mais non, Eugène on ne le connaissait pas à ce moment-là, dit Léontine.

(Au bout de quelques instants où ils continuent à évoquer leurs souvenirs, Marin arrive.)

— Ah ! Marin, c'est toi. Dis donc, si tu nous racontais l'histoire d'Émile ?

— Elle est neuve, celle-là, dit Marin en s'asseyant.

— J'ai jamais compris pourquoi tu n'avais pas fait une suite à l'histoire d'Émile.

— Mais j'ai fait, dit Marin, je ne cesse de faire. D'ailleurs toutes mes histoires se suivent. Elles se suivent et ne se ressemblent pas comme les jours, comme la vie.

Ils rêvent tous un moment sur la vie, les jours, et les histoires de Marin qui se suivent sans se ressembler à ce qu'il dit.

— Moi je trouve qu'elles se ressemblent, dit Marie. Il y a toujours dedans des hommes, des femmes et parfois des enfants. Il y a toujours le soleil et la mer, les dieux et les démons, et quelques fantômes écossais.

– Et les roses, tu oublies les roses, dit Léontine.

– J'allais le dire, dit Marie.

– Et beaucoup de vin qui coule, dit Théophile.

– On y mange pas mal aussi, dit Brice.

– Et puis ça baise, dit Cyr.

– Oh ! ça, il me semble que ça baise un peu moins depuis quelques temps.

– Où tu as vu ça, toi ? C'est le code qui a changé, c'est tout. C'est enveloppé, mais si tu creuses un peu...

– Pourtant Marin, quand on le voit comme ça, on croirait pas. Avec ses cils de fille et son visage d'ange.

– Laisse béton, dit Marin, la gueule en coin. Toujours dans le vent, celui-là. Voilà qu'il prend des airs de loubard du XVIe. Et puis, dans la foulée, il se met à sourire à tout le monde, tout en s'éclaircissant la voix :

– Vous vous rappelez ce qu'on doit faire aujourd'hui, dit-il.

– Non, non – ils disent tous – on doit faire quelque chose ?

– Mais si, dit Marin d'une voix lassée, vous m'avez promis de me raconter par le menu comment vous êtes arrivés ici, au Centre. C'est très important. C'est un témoignage, en somme, ce que je vous demande.

– Pour les générations futures ?

– Pour ceux de l'extérieur, si on y arrive, enfin vous me comprenez... Ça ne vous coûte pas grand-chose et ça peut être utile.

– Tu sais très bien tout ça, dit Léontine. Tu sais bien que j'avais été nommée bibliothécaire dans le Centre en préfiguration et puis, quand les tortues sont arrivées et qu'on a supprimé les bibliothèques, il a bien fallu me recaser et je suis devenue femme de ménage. D'ailleurs je ne me plains pas. Le travail n'est pas trop dur et j'ai plus de temps pour lire que lorsque j'étais entourée de livres.

– Moi, dit Théophile, j'avais pris ma retraite des chemins de fer, comme vous savez. Je m'embêtais chez moi. Je me suis inscrit à un club du troisième âge. Il y avait surtout des femmes, ajoute-t-il avec un air avantageux. Ce sont elles qui m'ont poussé à poser ma candidature au Centre. Elles disaient que j'avais le profil.

– En ce qui me concerne, dit Dorothée, c'est très simple. Le magasin où je travaillais a fait faillite. A l'agence pour l'emploi on m'a offert ce poste d'hôtesse. C'est marrant d'ailleurs parce qu'au début, Madame Fa a préféré que je sois prof de yoga – à l'agence, je n'avais pas parlé de ça, bien sûr – et puis finalement me voilà hôtesse quand même.

Marie et Blandine ont été recrutées par Madame Fa un jour qu'elle était allée au Nombril's Bazar voir danser sa cousine Marie-Panthère. Blandine et Marie y jouaient les faire-valoir. Elles avaient plu.

Anselme, faute d'avoir pu passer l'agrégation d'espagnol a fait une thèse de troisième cycle sur les tortues. Il a rencontré des gens des Centres, des ingénieurs. Il n'a pas hésité à se faire pistonner car la place lui paraissait intéressante.

Cyr était venu en stage. On l'a gardé.

– Eh bien moi, dit Brice, quand mon entreprise de tuyaux a été absorbée par une multinationale, je suis devenu videur au Nombril's Bazar. Et là, croyez-moi si vous voulez, je suis devenu l'amant de Madame Fa. (Tout le monde rigole et n'en croit pas un mot.) En somme, je suis arrivé de la main gauche.

Aurélie, après avoir fait la connaissance de l'hindou qui fréquentait Dorothée, s'est convertie à la méditation transcendantale, art qu'elle enseignait sur un paquebot russe faisant la croisière de Leningrad, où elle a rencontré le grand patron déguisé en simple touriste qui l'a placée là pour donner au Centre un *supplément d'âme*...

— Quand il n'y a plus eu de papier, dit Marin, les écrivains ont dû se mettre à apprendre le langage des tortues. Ensuite il y a eu un concours très difficile et ceux qui ont été reçus sont au Centre, les autres à la Poubelle.

VIII

Des bagarres éclatent parfois à propos de couvertures disparues, de courants d'air intempestifs, de conversations intimes trop longtemps prolongées. Il manque un oreiller, une couverture. Les brosses à dents disparaissent, les draps ne sont pas lavés pendant plusieurs semaines.

– A la dure comme à la dure, dit Madame Fa gaiement (Keep smile), en venant faire la tournée des boxes quand ça barde trop. Ces histoires de brosses à dents sont puériles, vous n'allez pas me dire que vous n'êtes pas audessus de tout ça.

Mais non, ils ne sont pas. « Merde alors », se risquent-ils à dire bien que ce mot soit mal vu au Centre, pas vraiment interdit mais enfin il vaut mieux ne pas trop le prononcer en public. D'ailleurs ils ne sont pas fous, ils le disent en secret, en serrant les dents : « Merdalors, Merdalors. » Aucune tortue dans les parages et Madame Fa, depuis longtemps, a pris le parti de ne pas voir, de ne pas entendre ce qui risquerait de déranger la bonne harmonie du Centre. Elle les calme, assure qu'elle fera le nécessaire, qu'elle a bien des ennuis avec son personnel, indocile, mal formé, mais dont il faut bien se contenter (ordres d'en haut). Parfois, par mesure de compensation, elle distribue de menus présents : plaquettes de chewing-gum, boîtes de réglisse et même quelques cigarettes. Quand cela va vraiment trop mal, elle ouvre une boîte de bonbons au miel qui lui sont envoyés des Vosges, les distribue avec parcimonie aux stagiaires ravis de l'aubaine et qui se battraient presque pour ces douceurs dont peu d'entre eux sont vraiment friands, mais qui sont marquées du sceau du pouvoir et de la rareté. Ils savent que les ingénieurs des tortues y ont droit quand ils viennent au Centre, et que même les permanents n'ont jamais réussi à savoir où se trouvait la réserve de boîtes. Peut-être dans la salle des coffres dont seule Madame Fa a la clef et où, de temps à autre, elle s'enferme d'un air mystérieux.

De toute façon, les bagarres sont de courte durée. Car les chiens qui rôdent toujours incitent à la maîtrise de soi, et le calme revient vite, en règle générale. Les stagiaires, quand ils vont se coucher le soir ou plutôt, à cause de toutes les soirées obligatoires, au milieu de la nuit quand elle est déjà bien entamée, ont à peine la force de se hisser sur leur lit pour y tomber de sommeil. C'est le matin, quand par hasard ils se réveillent avant l'heure, qu'ils se rendent compte de certaines absences. Ou bien c'est au moment de la sieste, pour ceux qui ont noté cette particularité dans leurs habitudes. Les amateurs de sieste rejoignent le dortoir avec des airs gourmands, sous l'œil envieux des imbéciles qui ont cru malin et digne de dire qu'ils ne dormaient jamais l'après-midi. Comme ils ne sont pas vraiment fatigués, ils ont alors tout loisir de décompter ce qui leur manque : un oreiller a disparu, une couverture s'est envolée, les édredons se font rares et les draps sentent les pieds. Le moyen d'inviter une personne à partager votre lit quand on y claque des dents et qu'on s'y abîme la peau sur des miettes venues d'on ne sait quel festin ? C'est pourquoi ces siestes sont souvent bâclées, parfois même écourtées.

Au fond, ça ne ressemble à rien ces petits sommes en temps limité. Travailler est finalement moins ennuyeux. D'ailleurs quinze heures sonnent à l'horloge.

Quinze heures est une heure laborieuse. La digestion est passée, ce n'est pas encore l'heure du goûter. On n'a rien d'autre à faire que de travailler.

Quinze heures est une expression rebroussière. Mieux vaut dire trois heures de l'après-midi. Il y a, dans l'après-midi, une douceur angevine qui réconcilie avec la vie. On travaille certes, mais pas avec l'acharnement du matin ou le désespoir de la nuit quand il faut finir avant l'aube. C'est une heure assez cool, on prend le temps de fumer une cigarette ou d'échanger quelques plaisanteries avec ses voisins.

A trois heures de l'après-midi, on a parfois des pensées un peu mauves. On rêvasse. On pense aux vacances. On se demande ce qu'on fera dans un mois, dans un an.

C'est à trois heures de l'après-midi que Marin est le plus en train pour imaginer ses amours avec Ella. Il lui prête des pensées narquoises. Il se représente dans des postures ridicules. Il est gai.

A trois heures de l'après-midi, le soleil est haut, tout brille, les petites fleurs sentent bon, les femmes s'alanguissent, les hommes se détendent.

A trois heures de l'après-midi, on croit que tout est

possible, que la vie est facile et que l'amour est délicieux comme un bonbon anglais.

Trois heures de l'après-midi n'est pas une heure tragique. Ni d'ailleurs comique. C'est une heure tendre qui ne demande rien à personne, qui ne fait pas de mousse.

A trois heures de l'après-midi, Blandine et Marie se reposent – les cours de danse reprennent plus tard.

A trois heures de l'après-midi, Théophile fait sa sieste. Il a obtenu une sieste prolongée car il est le doyen. En réalité, il ne dort pas toujours, il fume une pipe de gris que le docteur du Centre lui interdit et qui a meilleur goût d'être ainsi clandestine. Ou bien il boit du thé avec une stagiaire du troisième âge. Il lui raconte sa vie en l'embellissant un peu.

Aurélie, à trois heures de l'après-midi, est en pleine méditation transcendantale. Quel changement chez cette femme, elle qui fut si chaude lapine dans sa jeunesse et maintenant une véritable statue. D'ailleurs tout est relatif, sa période dévergondée a en somme été assez courte, c'est l'occazione plutôt qui avait fait la larrone (au temps de la Guerre Froide, quand ils vivaient dans la promiscuité honteuse du souterrain). Avant, elle avait vécu une vie de mère de famille, après elle a étudié les textes sacrés, mais les réputations vous suivent comme une traînée de poudre, bien après qu'elles ont cessé d'être méritées.

Trois heures de l'après-midi étant une heure un peu molle et paresseuse permet de faire le bilan de sa vie en faisant des ronds de fumée. On a tout raté bien sûr, mais les autres ont-ils tellement mieux réussi ? Le tout, si l'on a mal commencé la journée est de bien la terminer maintenant qu'on sait à quoi s'en tenir.

Marin se prend à rêver à la première nuit qu'il passera avec Ella. Il faut bien en arriver là dans une histoire d'amour, même si l'on résiste le plus longtemps possible à la pression de Mina 2 qui ne rêve que de seins à l'air et de zizis.

Il repense à toutes les autres premières nuits de sa vie : celles qui furent premières de rien du tout car il n'y eut pas de suite ; celles qui devaient être uniques et se révélèrent ensuite premières de beaucoup d'autres ; celles aussi dont on rêva longtemps et qui n'arrivèrent jamais ; celles dont on n'attendait qu'une agréable distraction et qui furent le début d'un grand amour ; celles dont on a perdu le souvenir tellement elles furent insignifiantes et celles qui vous font encore battre le cœur...

La première nuit avec la femme aimée est toujours un peu embarrassante car on ne sait pas très bien ce que l'autre attend : des prouesses d'ordre acrobatique ? La découverte d'un plaisir nouveau ? ou simplement de la tendresse, de la chaleur, un frottis-frotta un peu amélioré ? Bien sûr, on a essayé d'aborder le sujet avant, mais le moyen de parler autrement que par allusions ? Et par exemple d'une défaillance toujours possible, le sexe masculin étant parfois capricieux ?

C'est pour cela que parfois on la retarde, cette nuit que pourtant l'on désire. Et même on la retarde d'autant plus qu'on la désire davantage. Car avec quelqu'un que l'on n'aime pas, cela ne tire pas, pense-t-on, à conséquence. La chose peut être bâclée, ratée, baste ! quelle importance ? Mais avec quelqu'un que l'on aime, la chose doit être réussie, à la mesure de notre amour, sous peine de le ternir. Et plus le temps passe, plus l'on se sent intimidé par cette perspective, plus l'on se dit qu'après tout, ce n'est peut-être pas si nécessaire qu'on croit, cette gymnastique...

La première nuit, c'est comme si c'était la première fois. On se sent tout gauche, emprunté, timide. On attend qu'elle fasse les premiers pas, dise les premiers mots. On a peur de faire un geste malheureux, prématuré, qui fera tout rater. On a peur de faire un enfant dont elle ne voudrait pas et en même temps, cette application à ne pas faire d'enfant tout à coup vous paraît dérisoire, mesquine, contradictoire avec l'élan d'amour qui vous pousse vers elle.

Souvent d'ailleurs, et c'était le cas avec Ella, les choses se passent toutes seules, facilement, sans problèmes. On se demande pourquoi l'on s'est fait tant de souci pour une chose si simple, pourquoi avoir attendu si longtemps, qu'est-ce qu'on redoutait exactement ? La première nuit on se demande pourquoi elle est la première nuit et pas la dixième ou la vingtième. Mais peut-être qu'on serait lassé déjà, peut-être qu'on aurait déjà rompu, qu'il n'y aurait eu ni vingtième nuit, ni dixième, ni même peut-être cinquième. Peut-être qu'on conjuguerait tout cela au passé.

Comment se fabrique l'idéologie au Centre ? Mais y a-t-il une idéologie du Centre ? C'est ce que contesterait Madame Fa. Il y a bien sûr des intellectuels qui sont chargés de répandre l'information. Ils se distinguent des écrivains en ce qu'ils n'ont pas de tortue attitrée ni de bureau personnel. Ils sont regroupés dans un pool relié directement au grand ordinateur central avec lequel ils dialoguent. Ils sont totalement coupés des productions des écrivains et des activités ordinaires de la maison. En revanche, ils vont parfois bavarder familièrement avec les domestiques et recueillent les bruits qui leur parviennent des couloirs par l'intermédiaire des chefs d'étage : Cyr, pour le deuxième et Marjolaine, une grande rousse avec une bosse sur le nez pour le premier. Leur travail consiste à mélanger tous ces ingrédients pour en faire une espèce de soupe qu'ils servent chaude, sous forme de journal, tous les jeudis matins.

Quand ils arrivent au Centre, les stagiaires ne comprennent pas bien la fonction de ce journal dans lequel ils voient d'abord une feuille de chou sans grand intérêt, parfois drôle, souvent insipide. Ils le lisent d'un œil distrait, sans prendre garde d'abord au fait qu'ils se mettent à en citer des bribes dans leurs conversations. Peu à peu, le journal prend dans leur vie une importance insoupçonnée, il pénètre leurs pensées, leurs paroles, il parle à leur place : l'idéologie commence à fonctionner.

Entre les écrivains et les fabricants d'idéologie ne passe aucune sympathie. Les écrivains, malgré leur enchaînement aux tortues, se voient quelque peu contestataires, libertaires. Les idéologues voient les écrivains comme des fumistes, de doux rêveurs inutiles et se voient, eux, comme servant le bien commun. Et c'est vrai que, petit à petit, les stagiaires du Centre trouvent, grâce à leur journal, une langue commune, se sentent peu à peu soudés par une pensée unanimement partagée. Pendant ce temps, les écrivains continuent à produire leurs textes que personne ne lit ou à lire leurs poèmes aux soirées du mardi, en attendant comme récompense leurs tortues de bronze ou d'argent. Les idéologues, pour leur part, traitent d'égal à égal avec les ingénieurs des tortues, ont droit au repas amélioré avec chinon rouge et à la salle à manger particulière quand viennent au Centre des visiteurs de marque. Les écrivains, entre leurs tortues de bronze et leurs tortues domestiques, ont l'air de pauvres ploucs aux cheveux rares et au teint jaune.

Pourtant autrefois, quand Marin et Anselme partageaient le même souterrain (c'était au temps de la Grande Alerte Atomique, quand tout le monde devait, pour s'entraîner, passer la nuit sous terre), Anselme avait pour Marin une certaine considération puisqu'il avait même décidé d'écrire un livre sur lui, ou peut-être une thèse.

Mais les temps avaient bien changé. Désormais, quand Anselme et Marin se rencontrent dans un couloir, c'est Marin qui cède le pas à Anselme, impeccable, dans son costume trois-pièces avec cravate et épingle de cravate, le costume attitré des idéologues. Et, dans les réunions, parlant haut, d'une voix claire, à propos de tout et de rien, alors que Marin n'a la parole que quand vient son tour de lire sa production de la semaine, réclamant le silence et un peu d'attention d'un air humble, ne l'obtenant pas toujours, devant se contenter de faibles applaudissements.

Et avec Madame Fa aussi, quelle différence ! Alors que la patronne traite Marin avec condescendance, un léger sourire sur les lèvres (ces écrivains sont si amusants ! ce sont nos bouffons, la vie sans eux semblerait bien plate, etc.), elle adresse à Anselme des regards déférents et même par moments, semble le craindre. C'est que les fabriquants d'idéologie ne se contentent pas d'imprégner les esprits facilement malléables des stagiaires. Ils peuvent dévoiler sur la direction des choses pas bonnes à dire, voire répandre des faux bruits susceptibles de lui nuire. Madame Fa a donc intérêt à être bien avec Anselme et ses pairs, à les traiter avec égards, à leur faire obtenir des passe-droits, des bons morceaux.

Il y a plus encore. Alors que tout le monde, écrivains compris, est prisonnier du Centre, à part quelques petites escapades organisées dans les annexes, les idéologues ont droit à de vraies vacances qu'ils prennent sur les rivages de la mer Noire, dans les lacs suédois ou les forêts viennoises. Ils en reviennent hâlés, avec des habits neufs, des histoires d'amour exotiques et des idées nouvelles qu'ils expriment dans la prochaine livraison du journal, à l'ébahissement admiratif de la foule qui ne voit pas qu'ils ne doivent cet esprit, cette inspiration, qu'à un privilège exorbitant.

Aussi, entre Anselme et Marin, il y a longtemps que ce n'est plus de camaraderie qu'il s'agit, ni même d'estime. Une sourde hostilité passe de l'un à l'autre. De la part de Marin, c'est l'hostilité du serf envers le seigneur, du raté envers celui qui a su bien se débrouiller. De la part d'Anselme, c'est l'hostilité de celui qui occupe une position éminente tout en continuant à reconnaître à l'autre, sur un certain plan qu'il ne peut avoir oublié tout à fait, une espèce de supériorité immatérielle. Il n'oublie pas que Marin, sous ses allures modestes, avec sa tortue jalouse et son Ella au bout de sa laisse, et même s'il ne gagne pas à tous les coups une tortue de bronze, est néanmoins un créateur, un qui sort de son ventre, de son esprit et de son cœur des créatures que lui, Anselme, tout complet trois-pièces qu'il est, tout bronzé, tout à tu et à toi avec Madame Fa n'a jamais été foutu de faire même au temps ancien, très ancien où c'était son plus cher désir.

Avec les autres du souterrain, c'est autre chose. Théophile est béat d'admiration devant Anselme, s'imaginant que puisqu'il l'a connu jadis, le fait qu'Anselme ait si bien réussi rejaillit quelque peu sur lui. Et il lui lance de sonores bonjours, sans voir que les saluts d'Anselme à son endroit sont, imperceptiblement il est vrai, mais néanmoins sûrement, teintés de mépris. Blandine et Marie ont rompu toute relation avec Anselme à la suite d'un papier stigmatisant leur façon d'enseigner la danse. Elles détournent la tête du plus loin qu'elles le voient. Léontine, dans son rôle de servante à la Molière, garde son franc-parler avec lui et se fout carrément de sa gueule. Cyr file doux devant lui, obséquieux, dégueulasse. Brice n'a pas du tout changé ses relations avec lui, il est vrai qu'elles n'ont jamais été très bonnes. Dorothée reste neutre. Quant à Aurélie, elle a eu une flamme pour lui, tout à fait au début de ses nobles fonctions, mais comme Anselme s'est conduit en vrai mufle avec elle, allant jusqu'à révéler des détails intimes dans un numéro du journal, il n'a pas au Centre de plus grand ennemi.

Sauf peut-être Madame Fa. Le pouvoir des idéologues

lui semble depuis longtemps exorbitant. Elle envoie des petites notes secrètes à la direction générale pour demander qu'on lui accorde enfin ce qu'elle devrait avoir obtenu depuis longtemps : le raccordement au distributeur central d'idéologie qui balaierait une bonne fois pour toutes ces intellectuels se prenant pour des penseurs. Elle a eu des réponses encourageantes : la chose était acquise en principe, mais à court terme il fallait bien continuer avec ce qu'on avait, le branchement au grand distributeur demandant certains raccordements difficiles à effectuer à cause du manque criant de main-d'œuvre. D'autre part, l'utilisation des informations ainsi collectées demandait un doigté, un savoir-faire... On n'était pas tout à fait sûr, en haut lieu, que cela soit déjà dans les cordes du Centre de Paris, dont bien des bruits inquiétants parvenaient par l'intermédiaire des ingénieurs des tortues. Qu'est-ce que ces salauds sont allés raconter ? se demandait Madame Fa. Et elle écrivait à nouveau avec sa plume d'oie des lettres bien soumises où elle détaillait toutes les raisons qu'elle avait de demander ce raccordement, toutes les preuves qu'elle pouvait aligner de la maturité très grande du Centre en ce qui concernait le traitement de l'information. Mais qui traiterait l'information ? lui répondait-on. Le mieux serait de reprendre les idéologues à cet effet. Ce coup l'abattit. Si Anselme traitait l'information venue d'en haut, son pouvoir n'en serait guère amoindri, au contraire. Alors elle cessa d'écrire.

IX

Au sous-sol sont les femmes de ménage et les jardiniers. Il y a aussi des hommes de ménage et des jardinières, ce genre de discrimination n'existe pas au Centre, le partage des tâches selon les sexes ayant définitivement été classé comme vieux jeu, sans intérêt pour la bonne marche de la maison. En revanche, ceux qui viennent de l'extérieur, les ingénieurs, les réparateurs de tortues, sont en général de sexe masculin, sans qu'on puisse expliquer pourquoi. D'ailleurs, masculin c'est vite dit. Ils seraient plutôt du genre neutre, ni viril ni efféminé, ni d'ailleurs androgyne. Plutôt un nouveau genre, primesautier, hilare, un peu simiesque par moments, il faut bien le dire.

Contrairement à ce qu'on pourrait croire, le sous-sol n'est pas vraiment plus dégueulasse que le reste de la maison. Il y a même des coins du sous-sol qui sont franchement sympathiques, mais c'est probablement à ses habitants qu'il faut l'attribuer. Qui sont-ils ? Comment sont-ils recrutés ? Il ne faudrait pas croire que leur position en principe subalterne – mais tout, au Centre, n'est-il pas légèrement dévié, subtilement remis en question ? – rend leur recrutement facile, au contraire. Leur position est finalement très enviable car, mis à part leur service, assez léger car ils sont nombreux, ils ne sont assujettis à aucune règle, peuvent aller autant qu'ils veulent chez Antoinette et même au bistrot du bout de la rue, font ripaille entre eux avec des produits qu'ils subtilisent ici et là, chantent, dansent, lisent des livres, bref ont gardé un genre de vie à l'ancienne dont bien des stagiaires et des aspirants s'accommoderaient.

Mais cette position enviable quoique subalterne, ils ne l'ont obtenue qu'à la suite de la disparition de leur emploi originel. Ainsi Dorothée, professeur de yoga au Centre se serait sans doute retrouvée avec eux si elle n'avait pas obtenu le poste, en apparence plus honorable, mais peut-être moins plaisant, d'hôtesse. Léontine est devenue femme de ménage au moment de la disparition des bibliothèques. Parmi le peuple des sous-sols, on trouve des professeurs de disciplines disparues (Histoire, Philosophie...) ; des écrivains qui ont refusé de collaborer avec les tortues ; des comédiens, des petits commerçants, bref exactement le même genre de population que celui qui forme la grande cohorte des vagabonds. Leur sort relativement privilégié, c'est à un court passage au Centre qu'ils le doivent, à un vague cousinage avec un stagiaire, à la recommandation d'un inspecteur des tortues, à la chance de s'être présenté au bon moment.

Ils ont, comme tout le monde, leurs réunions avec Madame Fa. Au début, elle souhaitait organiser leur travail, leur attribuer des jours de service, des jours de repos. Et puis petit à petit, elle s'est résignée à ce qu'ils l'organisent eux-mêmes à leur façon, comme ça les arrangeait, une semaine comme ci, une semaine comme ça. Il y a une grande solidarité entre eux, et les tire-au-flanc ne sont jamais dénoncés. Une fois par semaine, Madame Fa leur signale les travaux les plus urgents à exécuter, tout au moins en ce qui concerne le ménage, car ce qui regarde le jardin est laissé à la discrétion des jardiniers qui rigoleraient comme des bossus si la patronne se mêlait de leur dire ce qu'il faut faire.

A propos des jardiniers, parmi les bruits les plus biscornus qui circulent dans le Centre, l'un fait état d'une liaison qui aurait eu lieu, durerait peut-être encore, entre Madame Fa et un jeune jardinier, un homme de très basse classe, ancien vendeur de marrons à la sauvette ou de glaces, on ne sait plus. Ce jeune homme qui a le physique italien, l'œil langoureux, les mains longues, est plutôt taciturne et pas vraiment intégré au groupe du sous-sol. On ne peut pas dire qu'il regarde particulièrement Madame Fa, et elle semble tellement au-dessus de ce genre de choses. Mais quand même, si c'était vrai, quel scoop ! Ça expliquerait peut-être l'étrange impunité dont bénéficie le peuple du sous-sol qui ne s'embarrasse pas de politesse, fait du bruit au milieu de la nuit, oublie de porter l'uniforme, ricane au passage des stagiaires, débine le Centre auprès des aspirants.

A l'heure où nous parlons, ils sont dix-huit : douze femmes de ménage dont quatre hommes, et six jardiniers dont deux femmes. Léontine et celui que tout le monde a surnommé Mario, faute de savoir son nom véritable, représentent un peu les deux extrêmes. Le petit commerce semble être davantage représenté chez les jardiniers, il y a tout de même un artiste-peintre, qui continuait à peindre à la main avec toiles, pinceaux, couleurs, mais n'a pas pu tenir devant les tortues avec lesquelles il a refusé de composer. Maintenant, en y repensant, lui qui était plutôt un peintre abstrait, il regrette de ne pas s'être attaché davantage aux fleurs, à la nature. Car, le croirait-on ? la nature existe encore dans le parc minuscule du château, et le peintre passe des heures à l'observer longuement.

Quand ils parlent d'eux-mêmes, ils s'appellent les domestiques. C'est un vieux mot latin qui signifie gens de maison. On ne sait pourquoi, à un certain moment de l'ancienne période, l'expression française a paru plus chic que le mot latin. Les gens de maison ne voulaient plus s'appeler domestiques ! Les femmes de ménage et les jardiniers du Centre qui sont pour la plupart des lettrés, ont trouvé drôle de reprendre le mot latin. Les tortues n'ont rien dit, elles ne l'avaient pas en mémoire. Madame Fa a un peu grogné, elle avait peur de se faire taper sur les doigts, reprocher son laxisme. Et puis un jour que les ingénieurs parcouraient la maison, on avait prononcé ce mot devant eux et ils l'avaient trouvé charmant. A tel point qu'ils s'étaient demandé si l'on ne pourrait pas finalement l'inclure dans les machines. Et puis non, son utilisation risquerait d'être vraiment trop restreinte.

Quand les domestiques parlent des résidents permanents, ils disent les maîtres. Ceux-ci hochent la tête, ils ne voient pas très bien où est leur maîtrise, et ils prennent le mot pour ce qu'il est : une injure. Il faut bien comprendre la situation : les domestiques sont d'anciens résidents destitués qui jalousent donc ceux restés en place, ou des dissidents qui ont refusé de collaborer avec les tortues et préféré balayer la cour à un travail intellectuel contrôlé. Ceux qui ont accepté cela, ils les méprisent : « Tiens, v'là les maîtres ! » disent-ils quand ils croisent les permanents. Il y en a que ça blesse, Marin entre autres. Il a essayé de parler avec les domestiques, mais à part Léontine qui est son amie, les autres restent bouche cousue.

Mais leur vraie tête de Turc, c'est Dorothée. Ils ne se

lassent pas de l'imiter derrière son dos – sa façon de marcher en tortillant du cul, sa prononciation ampoulée, ses mines. Léontine essaie de leur expliquer qu'ils sont injustes, bêtement misogynes, que Dorothée est une brave fille au fond et pas bête du tout malgré ses airs un peu ahuris, qu'ils feraient mieux de s'en prendre à Cyr ou à Anselme, de véritables pestes ceux-là, mais moins faciles à imiter c'est sûr. Plus évanescents, moins humains.

Dorothée n'a pas suffisamment de stagiaires pour le cours de yoga. Cette discipline est en perte de vitesse et il est même fortement question de la supprimer l'an prochain. C'était bon au début, quand les stagiaires arrivaient nerveux au Centre, tout excités par leur vie civile et qu'il fallait les décontracter pour leur apprendre une certaine impassibilité. Mais maintenant qu'ils se pressent au portillon, il s'agit plutôt de les regonfler, d'en faire de vaillants serviteurs des tortues, et gais aussi, pleins d'entrain. Le yoga a rempli son office, passons à autre chose. Dorothée se voit peu à peu reconvertir en hôtesse à tout faire, rôle qui ne lui déplaît pas, pour lequel elle a des dispositions. Elle n'a pas perdu l'habitude, contractée dans sa jeunesse, de fumer des cigarettes à la menthe et bien que l'usage du tabac, inutile et dispendieux, soit vivement déconseillé au Centre, on lui passe ce petit caprice, on ferme les yeux sur les moyens qu'elle emploie pour se procurer ces cigarettes – les aspirants peut-être ? ou Antoinette ? – C'est sans doute pour cela qu'elle accepte si gaîment de devenir bientôt hôtesse à plein temps, après avoir été la reine du yoga. Ainsi elle sera continuellement au contact des visiteurs, des aspirants, se fera peut-être donner, en guise de pot-de-vin, quelques paquets de ses chères cigarettes. Et puis, en vieillissant, elle est devenue coquette et la tenue d'hôtesse tranche par son élégance sur les espèces de pyjamas dont sont revêtus les stagiaires, la plupart du temps.

L'hôtesse, pour les organisateurs du Centre, doit être le lien avec la vie d'avant. Elle doit par sa tenue rappeler le bon vieux temps. On a laissé le choix aux directeurs entre un habit composite qui évoquerait les diverses modes du passé, et une garde-robe complète formant une véritable rétrospective. Madame Fa, qui a du goût, a trouvé la première solution ridicule et opté pour la garde-robe complète. Aussi Dorothée se réveille-t-elle chaque jour avec un frémissement de joie : que mettra-t-elle aujourd'hui ? la minijupe des années soixante ? la longue robe romantique ? un costume régional ?

Cette histoire de costume n'est pas aussi futile qu'elle en a l'air. Elle permet de clouer le bec à ceux qui osent dire – il y en a toujours de ces mal embouchés – que le mode de vie actuel ne permet plus la fantaisie. Bien sûr, comme pour tout, il faut une spécialisation. Mais qu'au moins une personne du Centre, et la plus représentative puisque chargée d'accueillir, de guider, d'être l'emblème de la maison, représente par ses tenues la fantaisie, le goût, montre bien que ces qualités n'ont pas disparu de notre univers.

Tout de même, quand on se rappelle Dorothée au temps où elle était demoiselle de magasin et fiancée à un hindou qui lui avait appris le yoga, et qu'on la retrouve dans une robe second Empire, un sourire peint sur le visage (keep smile), on se dit forcément que les temps ont changé.

C'est l'heure du goûter pour les enfants : « Ton quatre heures. »

Au Centre, le goûter n'est pas prévu, mais ça n'empêche pas les stagiaires de le prendre. Certains font des razzias à la cuisine, d'autres vont chez Antoinette ou au café du bout de la rue. Certains ont des provisions dans leurs chambres : petits-beurre, chocolat, morceaux de fromage. Les plus malins connaissent les réserves du Centre où sont les bonbons au miel, le café en poudre et le whisky vieux de dix ans.

Néanmoins, on mange avec modération car toute prise de poids amène une mauvaise note et on a beau se remuer, comme on mange et qu'on boit en toute occasion, c'est relativement facile de grossir. Or grossir est aussi mal vu que ne pas sourire. « Keep smile et restez mince », telle est la devise du Centre.

A quatre heures de l'après-midi, on sent du relâchement dans l'air. C'est l'heure où Brice est prié de relever les énergies par quelques coups de clairon. Anselme distribue le journal du soir ; on commence à afficher un peu partout le programme de la soirée. Tous les permanents sont sur le pont (ils ont eu le temps de se reposer, de s'étirer depuis midi).

« Haut les cœurs ! » Telle est la devise de quatre heures de l'après-midi. On distribue du café, on met un peu de musique entraînante. On diffuse dans l'air quelques odeurs tonifiantes.

Madame Fa sort de son bureau, souriante, passe dans les couloirs où elle distribue les poignées de main et les signes de tête. Dorothée brille de tous ses feux. Blandine et Marie reprennent leurs cours de danse avec une énergie décuplée.

Marin, quant à lui, se demande s'il arrivera au bout de sa page.

– Écoute, on ne va pas se disputer pour ça, dit Marin.

– Parce que, pour toi, ce n'est pas important ?

– Si, bien sûr. Mais enfin, ce n'est pas une raison pour se disputer.

– Tu es un hypocrite et un lâche, voilà ce que tu es.

– Et toi, tu ne t'es pas regardée ? C'est incroyable, cette complaisance.

– Complaisante, moi ?

Elle se tait. Les larmes coulent silencieusement le long de ses joues. Marin est bien embêté ; au fond, il ne pensait pas ce qu'il disait, il s'est laissé entraîner. C'est ce goût des disputes qu'elle a aussi. Pendant le peu de temps qu'ils ont à passer ensemble, ils pourraient faire autre chose que se disputer. Par exemple rester silencieusement l'un à côté de l'autre, en regardant les arbres. Ou bien fumer. Ou boire du vin. Enfin n'importe quoi. Mais pourquoi se disputer ?

Ella prétend que si l'on ne se dispute pas, c'est qu'on n'est pas vraiment amoureux. Si l'on n'est pas jaloux non plus. Il y a toutes sortes de choses désagréables qu'il faut faire pour montrer qu'on est vraiment amoureux. Marin trouve ça complètement débile. Par exemple, il n'est absolument pas jaloux d'Ella. D'abord il est sûr qu'elle n'aime que lui, alors ce serait vraiment idiot d'être jaloux.

— Tu sais, dit Ella en minaudant, Anselme m'a fait des propositions.

— Ah oui ? dit Marin. Pauvre Anselme...

Pour un peu, il en rirait : Anselme qui est tombé sur un bec, c'est comique.

— Tu ne me demandes pas ce que j'ai répondu, dit Ella, furieuse.

— Mais je le sais, dit Marin. Tu l'as envoyé sur les roses.

— Tiens donc, dit Ella. Et pourquoi en es-tu si sûr ?

— Mais voyons, dit Marin, tu n'es pas amoureuse de lui.

— Et alors ? dit Ella. Tu crois qu'il faut vraiment être amoureuse pour ça ? Et puis, qui te dit que je ne suis pas amoureuse de lui ? Comment peux-tu être si sûr de toi ?

Oh là là, pense Marin, si elle commence à faire la coquette, à me raconter des histoires pour me rendre jaloux, elle se trompe d'adresse. Si elle veut me remplacer par un autre, elle n'a qu'à le dire, je suis pas le gars à m'incruster de force. Mais elle pourrait mieux choisir ses mensonges, Anselme, quand même, elle ne peut pas croire que je vais marcher.

Ella se tait un moment, et puis elle trouve un autre truc pour l'asticoter :

— Léontine, quand même, elle exagère.

— Quoi Léontine ?

— Te courir après comme ça, à son âge. Elle n'a vraiment pas de pudeur.

— Mais tu es folle, ma pauvre fille, tu débloques complètement. Léontine est une vieille copine, d'ailleurs pas si vieille que ça entre parenthèses, j'en connais qui en feraient bien leurs dimanches.

– Toi par exemple ?

– Je ne réponds même pas tellement c'est bête. Non, mais Anselme tiens, ça fait des années qu'il tire la langue et qu'elle se moque de lui.

– Anselme ? Tu veux rire ? C'est après moi qu'il en a.

– Ça ne m'étonnerait pas qu'il te coure après pour la rendre jalouse. Ou alors par dépit peut-être, ajoute Marin, songeur.

– Je te remercie, dit-elle, les dents serrées. On se demande vraiment ce que tu fais avec moi. Une femme si moche que les hommes ne peuvent la regarder que par dépit.

– Qui a dit que tu étais moche ? Tu es vraiment folle, ma pauvre fille.

– Je ne suis pas ta pauvre fille.

– Ma riche fille alors (il rit bêtement à sa propre plaisanterie). Tout le monde sait que tu es très jolie. Je ne peux quand même pas te le répéter toute la journée.

– Oh non, ça te fatiguerait trop. Tu ne me le dis jamais, comme ça c'est reposant.

– Je trouve idiot de dire sans arrêt des choses évidentes et qui n'apportent rien.

– Moi ça m'apporterait que je serais contente, dit Ella en boudant.

– Mais non, tu dirais : qu'est-ce qu'il a, Marin, aujourd'hui ? Il doit avoir quelque chose à cacher pour m'assommer de compliments. Tu sais quand un homme est trop gentil avec une femme, ce n'est pas toujours bon signe.

– Un homme trop gentil avec une femme, je n'ai encore jamais vu ça, dit Ella, immensément étonnée.

– Quand un homme est trop gentil, poursuit Marin,

avec une femme je veux dire, spécialement quand avec cette femme il a, disons, des rapports intimes, c'est qu'il veut lui cacher quelque chose. Par exemple qu'il la trompe, ou bien qu'il s'apprête à la quitter, ou bien qu'il se demande ce qu'il fout avec elle et il se dit redoublons de gentillesse pour cacher mon incertitude. Ce n'est jamais bon signe, crois-moi.

– En somme, dit Ella, qui aime sa femme bat sa femme, c'est ça ta philosophie de l'amour ?

– Il ne faut rien exagérer, dit Marin, assez enchanté de la tournure que prend la conversation. Mais quand on a un sentiment vrai, on a des rapports vrais. On n'est pas toujours en train de se faire la cour, de se mignoter.

– En réalité, ça t'écorcherait la bouche de dire des choses gentilles.

– Ne dis pas de bêtises. Je t'en dis tout le temps. Mais voilà, tu es insatiable. Il faudrait une machine à débiter des compliments. Elle s'userait vite avec toi.

– C'est dommage qu'on n'enregistre pas nos conversations, c'est vraiment dommage. Tu pourrais compter les compliments que tu me fais.

– Mais qui te dit qu'elles ne sont pas enregistrées ?

– Tu débranches toujours quand on entre dans une pièce, tu crois que je ne le vois pas ?

– Je débranche pour enlever le plus gros, dit Marin. Mais tous les petits micros de la taille d'un timbre-poste ou d'un ongle qui peuvent se trouver un peu partout, c'est absolument impossible d'être sûr. Il n'y a plus de vie privée, tu le sais bien.

– C'est pour ça que tu ne me fais pas de compliments alors, dit Ella, reprenant espoir, parce que c'est interdit ?

– Peut-être bien, dit Marin, peut-être bien.

A ce moment-là, comme un *deus ex machina*, le signal de Madame Fa se fait entendre par l'intermédiaire de Mina 2. Marin est demandé dans son bureau. Voilà qui lui permet d'arrêter les frais avec Ella et de clore définitivement ce chapitre des disputes.

De temps en temps, Madame Fa aime bien s'entretenir en particulier dans son bureau avec un permanent du Centre. « Je prends la température », dit-elle.

Aujourd'hui c'est le tour de Marin. Il n'était pas tellement en train depuis le matin. L'après-midi se traînait, mollassonne. Il n'arrivait pas à relier tous les petits morceaux d'Ella. Il avait son show à préparer pour le prochain mardi. Ce n'était pas encore ce jour-là qu'il obtiendrait une tortue de bronze, mais ça il s'en fichait. Il fallait tout de même fournir. Et puis Mina 2 a couiné d'une drôle de façon, une fois, puis deux, puis trois. D'abord il a cru qu'elle allait encore lui faire des remontrances sur ses rapports avec Ella. Mina 2 trouve qu'ils vont trop loin, au point que Marin se demande par moments – mais non, il déraille – si elle n'est pas un peu jalouse. Bizarre de la part d'une tortue, mais qui sait si à force de vivre avec les gens, elles n'en sont pas imbibées, un peu comme les animaux domestiques qui finissent par ressembler à leurs maîtres. Et puis il a compris : c'était le signal de Madame Fa quand elle voulait vous voir.

Marin descend l'escalier jusqu'au palier du premier

étage, tourne à droite, monte les quelques marches qui mènent au bureau de Madame Fa.

– Entrez, Marin, entrez, dit-elle sans le regarder. Ursule se soulève un peu sur son derrière, jette un bref aboiement, puis reprend sa sieste. Madame Fa est tout sourire.

– Alors, Marin, où en êtes-vous avec Ella ?

– Ça ne va pas fort, dit Marin, en se laissant tomber sur un fauteuil face au bureau. Elle me résiste.

– Très bon ça, très bon, dit Madame Fa. Vous savez bien que les personnages qui ne résistent pas ne sont pas bons. Ce sont des ectoplasmes. Ella m'a l'air d'avoir de la personnalité. Nous en ferons quelque chose, vous verrez.

Ce « nous » blesse Marin, car il lui rappelle un peu trop qu'en effet il n'est pas seul maître de ses créations, que les tortues veillent. D'ailleurs, elle y vient :

– Et dites-moi, Mina 2, comment se comporte-t-elle ?

– Il me semble qu'elle va un peu loin, dit Marin, l'air grognon. Elle me met des bâtons dans les roues.

– Sacrée Mina, dit Madame Fa en riant. Je savais bien que ce n'était pas un cadeau que je vous faisais, mais c'est une de nos meilleures tortues, vous savez. Je ne la donne qu'aux écrivains que j'estime particulièrement.

Marin hausse les sourcils de surprise. Jusqu'à présent, il n'avait pas constaté cette haute estime. Il se croyait l'écrivain lambda, grisâtre, couleur de muraille.

Madame Fa lui tend sa bonbonnière pleine de bonbons au miel ; Marin les déteste mais, poli, se met en demeure d'en sucer un.

– Seulement, ajoute Madame Fa l'air rêveur, elle a parfois comment dire ? des sortes de caprices. C'est une vieille tortue, vous savez, elle est devenue très intelligente au point que par moments...

– Chet après-midi, che me chui imachiné qu'elle était

chalouce, dit Marin, les dents engluées dans son bonbon au miel.

Madame Fa fronce les sourcils.

— En êtes-vous sûr ? C'est très grave, vous savez, ce que vous dites là.

— Che chui prechque chûr, dit Marin.

— Parce que ça lui est déjà arrivé, dit Madame Fa, avant que je vous la confie. On a dû lui faire une révision sévère et même une petite intervention. On m'avait garanti le succès.

Elle se lève, agite ses bras, l'air furieux.

— C'est quand même extraordinaire de ne pas arriver à avoir un matériel correct. Je suis obligée de faire marcher ce Centre avec des tortues ringardes qui font des caprices, ont des vapeurs, des états d'âme. Et c'est avec ça qu'il nous faut forger le nouveau monde. Ah ! je vous jure...

Elle se rassied, se calme, joue avec la plume d'oie dont elle a décidé de se servir depuis quelques temps, depuis le jour où l'on a comparé le Centre à un nouveau Versailles.

— Écoutez mon petit, vous allez retourner travailler comme si de rien n'était, mais vous allez m'avoir cette Mina 2 à l'œil. Et si vous avez l'impression qu'elle exagère, qu'elle en rajoute, qu'elle outrepasse son office, venez me voir d'urgence. Dans ces cas-là, il faut agir vite. Mais n'exagérez pas vous non plus avec Ella : il faut savoir garder ses distances. Et puis allez donc à la soirée *Apostrophes*, ça vous fera du bien de parler à la presse.

Marin se lève, il a réussi à finir son bonbon au miel, il va prendre congé.

— Au fait, dit Madame Fa, savez-vous pourquoi elle se nomme Mina 2 ?

Marin fait un signe de dénégation.

– C'est justement pour la distinguer de la Mina tout court qu'elle a été et qui avait si mal tourné, dit Madame Fa. Et comme Marin esquisse un pas vers la porte, elle ajoute en riant brusquement, d'un air carnassier :

– J'espère qu'il n'y aura pas de Mina 3.

Il faudrait parler un peu de Madame Fa. Quelle est sa place exactement au Centre ? Directrice ? Sans doute, mais c'est bien vite dit. La plupart du temps, elle joue son rôle consciencieusement, semblant même y prendre un certain plaisir. Mais parfois une certaine lassitude se fait jour, une lueur d'ennui passe dans son regard, elle soupire, serre Ursule sur son cœur, verse une larme devant un permanent embarrassé. On peut se demander pourquoi c'est elle qui est directrice du Centre. Et d'abord pourquoi une femme ? En réalité cela n'a rien d'exceptionnel, beaucoup de centres sont dirigés par des femmes et il y a beaucoup de femmes parmi les permanents. Au début de la Grande Pénurie, les associations de femmes avaient pavoisé, vu dans ces nominations une victoire du féminisme. Et puis petit à petit une prise de conscience s'était opérée. Elles avaient compris, mais sans le dire toujours car à quoi bon désespérer les masses, dire que ce sont les mêmes qui tirent les ficelles ou les font tirer par d'autres – et la modernité (dont les tortues avaient été l'élément décisif) permettait justement de garder les mains propres, de devenir invisibles, insoupçonnés. Madame Fa sait bien qu'elle ne dirige rien du tout, que tout ce qu'elle fait est étroitement surveillé, noté, comptabilisé ; chaque fois qu'elle s'écarte tant soit peu de la droite règle, de la norme la plus stricte, chaque fois qu'elle ferme les yeux sur une bêtise de stagiaire, qu'elle omet d'apporter à la Grande Tortue les cadavres qui lui sont dus, qu'elle laisse les écrivains jouer avec les mots interdits, qu'elle tolère des amitiés particulières, des beuveries impromptues, des escapades nocturnes, elle sait bien que tout cela est noté soigneusement par Castor et Pollux, les deux tortues qui ont remplacé Mina. Car ce qu'elle n'a pas dit à Marin – et c'est cela la solitude du pouvoir – c'est que le remplacement de Mina n'a pas seulement été dû à son subit engouement pour cet architecte-écrivain. Le fait est que Mina lui passait, à elle, trop de choses, n'était pas assez précise, assez soigneuse dans sa surveillance et qu'on a décidé d'avoir Madame Fa à l'œil, lui dépêchant, sous prétexte d'efficacité, les deux plus récentes tortues sorties des usines générales, des tortues à qui on ne la fait pas, capables de lire même dans vos pensées les plus intimes.

Ainsi Madame Fa est en réalité prisonnière au Centre. Elle ne peut pas donner sa démission, partir. Elle est condamnée à rester là jusqu'à ce que les décideurs décident de la placer ailleurs ou de la rejeter à la Poubelle. Elle n'a aucune liberté, aucun ami, elle ne peut avoir de relations intimes avec personne (et ce qu'on raconte sur Mario est sans doute faux). Ses seuls moments un peu agréables, un peu détendus sont ceux qu'elle passe en tête-à-tête avec un permanent ou un stagiaire. Mais ils doivent être suffisamment brefs, bien centrés sur un sujet pour que Castor et Pollux n'en prennent pas ombrage, ne commencent pas aussitôt leur rapport à ceux d'en haut.

Ils se demandent qui on va leur envoyer aujourd'hui : Pierrot de *La Dépêche*, Marc de *Radio-Tintin* (le beau Marc disent-elles), Croquignole du *Canard de l'Ile-de-France*, ou Anne-Marie de *Dites-le avec des fleurs*. A moins que ce ne soit un nouveau, un jeune qui vient se former à leurs dépens. Il faut bien entretenir les radios-libres et la presse underground. Tout cela ne fait pas de mal à une mouche et fait passer sur le pays un petit souffle de liberté qui améliore considérablement l'ordinaire, dit-on. Il paraît – ce sont les aspirants qui le disent le dimanche, entre deux petits fours – que ces nouvelles du Centre font rire dans les chaumières. Ça distrait un peu, ça change de l'information toute mâchée par les tortues. S'il n'y avait pas ces petits journaux, ces petites radios, on s'ennuierait.

Les résidents permanents se passeraient bien d'être là, car c'est évidemment les stagiaires qu'on interroge, leurs impressions, ce qui a changé dans leur vie, comment est la vie au Centre et Madame Fa quel genre de femme ? Mais ils doivent être là « pour éviter que la discussion dégénère », dit Madame Fa, très grande dame – pour veiller au grain, redresser les mensonges. Ce n'est pas que ce soit vraiment important, mais sait-on jamais ? On a vu dans le passé des pouvoirs autrement puissants, autrement établis, ébranlés par des petits journalistes à l'air minable. Et puis ce n'est pas tellement ça, c'est vrai qu'on n'a pas grand-chose à craindre, c'est plutôt que ça risque d'énerver les stagiaires, de leur donner des idées, et après on verrait fleurir sur les murs des graffiti débiles du genre : Fa, Fa dièze ou Fa bécarre ? Qu'est-ce que ça voulait dire ? Bien malin qui aurait pu répondre mais les stagiaires s'en esclaffaient pendant huit jours. Il fallait éviter tous ces troubles, tous ces bruits qui empêchaient le stage de se dérouler harmonieusement, dans un bain d'huile. Madame Fa aimait bien cette expression : un bain d'huile.

Ce jour-là, on voit arriver une grande bringue qu'on ne connaissait pas : Marie-Madeleine de *Elles entre elles*, un journal féministe. Elle demande si les femmes sont brimées au Centre.

– Brimées ?

Personne ne comprend ce mot.

– Exploitées, quoi, dit Marie-Madeleine avec l'air de s'énerver.

– On n'est pas des mines, dit une jeunette.

Marie-Madeleine est complètement à côté de la plaque, elle s'en aperçoit très vite. En fait, les hommes et les femmes ça n'a plus tellement cours ici, vous savez ? On est tout pareil, tous des stagiaires ; on ne fait même pas la différence.

Non, elles ne font pas plus le ménage ou la soupe que les hommes. Non, elles ne voient pas vraiment. Il y en a même une qui dit :

– D'ailleurs, Madame Fa, en somme, c'est une femme.

Tout le monde s'esclaffe. Elle est bien bonne. Madame Fa ! Enfin bon, passons.

— Et pour l'amour ? dit Marie-Madeleine en baissant la voix.

Dieu du ciel qu'a-t-elle dit là ? Regards effrayés, gêne immense, on va se faire taper sur les doigts. Les résidents arborent un air bonhomme. C'est pour ce genre de question que leur présence se justifie et que s'impose leur doux sourire.

— Enfin l'amour, je m'entends, dit Marie-Madeleine. Je ne parle pas du sentiment. Cette immense exploitation de la crédulité humaine. Je veux dire l'amour physique quoi, les rapports sexuels.

Elles écarquillent les yeux, ne voient pas le problème.

— La conception, dit Marie-Madeleine, sa langue a fourché. Je veux dire la contraception.

Ah ! ça leur dit vaguement quelque chose. Elles rient en se poussant du coude. Se peut-il qu'à l'extérieur ils ne sachent pas ?

— Mais puisqu'on est tous stérilisés en entrant ici, dit quelqu'un. On est vacciné contre tout et contre ça aussi.

— Vous dites stérilisés ? dit Marie-Madeleine d'un air d'effroi. Vous êtes sûrs de ce que vous dites ?

Là il faut qu'un résident intervienne. C'est Dorothée qui se dévoue.

— Le Centre est affilié à l'agence mondiale pour le contrôle des naissances, dit-elle. Nous devons donner l'exemple. Et puis, entre nous, ça simplifie les problèmes. Avec des marmots partout, je ne vois pas très bien comment nous pourrions fonctionner. Bien sûr cela ne vaut pas pour les résidents, ajoute-t-elle avec un petit sourire satisfait. Seulement pour les stagiaires. Il faut savoir ce qu'on veut et en payer le prix. Après tout on n'est pas obligé de postuler un stage au Centre.

— Je ne savais pas, dit Marie-Madeleine en bégayant. Elle ramasse son sac à toute vitesse et file à son journal.

Dieu sait ce qu'elle va raconter. Elles sont bizarres ces nanas, toujours à discuter pilule et avortement, mais dès qu'on parle stérilisation, apeurées comme des souris. C'est pourtant bien plus radical.

X

Quand les domestiques parlent des résidents permanents, ils disent les « maîtres ». Ceux-ci hochent la tête, ils ne voient pas très bien où est leur maîtrise. Ils trouvent enviable le sort des domestiques, parce que ceux-ci n'ont plus rien à démontrer, ils sont au bas de l'échelle. Ils aimeraient bien, eux aussi, jouir de cette liberté de langage et d'allure, ricaner devant Madame Fa, siffler les filles. Ils ont beau chercher, ils n'arrivent pas à apercevoir nettement les avantages que comporte leur situation. A part ces fameuses chambres sous les toits, ces cafetières mises à leur disposition, le droit de cuissage (droit non écrit, mais bien réel) qu'ils peuvent exercer sur les stagiaires s'ils en ont encore le goût – mais des années de résidence permanente ont un peu émoussé leurs désirs – quelques tolérances, quelques permissions mais de plus en plus douloureusement ressenties comme des exceptions à une règle qui commence à peser sérieusement sur eux.

Maîtrise ? Allons donc ! Ils ne sont maîtres de rien, distribués dans les salles spécialisées, surveillés de près par les tortues, critiqués par les stagiaires, sermonnés par Madame Fa, suivis par les chiens, moqués par les domestiques, jalousés par tout le monde. Obligés, avec ça, de ne pas déroger, de ne pas déchoir, sous peine d'être renvoyés à la Poubelle, ou de devenir domestiques, ce qui en un sens, serait le moindre mal. Quoique. Chez les domestiques, on n'oublie rien. On n'oublie pas surtout et c'est ce qui rend leur société peut-être plus intolérante, plus difficile à vivre que les résidents ne l'imaginent dans leurs heures de cafard, on n'oublie pas comment tel ou tel est devenu domestique. Et entre l'écrivain qui est devenu domestique par refus d'obéir aux tortues et celui qui serait envoyé au sous-sol pour incompétence ou paresse, on se doute qu'il y a un monde. Malheur au domestique qui n'est devenu ce qu'il est que pour n'avoir pas réussi à se plier aux exigences du Centre qu'il avait pourtant acceptées de tout cœur, applaudissant des deux mains à toutes les règles, à toutes les lois, revêtant avec entrain l'uniforme, faisant l'article pour les visiteurs, paradant devant les stagiaires, ravi d'être envié, en remettant sur les avantages, maigres pourtant, sommaires, que lui procurait sa position.

Quand ils disent les « maîtres », les domestiques rient en dedans, ils font traîner le *ai* de maîtres, forcent sur le *a*, les « mâtres », disent-ils, en ouvrant grand la bouche. Ceux qui se croient les maîtres alors que, les domestiques le savent bien eux, les seuls maîtres sont ceux qui n'ont pas de disciples, pas d'esclaves, pas de domestiques. Les seuls maîtres sont ceux qui sont en dehors du rapport maître-élève, maître-esclave, maître-domestique ; les seuls maîtres sont ceux qui sont maîtres d'eux-mêmes, libres de leur propre vie, libres de faire ce que bon leur semble quand ça leur semble. Les seuls maîtres pourraient être les domestiques, s'ils n'avaient pas à obéir évidemment. Mais ils obéissent si peu, ils n'en font qu'à leur tête et surtout ils sont gais, si gais, ils chantent, ils racontent des histoires drôles. Ils n'ont plus rien à perdre, imagine-t-on quel soulagement ? Ils n'ont plus rien à perdre parce qu'ils ne redoutent rien de la vie, même pas qu'on les renvoie à la Poubelle car la Poubelle ne leur fait pas peur, ils savent que l'on exagère beaucoup au Centre, qu'il y a du bon aussi dans cette vie sauvage, vagabonde, en dehors des normes, en dehors de la modernité. Le Nouvel Ordre du Monde, ils s'en tamponnent, ils se contentent de balayer les détritus des nouveaux ordonnateurs, d'écouter aux portes, de colporter des bruits. Ils adorent flanquer la frousse aux stagiaires en leur faisant de fausses confidences. Ils jouissent quand ils voient les stagiaires chier dans leur froc, le front couvert de sueur, persuadés que si les domestiques le disent ce doit être vrai, cette menace d'être renvoyés à la Poubelle pour un oui, pour un non. Tout ce que racontent les domestiques doit être vrai, quel intérêt auraient-ils à mentir (et l'intérêt de voir les autres croire à leurs mensonges, l'intérêt de voir se peindre sur ces faces serviles un reflet de crainte, une grimace, un sourire crispé ?), s'ils racontent cela, c'est donc quelque chose qu'on veut leur cacher, quelque chose de grave. Les bruits, tous les bruits : qu'il y a une prison, un cachot plutôt dans la station de métro fermée où l'on précipite tous les récalcitrants – et il suffit de peu, de bien peu pour déplaire – où ils croupissent sans que plus personne n'entende parler d'eux. Tous ces disparus qui, prétendument, ont préféré retourner à leur ancienne vie, ou qui sont partis en mission, en voyage, en vacances, on aurait de bonnes chances de retrouver leurs ossements dans les couloirs du métro. Pour autant, disent les domestiques prudents, que la Grande Tortue ne les ait pas bouffés, que le Grand Ménage n'ait pas été fait. Le Grand Ménage où ils ne trempent nullement, eux autres, le Grand Ménage électronique, commandé d'en haut, relayé par Madame Fa, le Grand Ménage qui nettoie tout, remet tout au zéro.

Autrefois, dans un autre monde, quand on aimait quelqu'un on disait : nous avons les mêmes goûts, ou, avec la même force de conviction et la même valeur de preuve (de l'amour) : nous n'aimons pas du tout les mêmes choses, c'est ce qui est formidable : il aime la musique et moi la peinture – ce qui devenait très rapidement : il me fait découvrir la musique et je lui fais découvrir la peinture, et patati et patata.

Dans le Nouvel Ordre du Monde, est-ce qu'il y a encore des goûts ? On apporte, bien sûr, au Centre les goûts de son passé : j'aime ceci, dit-on, je n'aime pas cela ; je préfère, je n'aime pas beaucoup, je déteste... Au début du stage, on répète cela avec conviction puis de plus en plus mollement, puis plus du tout. On a la même vie, la diversité de l'expérience s'efface, on n'est jamais seul, on n'a plus de secret, plus de vie privée, on aime ce qu'on n'a pas c'est-à-dire la liberté, la campagne, la nature, mais même cela on se demande : est-ce que ça existe encore ? n'est-ce pas un fantasme ?

Avec Marin, c'est simple, la seule chose qu'il aime, c'est la littérature. Et un peu le vin aussi. Et les femmes. Mais très peu tout ça, par rapport à l'amour qu'il a de la littérature. Et c'est un goût rare finalement, qui n'est guère partagé que par les écrivains et encore pas tous. Enfin, il a quand même eu de la chance dans ses amours car les femmes aiment souvent la littérature. Ou croient aimer. Elles croient comprendre que la littérature parle de l'amour, des sentiments, des choses qui passent entre les gens. Elles croient deviner que la littérature, c'est le seul endroit où les hommes ont le droit d'être vrais.

Elles sont un peu pataudes dans leur amour, elles confondent tout, mais enfin dans l'ensemble, ça peut aller. Entre la littérature et les femmes, il y a quelque chose qui passe.

Ella, c'est très simple aussi, elle aime l'amour. Elle aime l'amour de toutes les façons possibles, à toutes les sauces : l'amour physique comme on dit, l'amour déclarations sentimentales, l'amour qui n'ose pas dire son nom et l'amour qui s'étale sans vergogne. Elle aime surtout les hommes, beaucoup moins les femmes bien que leurs petits seins excitent son intérêt. Les hommes lui plaisent parce qu'ils sont tout en contradictions, tellement différents de l'image qu'ils veulent donner d'eux-mêmes, forts quand ils se disent faibles, faibles quand ils se disent forts. C'est amusant de naviguer entre l'image de l'homme et sa réalité, c'est plein d'imprévu, c'est gai. Marin, par exemple, se présente toujours comme une pauvre victime, un tendre, un rêveur, timide avec les femmes, sentimental et tout. En réalité (ou disons dans une autre réalité, car les images aussi sont réelles), c'est un coureur de jupons, un tombeur, un don juan. Il s'est très habilement placé au Centre où il a comme on dit une bonne situation. Il se prétend sans ambition, modeste, effacé, mais au Centre il est l'un des écrivains les plus respectés. Madame Fa prend ses conseils, elle le cite souvent dans la conversation. Il finira pas avoir la Tortue d'Or et prétendra ne pas l'avoir demandée, n'aimer que l'art pour l'art, être un bohème, un va-nu-pieds. Il dit qu'il n'a connu que des échecs, que sa vie n'est qu'un tas de sable, un terrain vague, une maison en démolition. N'empêche... Beaucoup aimeraient être à sa place. Mais il ne faut surtout pas lui dire ça ; ses yeux prennent une couleur d'eau dormante, il devient triste comme un vieux chien. Pour un peu, il verserait une larme sur lui-même. C'est vraiment un homme, Marin, tendre à l'extérieur et dur à l'intérieur, comme le nougat de Montélimar (quand il y avait du nougat à Montélimar...).

Ella aime sucer Marin comme un bonbon. Et qu'on ne voit pas là une allusion obscène. Pour elle, les hommes sont des bonbons qu'on suce : il ne faut pas se fier à la couleur, à la consistance extérieure : c'est en goûtant, en les faisant fondre lentement dans la bouche qu'on sait à qui on a affaire. L'ennui, avec les bonbons comme avec les hommes, c'est qu'on a beau sucer lentement, il vient toujours un moment où il ne reste plus grand-chose à sucer. Il ne reste plus qu'un souvenir qui s'efface assez vite, comme tous les souvenirs gustatifs, c'est pour cela que certaines femmes préfèrent carrément croquer, tant qu'à faire. Mais alors les paquets doivent être plus gros, la consommation est importante, les dents se gâtent et les estomacs : on a vite fait de prendre des kilos à ce régime et de perdre les belles joues fraîches de sa jeunesse. La mâchoire se développe exagérément, les bonbons se méfient et se défilent devant la croqueuse. Les hommes, en général, préfèrent être sucés.

Alors les goûts, dans tout cela, à part la littérature et l'amour, c'est seulement une façon d'amuser le tapis. On jette dans la conversation des phrases anodines comme

« J'aime le café brûlant » ou « Non, jamais de sucre » qui permettront à l'autre de prétendre vous connaître :

— Ah non ! ce café est trop tiède pour Marin, il l'aime brûlant.

— Du sucre, vous n'y pensez pas ! Elle ne supporte que le café sans sucre. Elle a le sucre en horreur.

Petit à petit, Ella devient cette personne qui ne met jamais de sucre dans son café, qui n'aime pas le mauve (elle n'en porte jamais) ; qui reconnaît le chant des oiseaux (à ce qu'elle dit parce que dans ce quartier tranquille, à l'ouest de Paris, il n'en reste plus guère) ; qui se maquille beaucoup — surtout les yeux en passant un crayon gris à l'intérieur de la paupière ; qui porte beaucoup de bijoux très lourds, plusieurs colliers, plusieurs bracelets, des bagues à tous les doigts et puis...

Et Marin, c'est cet homme qui aime le café brûlant, qui a horreur de rompre (ainsi traînant derrière lui des amitiés qui ne sont que les queues de ses anciennes amours), qui voudrait que tout le monde l'aime et fait du charme à tout un chacun mais spontanément, sans y prendre garde, c'est sa nature. C'est un homme plutôt beau qui se prétend quelconque, plutôt fort en se croyant faible, plutôt populaire et se disant très solitaire, plutôt plutôt et se croyant le contraire. Bref un homme normal, comme Ella les aime. Et en plus, cette passion de la littérature, qui le rend si fascinant parfois, quand il se lance. Cette passion qui lui donne de la profondeur car sans cela, il serait finalement attachant sans plus, il serait comme beaucoup d'autres, mais tout à coup il vous quitte, il est parti, il chevauche sa chimère et même si cette chimère c'est Ella elle-même, Ella transformée en une autre Ella, une Ella de poète, une Ella qui n'a jamais existé. Ella, la vraie, aime bien assister à ces départs, à ces décollages, au moment où l'œil de Marin, normalement brillant jusque-là s'opacifie, se ternit, rentre à l'intérieur de lui-même, au moment où sa voix s'assourdit, ou vibre au contraire d'une palpitation interne qu'aucune circonstance extérieure ne peut expliquer. Parfois, il revient à lui-même assez vite, s'excuse auprès d'Ella de l'avoir quittée en pensée. Il ne sait pas que c'est à ce moment-là qu'elle l'aime le plus, quand il la quitte, qu'il s'en va, qu'il n'est plus là tout en étant là.

Alors les goûts, dans tout ça, est-ce que ça n'est pas un peu mesquin ? Les goûts, vous voulez rire. Vous aimez Mozart ? Préférez-vous la tarte aux pommes ou aux poires ? Modigliani, ça vous plaît ? Ça vous dirait d'écouter du jazz ? Le rock français, c'est super, non ? Est-ce que vous avez déjà joué au tiercé ? Le bridge ou la belotte ? A point ou saignant ? Chaud ou froid ? Cru ou cuit ? Rouge ou rosé ? Piano ou violon ? Vers ou prose ? Homme ou femme ? Nu ou habillé ? Sport ou ville ? Fromage ou dessert ? Par-devant ou par-derrière ? Dans le noir ou la lumière allumée ? On peut continuer comme ça longtemps.

Les goûts, c'est pour faire croire aux gens qu'ils ont le choix, qu'ils sont libres, qu'ils ont tous leur petite personnalité, comme disent les élèves de terminale dans leurs dissertations soi-disant philosophiques. Les goûts, c'est pour vous empêcher de voir la réalité. Les goûts, c'est le voile tendu devant vous pour que vous ne regardiez pas plus loin que le bout de votre nez. Les goûts, c'est pour dissoudre le tragique dans le quotidien. Les goûts, c'est pour tout rapetisser, pour tout mélanger, pour que tout devienne insignifiant. Affaire de goût ; des goûts et des couleurs ; c'est mon goût ; merde.

Moi mon goût, c'est de vivre avant de mourir et d'être libre avant d'avoir trois pelletées de terre sur moi. Et les autres sont comme moi. On est tous pareils, on nous amuse avec cette histoire de goûts pour mieux nous empêcher de vivre.

Mais comment, je croyais que tu n'aimais pas le théâtre... Toi, aller à la montagne, tu m'as toujours dit que tu n'aimais que la mer. Lui ? Il ne voudra jamais, il a horreur de ça.

Et le pire de tout : moi, je ne.

– Mais tu n'as jamais.

– Non, mais je sais que je ne.

Cinq heures du soir est une heure tragique. C'est l'heure où la nuit et le jour se livrent un combat violent. Mais, un peu plus tôt un peu plus tard – selon les saisons – c'est toujours le jour qui perd ou, si l'on préfère, la nuit qui gagne.

A cinq heures du soir, les écrivains se demandent s'ils continueront à écrire, les couturières n'arrivent plus à enfiler leurs aiguilles, les chiens ressemblent à des loups, les solitaires se sentent encore plus seuls et doivent aller dans les cafés avaler des verres au comptoir pour se remonter le moral. C'est l'heure où les cuisinières se demandent ce qu'elles feront pour le dîner. C'est aussi l'heure du thé.

A cinq heures du soir, les chats se passent la patte derrière l'oreille pour dire qu'il va pleuvoir, les chiens aboient, les hirondelles volent bas, les tortues couinent pour annoncer que la journée est finie.

A cinq heures du soir, Brice joue de la trompette, Madame Fa pleure, Blandine arrête ses entrechats, Marin fume.

A cinq heures du soir, le temps suspend son vol.

Les araignées montent au plafond, les mouches tombent, les moustiques font des ronds, les vers, solitaires, s'ennuient.

C'est à cinq heures du soir, en novembre, qu'on découvrit un vol au Centre. Des pièces d'or dont on se servait comme jetons pour jouer au poker (l'or pas plus que l'argent n'ayant cours en ce lieu) disparurent subitement, toutes, comme volatilisées, détruites. Ce n'était pas une grande perte pour le volé (le Centre) puisque cette monnaie n'y était pas cotée, mais à coup sûr un grand gain pour le voleur (X...), à supposer que le voleur soit à l'extérieur du Centre, ce qui rendait le vol particulièrement infâme.

On chercha le coupable. Les soupçons se portèrent sucessivement sur :

– Mario, le jardinier italien (trop beau pour être honnête).

– Aurélie (qui avait gardé de son ancienne vie dissolue un air pas franc).

– Mina 2 (ça pouvait être un tour de tortue).

– Marin (une farce d'écrivain).

– Tous les stagiaires sans exception (n'avaient-ils pas tous, plus ou moins, gardé des relations avec le monde extérieur ?).

Mais toutes ces pistes furent en vain parcourues. Le véritable voleur – on le sut bien plus tard – était un ingénieur des tortues qui, de passage au Centre, s'était dit : « Ni vu, ni connu. » Il faisait le coup partout, ayant pour l'or une sorte d'amour maniaque et peu raisonnable. Cette aventure rendit Madame Fa songeuse. Elle commanda à Anselme une réflexion idéologique sur : « Qu'en est-il du vol dans le Nouvel Ordre du Monde ? » Anselme démontra que le vol y était mathématiquement impossible, étant le propre des périodes marchandes, antérieures au Nouvel Ordre du Monde.

– Cependant, nous avons été volés, rétorquait Madame Fa.

Anselme alors démontra que le mot vol ne s'appliquait pas vraiment à la disparition des pièces d'or, le vol ne méritant ce nom que lorsque quelque chose de valeur disparaît. Or ces pièces n'avaient pour eux aucune valeur, mis à part celle, bien faible on en conviendra, de jetons.

Cinq heures du soir apparaît ainsi comme une heure où des choses absurdes peuvent arriver.

XI

Les plus à plaindre finalement sont les stagiaires. Quand ils arrivent au Centre, et pour quelque temps encore, ils sont tout à la joie d'avoir franchi la barre, d'avoir pénétré dans le sein des seins, échappé à l'horrible destin de vagabond-chômeur. Enfin ils existent, enfin on leur parle, enfin ils ont un nom, une étiquette, des qualités, un endroit où loger, des choses à faire. Ils ont un emploi du temps, des camarades, des gens à admirer et des gens à mépriser. Ils sont dans une hiérarchie et aussi dans une confrérie. Bref, ils jubilent.

Mais petit à petit, tout de même, ils se demandent... Ils se demandent ce qu'ils font là, au juste, ce qu'on attend d'eux. Parfois un doute affreux s'insinue en eux : peut-être qu'on n'attend rien d'eux, si ce n'est d'être là. Il commencent à chuchoter entre eux : qu'est-ce qu'on sait, au juste, sur l'année prochaine ? Où seront-ils ? C'est alors qu'avec ménagements, comme on lance des ballons d'essai, on commence à leur parler de la Lozère, du Nord. On commence à leur parler des unités de vie qu'ils seront à leur tour chargés d'animer. Mais comment feront-ils ? L'affolement les gagne : ils se sentent si faibles, si ignorants, si innocents. En fait, ils aimeraient bien qu'on les garde un peu plus longtemps au Centre. Ils s'y trouvent bien ils s'y roulent, ils s'y lovent, le Centre est leur maman, ils commencent à bêtifier, à faire les enfants, ils régressent délicieusement.

Et puis d'autres bruits courent, encore plus inquiétants : certains peut-être, s'ils déplaisent (mais quelles sont les règles exactes pour plaire aux tortues ?) ne se retrouveront même pas en Lozère, même pas dans le Nord, mais tout simplement à la rue, retournés au néant dont ils seront sortis pour une courte année. Et le ridicule alors, l'opprobre, le rouge au front, comment imaginer que ce puisse être supportable ?

Alors ils commencent à se regarder avec moins d'aménité, à s'épier, à se surveiller. Ils retiennent leurs paroles, cachent certaines de leurs activités, font des heures supplémentaires auprès des tortues qui semblent pourtant bien impassibles, sous leurs carapaces. Ils rient moins fort, arborent, quand ils se croisent, un air sérieux presque compassé. Le rouge de la joie quitte leurs joues pour laisser place à une pâleur distinguée. Ils s'arrangent pour se trouver sur le chemin de Madame Fa et la saluer plus bas que terre. Elle, ça la fait rire : s'ils savaient à quel point elle a peu de pouvoir ! Mais elle a beau le dire, on ne la croit pas : c'est une ruse sans doute pour mieux les surprendre.

Petit à petit, ils se mettent à faire attention à toutes leurs paroles, à tous leurs gestes. Tout le monde s'amuse à les tourmenter : les domestiques en leur faisant de fausses confidences, les résidents permanents en les regardant d'un air courroucé, ironique. Certains craquent : cela commence par des angines, des grippes, rien que de très normal en hiver, mais un peu trop fréquentes tout de même, un peu trop graves. Puis ce sont les accidents : ils tombent des échelles, passent à travers les vitres, dégringolent les escaliers, se claquent un muscle dans la salle de danse. A partir du milieu de l'année arrivent les crises cardiaques, les embolies, les cancers, les dépressions nerveuses. Tout cela orchestré, amplifié par les chuchotements, les sous-entendus, les conversations (entre domestiques, entre résidents) qui s'arrêtent brusquement à l'arrivée des stagiaires. C'est encore plus grave qu'on ne dit – il y a peut-être des morts – ou bien encore : et si c'était voulu, cette hécatombe, si c'était un moyen d'éliminer une partie, de dégraisser sans avoir besoin de les renvoyer dans la nature, à la Poubelle en faisant en sorte que d'eux-mêmes ils sortent du circuit ? Et aussi – c'est là qu'intervient la malice des domestiques – si toutes ces maladies n'étaient que prétextes, inventions, s'ils n'étaient pas tout simplement radiés, rejetés comme produits non conformes car enfin, on n'en voyait pas tellement à l'infirmerie, renvoyés dans leurs foyers, mais quels foyers ? Comme si l'on ne savait pas que ceux qui viennent au Centre sont tous plus ou moins en rupture de ménage, en fuite, comme si ce n'était pas un critère de leur admission au Centre, cet éloignement par rapport aux liens anciennement noués. Bien sûr, tout cela participe du non-dit, on ne recherche pas exprès les orphelins, les divorcés. On n'arrache pas non plus les femmes à leurs maris, les pères à leurs enfants, les filles à leurs mères, comme cela se produisait au début de la Grande Pénurie quand les sectes avaient fleuri sur tout le territoire, pour entraîner les individus et surtout les plus jeunes aux privations alimentaires et aux débauches sexuelles, à la prière et à la guerre. Non, en ce qui concerne le Centre qui est tout de même bien plus moderne, bien plus fonctionnel, bien plus au point que toutes ces pâles moutures de la première génération, on se contente par un questionnaire discret, une enquête anodine, de repérer les distances, les marges : on ne dit pas crûment qu'il faudra laisser tomber sa famille, quitter femme et enfants, renoncer à poursuivre si peu que ce soit, sa vie d'avant. Mais pour qui sait lire entre les lignes, c'est bien cela qui est demandé, ou même pas demandé, imposé par l'emploi du temps, la concentration que le Centre demande, le peu de place laissé à ce qui n'est pas lui. Place qui sera réduite encore par la volonté des stagiaires eux-mêmes qui verront dans ces maigres heures que le Centre ne réclame pas pour lui-même un piège habilement tendu pour y faire tomber les plus crédules, ceux qui prendraient au pied de la lettre l'idée qu'ils pourraient disposer de quelques heures par semaine, être libres d'aller et de venir, de voir leur famille ou de partir en promenade. Gare à eux s'ils prenaient cela pour argent comptant, s'ils disaient à Madame Fa qu'ils s'en vont voir bobonne ou papa, et si le boulevard Saint-Michel, le parc Monceau et les Folies-Bergère sont toujours à la même place... Si une ville nommée Paris continue de subsister à travers vents et marées, malgré les stations de métro fermées, les rues sans nom, les Centres d'adaptation à la vie moderne.

Sur le papier, bien sûr, ils sont libres entre midi et deux heures, six heures et huit heures et une grande partie du dimanche après-midi. Sur le papier, s'ils sont mariés ou ont des enfants en bas âge, ils ont le droit de retourner coucher chez eux trois fois par semaine. Sur le papier, ils peuvent demander et on ne peut leur refuser un week-end entier par mois. Mais qui oserait réclamer ce qu'on accorde si libéralement ? Qui aurait l'audace d'interrompre ses activités à six heures sous prétexte que c'est six heures, alors que c'est précisément à ce moment-là que Madama Fa risque de vous appeler dans son bureau, alors que c'est là justement que se remarquent les absences ?

On leur a fait miroiter ce séjour au Centre comme une sorte d'année sabbatique, et ils s'aperçoivent que ce n'est pas ça du tout, que ce qu'ils subissent c'est en fait un lavage de cerveau. Certains tentent de fuir mais sont rapidement rattrapés par les chiens qui les ramènent par le col de leur vêtement comme du vulgaire gibier.

Ce qui nous distingue, Ella et moi, c'est d'abord qu'elle est une femme et moi un homme. Ça a l'air bête à dire mais en réalité, c'est assez profond.

Une femme, qu'est-ce que c'est ? Avant, dans les temps anciens, on pensait que c'était une espèce de vache avec des mamelles qu'on tête quand on est petit, et avec quoi on joue quand on est grand. Et puis il y a eu la libération de la femme, le féminisme, et les hommes se sont aperçu que les femmes existaient, en dehors de leur côté vache. Ils se sont mis à découvrir les femmes, à s'apercevoir qu'elles pensaient, qu'elles ne faisaient pas seulement des mines pour faire joli, mais que ça correspondait dans leur tête à des espèces d'idées. Bien sûr, il ne faut pas exagérer, pas vraiment des idées d'homme, mais enfin quand même pas tellement loin dans un sens.

Ella, en plus, est une femme extraordinaire. Qu'est-ce que c'est exactement, en quoi ça se distingue d'une femme ordinaire, c'est difficile à dire comme ça, mais on sait tout de suite quand on a affaire à une femme extraordinaire.

Bien sûr, il y en a qui disent : on croit toujours qu'une femme est extraordinaire au début, quand on en tombe amoureux. Et puis après, on s'aperçoit qu'elle était juste pareille aux autres. Mais je ne le crois pas. En réalité, on peut très bien tomber amoureux d'une femme ordinaire, en sachant qu'elle est ordinaire, et ne pas être amoureux d'une femme extraordinaire.

Une femme ordinaire, c'est une femme qui attend qu'on s'occupe d'elle, qu'on lui dise quand est-ce qu'on va la voir la prochaine fois ; elle aime bien aussi qu'on lui souhaite son anniversaire, qu'on lui fasse des cadeaux ; elle est jalouse des autres femmes. Dans l'ensemble, c'est assez agréable une femme ordinaire, parce qu'on se sent important, on sent que si on la quitte elle va s'étioler, mourir de chagrin, vous envoyer des télégrammes désespérés. Seulement, par moments, c'est un peu pesant aussi, on ne se sent pas vraiment libre, on est obligé de lui mentir, de raconter des histoires. A la longue, ça devient vraiment fatiguant. Ce qu'on aimerait, c'est qu'elle continue à dépendre de vous, mais sans vous le faire sentir. Si elle pouvait pleurer sans qu'on la voit, ça serait parfait.

Une femme extraordinaire, c'est tout le contraire. Ce n'est pas qu'elle se moque de vous, pas du tout, elle a l'air de bien vous aimer, et même d'être amoureuse parfois. Mais elle a toute une vie à elle où l'on n'entre pas, qui continue même les jours où l'on s'est disputés.

Elle vous prend comme vous êtes, elle n'exige rien, elle ne demande pas d'engagements, de promesses. Au début, c'est grisant, on se dit qu'on a décroché le gros lot. Et puis, peu à peu, on a des doutes : peut-être qu'elle cache son jeu ? Alors on l'interroge habilement pour voir si elle n'aurait pas quand même une petite idée derrière la tête, de vous avoir tout à elle d'une façon ou d'une autre. Et puis aussi, peut-être qu'elles sont un peu vexantes, finalement, les femmes extraordinaires. C'est sans doute pour ça qu'elles n'ont pas autant d'amoureux qu'elles devraient. Elles sont trop dignes. On n'arrive pas vraiment à les connaître : parfois on dirait presque des femmes ordinaires, elles se mettent à pleurer brusquement.

Tiens, la voilà qui s'humanise, se dit Marin en regardant Ella qui pleure. L'ennui, c'est qu'elle pleure silencieusement, elle ne sanglote pas comme ferait une femme ordinaire. On dirait qu'elle pleure malgré elle, que les larmes lui échappent. Peut-être qu'elle pleure en cachette ? Elle n'a pas, dans les larmes, cette force de conviction des femmes ordinaires. Elle n'en rajoute pas. On a plutôt l'impression qu'elle retranche, c'est ça qui est paralysant, pour un homme. Si elle pleurait vraiment à gros sanglots, on pourrait lui dire : « Arrête ton cinéma, tu ne vas pas me faire croire, tu pleures exprès pour m'embêter. » Mais ces larmes silencieuses comme ça, au détour d'une phrase, c'est tuant.

Finalement, les femmes extraordinaires sont encore plus fatigantes que les femmes ordinaires, parce qu'on ne connaît pas le code. On est désarmé, on a l'air tout con. Ce n'est pas un sentiment agréable.

Un homme ne pleure jamais. On lui a appris ça quand il était tout petit. On lui a dit que c'était une preuve de faiblesse de pleurer. De temps en temps, devant les femmes ordinaires qui pleurent beaucoup, il en doute, parce que ces larmes, c'est quand même une force.

Si une femme extraordinaire pleure, elle montre qu'elle n'est pas si extraordinaire, et en même temps elle n'est pas devenue non plus une femme ordinaire. Tout ça est très déroutant, on ne sait plus où on en est. Parfois à ce moment-là, on capitule, on prend la fuite, parce qu'on se demande vraiment où on a mis les pieds.

Marin, lui, est un homme tout à fait normal. Un peu

féministe parce qu'il faut bien vivre avec son temps, mais finalement un bonhomme comme un autre, un mec. Il préfère être avec les femmes qu'avec les hommes. Les autres hommes l'ennuient. Il est un peu coq en somme. Deux coqs ensemble, ça ne va pas, ils se volent dans les plumes. Un coq n'est bien qu'avec les poules. Là il s'épanouit, il devient beau, il fait la roue. Les poules gloussent autour de lui, c'est à celle qui l'aura pour elle toute seule (en réalité, quand elle arrive à ses fins, elle est plutôt embêtée, parce qu'un coq toute la journée, c'est fatiguant à supporter).

Marin, ce qu'il préfère à tout dans les rapports amoureux, c'est le moment de la cour, le moment où il fait la roue, où on l'admire. L'ennui avec les poules – pardon, avec les femmes – c'est qu'elles ne vous admirent pas longtemps. Très rapidement, elles se mettent à vous critiquer, à se moquer de vous, de vos grands airs (qu'elles disent). Elles vous ridiculisent devant vos amis, elles vous font faire la vaisselle, sous prétexte qu'avoir des couilles n'a jamais empêché personne de manier le torchon (ce qui est indiscutable). A la limite, on se demande si elles vous ont vraiment admiré un jour ou si tout cela n'était que comédie. En tout cas, c'était bien imité.

Ella, ce qu'elle aime, c'est faire l'amour. Elle a mis longtemps à comprendre que les hommes n'aimaient pas tellement ça. C'est facile de deviner pourquoi : c'est le seul moment de leur vie où ils ne peuvent pas tricher, raconter des histoires (par exemple sur leurs prouesses amoureuses). Ils sont au pied du mur. C'est pour ça qu'ils se trouvent souvent des excuses : ils sont fatigués, pas en pleine forme, ils ont des soucis, ils n'ont plus vingt ans, leurs copains n'en font pas autant, etc. Ils ont tellement raconté, pendant des années et des années (avant le féminisme) qu'ils ne pensaient qu'à ça que les femmes ont fini par les croire et se sont dit : chic alors ! Malheureusement ce n'est pas vrai, tout prétexte leur est bon pour échapper au truc. Pendant longtemps, le prétexte a été qu'ils respectaient leurs femmes qui, elles justement n'aimaient pas ça (on ne leur demandait pas tellement leur avis, elles avaient si peu d'occasions de goûter à la chose que la plupart du temps, elles ne savaient pas si elles aimaient ou pas). Maintenant qu'elles disent que justement elles aiment ça, il n'y a plus personne.

L'ennui dans les rapports amoureux, c'est que les hommes n'aiment pas l'amour. Ce qu'ils aiment, c'est la conquête. Quand ils ont couché avec une femme, c'est terminé pour eux, ils se mettent à penser à une autre. Pour les femmes, c'est à ce moment-là que ça commence, qu'on va pouvoir s'amuser, se faire des choses, rentrer dans l'intimité l'un de l'autre. La conquête, ça ne les amuse pas tellement, parce qu'elles raisonnent en femmes : elles savent qu'une femme est conquise tout de suite ou jamais et par conséquent, tous ces préliminaires, elles trouvent que c'est du temps perdu.

Dans le fond, les hommes sont plus romantiques que les femmes. Et peut-être moins perspicaces.

Six heures du soir est une heure douce et mélancolique. On est fatigué de la journée. Il a fait chaud, lourd. Ou il a fait froid, aigre. On a mal au dos, soif, on trouve que le temps ne passe pas assez vite.

Parfois, à six heures du soir, le vent se lève.

Six heures du soir est une heure soyeuse, ironique, xénophobe. On n'aime pas voir arriver des étrangers à six heures du soir. On aime bien plaisanter, blaguer et surtout sur soi, sur sa journée, sur ce qu'on a branlé depuis le matin. On se moque de tout et du reste, de sa vie qui va s'assombrissant, des jeunes qui nous poussent et des vieux qui nous tirent.

A six heures du soir, les bébés pleurent. Il faut les envelopper dans de la soie ou leur donner un bain tiède. Ainsi ils cesseront leurs gémissements dérangeants et on pourra continuer à mélancoliser en paix.

Six heures du soir est une heure philosophique où l'on se demande si le soleil tourne vraiment autour de la terre ou si c'est l'inverse. On a oublié.

Ainsi six heures du soir est l'heure de l'oubli, et aussi des confidences, du pardon.

Certains aiment bien prendre une douche à six heures

du soir. Ils disent que ça rafraîchit. D'autres se maquillent, se coiffent. Certains bâillent.

Six heures du soir est une heure très intéressante où l'on se dit qu'il valait la peine de vivre les autres heures pour arriver jusque-là. Six heures du soir, c'est le pied.

A six heures du soir, on pense à son mari et à ses enfants tout seuls à la maison.

A six heures du soir, au Centre, c'est la fin des activités sauf pour les zélés, les stakhanovistes, les lèche-cul et les lèche-bottes. Les permanents s'étirent et plaisantent, les stagiaires se précipitent dans leurs boxes pour se refaire une beauté ou échanger quelques baisers avec l'être cher.

Six heures du soir est une heure éclatée, enthousiaste, bonhomme, gaie. On aime tout le monde à six heures du soir.

A six heures du soir, les domestiques, armés de balais et de chiffons se présentent à la porte des salles et grondent si l'on ne sort pas assez vite.

A six heures du soir, on commence à respirer les odeurs du dîner. Les cuisiniers s'agitent, les marmitons trottinent. On met le couvert.

A six heures du soir, les stagiaires et les résidents s'éparpillent autour du château : qui chez Antoinette, qui au bistrot du bout de la rue, qui à la Villa d'en face. Les chiens veillent. C'est une heure dangereuse.

C'est la seule chose qui est un peu ennuyeuse à six heures du soir. C'est l'heure où les chiens sont sur leurs gardes. On ne peut pas leur en conter. Et il fait encore trop jour pour tâcher de tromper leur attention ou leur faire avaler des boulettes somnifères.

Mais il y a quand même eu plusieurs évasions à six heures du soir.

Le samedi, c'est la fête. On se défoule, on rit, on chante. On boit surtout. On boit. Il y a ceux qui préfèrent la bière parce que c'est plus long et ceux qui préfèrent le gin parce que c'est plus court. Et puis il y a les irréductibles gaulois qui se saoulent au pinard. Il y a tous ceux qui aimeraient bien aller se coucher mais d'une part ce n'est pas possible, c'est fête oui ou merde, et d'autre part ils ne pourraient pas fermer l'œil avec toute cette bacchanale.

Ce soir-là, Madame Fa est invisible. Ils sont entre eux. Oh pas question de sortir, les chiens sont là, eux, l'œil vif et pas du tout embrumé.

Au début, les stagiaires sont excités comme des poux. Ils en demanderaient bien un autre dans la semaine, de samedi. Et puis, de semaine en semaine, ils fatiguent. Ils traînent la patte. Oh là, encore la fête ce soir, moi qui suis si fatiguée, rien que l'idée de boire me donne envie de vomir. La fête obligatoire, c'est aussi ennuyeux que le reste, à la longue. Et puis cette périodicité aussi, ce retour éternel de la fête du samedi soir. C'est un boulot comme un autre finalement, pas question de ne pas y aller, et quand on y est, pas question de ne pas s'amuser.

Keep smile, c'est le cas de le dire. Il est même recommandé de rire à gorge déployée, de s'éclater, de se dévergonder. Tout ça avec ses camarades de stage qu'on a vus toute la semaine n'a rien d'évident. Il faut un peu se forcer, parfois il faut beaucoup se forcer.

Heureusement, les résidents permanents ne sont pas obligés de s'amuser eux-mêmes. Leur rôle est de veiller à ce que les autres s'amusent, mais quand la fête bat son plein, que les stagiaires ont bu comme des trous, il ne leur est pas interdit, à condition de le faire discrètement, de se regrouper entre eux pour avoir quelques conversations non prévues, des apartés, voire des échanges de confidences. Ils disent ce qu'il ne faut pas dire, tout ce qui n'est pas allé cette semaine dans le Centre : les maladies et les malaises, les crises de larmes intempestives, les fous rires convulsifs, les échanges de regards qui n'auraient pas dû être, les pannes de tortues, les tours joués à Ursule et ce qu'on dit de nous à l'extérieur – ce dernier bruit rapporté par la dernière équipe de joyeux inspecteurs venus au Centre.

Mais le bruit principal a trait au mal des tortues :

– Les tortues donnent des boutons.

– Les tortues donnent mal à la tête.

– Les tortues donnent mal au dos.

– Les tortues donnent la fièvre.

Et puis :

– Les tortues hors d'usage sont dangereuses, elles se désagrègent, perdent leur mémoire et tout ce qu'elle contient peut contaminer ceux qui passent par là. Par exemple, ça peut donner de mauvaises idées aux domestiques.

Autre bruit (plus inquiétant) :

– Antoinette ne serait autre que Madame Fa.

Objection :

– Mais puisque Madame Fa n'existe pas.

Réponse :

– Justement. Antoinette n'existe pas non plus.

Un petit bruit :

– Après le stage, les stagiaires ne seront pas, comme on le leur fait croire, nommés résidents dans d'autres Centres, mais limogés purement et simplement et jetés à la casse (à la mer, à la Poubelle).

Objection :

– Ça ne tient pas debout. Pourquoi alors les formerait-on ?

Réponse :

– L'objection ne serait valable que si le système était cohérent. Il ne l'est pas. On cherche à gagner du temps, à les occuper pour les rendre inoffensifs. Au lieu de les tuer tout de suite, ce qui risquerait de tourner à la guerre (quelle horreur !), on passe un an à les user, après ils sont comme morts. On n'a plus qu'à les achever.

Illumination :

– Les Centres ne seraient que des antichambres de l'abattoir.

– Allons, allons, dit Madame Fa, tout cela n'est pas sérieux. Ce sont des arguments de paresseux qui disent que ce n'est pas la peine de travailler puisque de toute façon on va mourir.

XII

Marin, quand il a reçu sa nomination au Centre comme écrivain permanent, a été content de retrouver de vieux amis qu'il avait connus dans des circonstances tragiques et un peu perdus de vue depuis, avec tous ces événements. Il avait posé sa candidature comme on jette une bouteille à la mer, sans trop y croire. Comme il avait, dans ses débuts dans la littérature, envoyé aux journaux des nouvelles qui ne paraissaient jamais, écrit à des écrivains célèbres qui ne lui répondaient pas, expédié des manuscrits à des éditeurs qui oubliaient de les rendre et prétendaient même ne les avoir jamais reçus. Il n'avait jamais su pourquoi il avait été choisi plutôt que d'autres, tant d'autres qui méritaient de l'être. Peut-être avait-il plu à Madame Fa lors de l'entretien que tous les candidats devaient avoir avec elle – entretien où le futur permanent du Centre devait expliquer pourquoi il tenait tellement à y entrer. Peut-être la recommandation de Léontine avait-elle été décisive ? (Madame Fa se devait de lui faire une fleur pour compenser sa rétrogradation au rang de domestique.) Ou peut-être qu'il était véritablement le meilleur, après tout. Ou le plus vieux. Ou le plus beau.

Il avait tellement l'habitude des rebuffades, des refus,

des échecs et des camouflets qu'il avait failli ne pas se rendre à la convocation de Madame Fa, pensant que probablement elle allait lui expliquer pourquoi on ne le prenait pas.

– Eh bien, vous devez être content ! lui avait-elle dit dès le seuil.

Et il n'avait pas tout de suite compris pourquoi il devait être content.

– Je vais vous faire visiter votre chambre.

Et elle l'avait accompagné elle-même sous les toits. C'est en montant les escaliers qu'il avait compris ce que cela signifiait. Il avait une place désormais, il allait pouvoir travailler tranquillement, écrire. Il avait écouté distraitement les indications qu'on lui donnait à propos des tortues, appris avec surprise qu'une tortue particulière, Mina 2 avec sa belle robe verte, lui était affectée. Il avait compris qu'il y avait des règles à suivre, des limites à ne pas franchir, une certaine production imposée et aussi le devoir d'exposer aux autres l'état de ses travaux, l'avancement de sa production.

– La littérature était restée un peu en dehors du Nouvel Ordre du Monde, avait dit Madame Fa, il était temps que le Centre s'en occupe sérieusement.

Et Marin, ce con, avait acquiescé. Il trouvait ça très bien que le Nouvel Ordre du Monde s'occupe de la littérature !

Et puis, il était si content de retrouver ses amis que d'abord il ne prit pas garde au fait qu'ils avaient pas mal changé depuis cette époque, vieille déjà de plus de dix ans. Il s'émerveillait : comme c'est drôle de se retrouver à nouveau, comme c'est curieux et comme c'est bon aussi ! Il ne se demandait pas pourquoi ils se retrouvaient tous là justement, ce qu'il y avait derrière cette réunion, qui tirait les ficelles. Ils étaient comme lui, d'ailleurs, tous à se taper dans le dos, à éclater de rire, à s'embrasser comme du bon pain. Comme toujours, comme avant, c'est Blandine qui avait trouvé ce qu'il fallait dire :

– Ça ne vous paraît pas bizarre qu'on soit là tous les dix ? avait-elle demandé.

Et ils s'étaient tous écriés :

– Bizarre ? Qu'est-ce que tu veux dire ? C'est un hasard heureux, le hasard fait bien les choses, on est drôlement contents, ça nous met du baume au cœur, etc.

– Tout de même, avait continué Blandine, entêtée comme pas deux – pour ça elle n'avait pas tellement changé, même si elle avait un peu vieilli, s'était un peu fanée – vous savez bien où l'on est ici ?

Et ils avaient tous dit :

– Oui, oui, bien sûr qu'on sait. On est dans un Centre d'adaptation à la Vie Moderne.

C'était un peu long à dire, on en avait plein la bouche :

– Au CAVIM quoi, avaient-ils ajouté, un peu honteux quand même.

– Et vous savez ce que c'est que la vie moderne, avait ajouté Blandine.

– Mais oui, avait dit Marin, courageux, c'est la vie assistée par ordinateur. Au lieu de M, c'est A O qu'il faudrait dire.

– Ou à la suite, avait dit Blandine. Comme ça, ce serait M A O.

– M A O, ça me dit quelque chose, avait dit Brice. Les autres s'étaient tus : ça leur disait aussi quelque chose.

– Et vous ne croyez pas, avait continué Blandine, que nos retrouvailles dans ce Centre, c'est quelque chose qui a déjà été programmé ? Vous croyez vraiment que c'est le hasard ? Vous ne croyez pas qu'il y a derrière tout cela quelqu'un qui s'amuse à nous remettre ensemble, quelqu'un qui travaille derrière son écran ?

– Une sorte d'écrivain alors, avait dit Marin, subitement inquiet.

– Une sorte, oui.

– Ou Dieu peut-être, avait dit Cyr.

Et personne ne s'était moqué de lui. Parce qu'ils savaient maintenant que les dieux existaient, qu'il y avait bel et bien, derrière les choses visibles, des personnages que les gens ordinaires ne rencontraient jamais, parce qu'ils étaient en dehors des normes et des règles, en dehors de la vie commune, toujours ailleurs, jamais là où on les attendait. Des dieux qui, pendant quelque temps avaient poussé la ruse jusqu'à faire croire qu'ils n'existaient pas. Ceux qui faisaient se rencontrer les jumelles et Madame Fa, les jumelles et Henri Ledoux, car enfin on aurait pu penser que leurs univers étaient bien différents, et pourtant des chemins invisibles avaient conduit Blandine et Marie au Nombril's bazar où les attendait Marie-Panthère, cousine de Madame Fa, et de là au bistrot de la rue de Bercy où se tenait Henri, père adoptif de Carole Ledoux, leur compagne de danse.

Et les dix du souterrain que l'histoire d'Émile avait réunis pendant tant de soirées, se retrouvaient au château des tortues.

Blandine et Marie sont jumelles. Elles ont trente ans et sont professeurs de danse au Centre. Comment en sont-elles arrivées là ?

Et d'abord qui sont-elles ? Tout ce qu'on peut dire, c'est qu'elles détonnent un peu au Centre, elles n'y semblent pas vraiment à leur place. Et c'est peut-être justement pourquoi elles ont tant de succès cette année, pourquoi il y a tant d'amateurs pour la danse.

Quand elles avaient dix-huit-vingt ans, Blandine était beaucoup plus jolie que Marie, et maintenant c'est exactement le contraire, Blandine qui a une peau de blonde s'est fanée très vite. Marie, avec son teint mat, ses yeux violets, est devenue remarquablement belle. Et puis Blandine est restée un peu maigre, elle a gardé un corps d'adolescente, de chat écorché. Marie est ronde et mince à la fois. Un bonheur.

Après toute cette période passée dans le souterrain, au temps de la Guerre Froide, Blandine et Marie avaient travaillé pour un club de vacances rustiques mais néanmoins culturelles. On y dansait beaucoup. Elles étaient ensuite parties travailler en Écosse, pour le festival d'Édimbourg, et Blandine avait eu un enfant avec un Écossais. C'était un garçon et le père avait décidé qu'il l'élèverait lui-même et seul, à la dure. Elles étaient rentrées à Paris, avaient fait du théâtre (notamment du théâtre féministe, jouant par exemple dans les pièces d'Hélène Boulanger, notamment la pièce qu'elle avait consacrée à Marguerite Fontaine, l'ancienne star des années 30 et aussi du cabaret.) C'est ainsi qu'au Nombril's bazar elles avaient connu Marie-Panthère, la célèbre strip-teaseuse qui se trouvait – le monde est petit – être une cousine de Madame Fa.

Elles avaient eu des hauts et des bas. En Écosse, elles étaient assez à leur aise, et l'Écossais de Blandine les gâtait beaucoup, leur faisant manger de saines nourritures, beaucoup d'agneau surtout, et les couvrant de vêtements moelleux et doux, aux belles couleurs.

A Paris, en revanche, elles étaient tombées assez bas, faisant les entraîneuses dans un bar louche de Bercy, au temps de la Grande Dépression, quand les Russes débarquaient par trains entiers pour se payer du bon temps à Paris, dans les quartiers anciens que les parisiens ignoraient. Elles buvaient du gros rouge à longueur de soirée, sur les genoux des Russes qui les caressaient de leurs mains rugueuses, et rentraient en titubant dans leur chambre de bonne, rue du Four, bien après l'heure du dernier métro. Le patron du bistro s'appelait Henri, il se faisait passer – Dieu sait pourquoi – pour un Norvégien et était à ce moment-là fou d'amour pour une Espagnole un peu vieille fille, une intellectuelle dont la culture l'éblouissait. Ça ne les empêchait pas de dormir ensemble tous les trois quand la vieille fille était retenue par ses dossiers et qu'ils avaient tous tellement forcé sur le pinard qu'un retour à Saint-Germain-des-Prés, même titubant, était décidément exclu.

Cet homme, Henri, était terriblement menteur. Il

cachait tout : sa vie passée, ses goûts les plus profonds, ses amis les uns aux autres. Mais Blandine et Marie, qui étaient jumelles et avaient l'habitude de tout se dire l'une à l'autre, l'habitude de fureter, de découvrir, de flairer, avaient peu à peu reconstitué le passé d'Henri dont elles s'étaient l'une et l'autre entichées. Cet homme était extraordinairement séduisant – peut-être à cause de tous ces mystères qui flottaient autour de lui, peut-être parce qu'il était vraiment d'une très grande intelligence, qu'il comprenait les choses et les gens, peut-être parce qu'il avait une voix de velours. Il comprenait les gens, c'est-à-dire qu'il comprenait à tout moment ce qu'il convenait de leur dire, de faire pour eux. Il était profondément attentif aux autres, savait très vite à qui il avait à faire.

Elles avaient découvert beaucoup de choses sur lui. D'abord qu'il était marié – bien sûr, il ne vivait pas avec sa femme qui habitait dans les beaux quartiers avec un architecte. Elles n'avaient pas réussi à savoir si cet architecte était venu dans la vie de cette femme avant ou après le départ d'Henri, s'il s'agissait d'un rival ou d'un consolateur. Ils n'avaient pas divorcé. A cette époque, le mariage comme le divorce tombèrent en désuétude. Les jeunes ne se mariaient plus, ils vivaient ensemble; les vieux ne divorçaient plus. Simplement, on s'apercevait, un beau jour, qu'ils ne vivaient plus ensemble.

Et puis autre chose, de vraiment important. C'est lui qui avait parlé mais elles ne l'avaient pas cru, car on ne croit pas les menteurs, on apprécie simplement la beauté, la consistance de leurs mensonges. Il leur avait dit que, dans sa vie passée, il avait été peintre, et même un peintre assez connu. Il s'appelait Henri Ledoux, ça ne leur disait rien ? Sur le moment rien du tout, mais cela ne voulait rien dire, elles ne connaissaient rien à la peinture. Et puis Blandine s'était écriée :

– Mais rappelle-toi cette fille, au Nombril's bazar, cette fille assez jolie, tu ne vois pas qui je veux dire ? Elle s'appelait Carole et elle nous parlait toujours de son père, le célèbre Henri Ledoux. Comme personne ne connaissait cette célébrité, on la mettait en boîte et elle se fâchait. Oh, pardon Henri.

– Ah ! vous avez connu Carole, avait dit Henri, et sa voix de velours s'était un peu brisée à ce moment-là. Il avait été sur le point de leur dire quelque chose de grave, à quoi elles auraient cru sans doute, et puis s'était ravisé, avait éclaté de rire, leur avait versé à boire. Elles avaient simplement compris qu'elle avait beaucoup compté pour lui, qu'il avait dû l'aimer et en être trompé, ou déçu d'une façon ou d'une autre. C'est peut-être à cause d'elle qu'il avait quitté sa femme. Ah ! il leur avait tout de même dit qu'elle n'était pas sa vraie fille.

C'est ce jour-là, à ce moment-là qu'elles étaient tombées amoureuses de lui, toutes les deux, au même moment. Heureusement, elles se l'étaient dit tout de suite et au lieu d'essayer de le conquérir, de se l'arracher l'une à l'autre (d'ailleurs le moment n'aurait pas été propice car il était lui-même amoureux de la vieille fille qu'elles appelaient comme ça pour se venger, car c'était une assez jolie femme, et très gentille, charmante même), elles avaient pris ça de haut, s'étaient un peu moquées d'elles-mêmes, se demandant ce qui faisait la séduction d'Henri, pourquoi il y a des hommes dont toutes les femmes sont amoureuses. Les mystères de l'amour les plongèrent dans la perplexité. Elles tombèrent d'accord seulement sur le fait qu'on n'en avait jamais fini avec Henri. On croyait tout savoir de lui et puis, par une seule phrase, une incidente, toute la construction qu'on avait patiemment échafaudée s'écroulait et il fallait reconstruire un nouvel Henri.

Un jour, il leur avait dit quelque chose d'important qu'elles n'avaient pas bien compris sur le moment. La voix d'Henri avait changé ce jour-là. Elle n'avait pas le velouté habituel, elle n'était ni gaie ni triste, elle était nue :

— J'ai vécu longtemps enfermé dans la peinture, avec la seule idée de peindre, la seule chose qui comptait pour moi. Je vivais avec une femme à ce moment-là, ma femme, et je pensais que je l'aimais. Et puis tout cela s'est fissuré peu à peu, cette vie que je m'étais construite, cet amour que je m'étais imaginé. Je me suis rendu compte que Louise-Madeleine était dans ma vie pour remplacer tout ce qui n'y était pas. Elle était la preuve que je n'étais pas un ours, que j'étais un homme normal, comme les autres, puisque j'étais marié. Mais en même temps, elle me permettait d'être un ours, de me passer des autres, de m'en défendre. Je ne l'ai pas rendue heureuse. Ce n'était pas mon propos, je n'y pensais même pas. Elle était là comme un otage, comme un échantillon de l'espèce humaine, mais moi la seule chose qui m'intéressait c'était mes pinceaux, mes couleurs, mes toiles et ce qui allait sortir de tout ça, à la fin des fins.

— Au fond, la peinture était un alibi, avait dit Blandine. Et Henri avait été surpris de la justesse de ces paroles. Puis il s'était ravisé. C'était toujours comme ça, avec Henri, il commençait par acquiescer et puis, à force de tourner une pensée dans sa tête, une phrase dans sa bouche, il se ravisait, trouvait que le contraire aussi était vrai.

— Oui, la peinture était un alibi pour ne pas vivre, pour ne pas sentir les gens autour de moi, pour me mettre à l'écart de tout ça, la vie... Mais il est vrai aussi que pour d'autres, c'est la vie, les autres, qui sont un alibi pour ne pas peindre, pour ne rien faire. Au fond, quoi qu'on fasse, c'est toujours un alibi. C'est le péché originel tout ça, avait-il ajouté en riant, quoi qu'on fasse on est coupable, parce qu'on est coupable d'être né, d'être là et que rien ne peut justifier cela, jamais on ne sera à la hauteur de ce miracle que constitue toute naissance.

Elles n'aimaient pas beaucoup la vie qu'elles menaient dans ce bar de Bercy, au temps de la Grande Dépression. Mais elles aimaient Henri, Henri les fascinait toutes les deux, Henri occupait leur vie et leur conversation. Elles n'arrivaient pas à se déprendre de lui, à lui trouver un vrai défaut, un de ces défauts qui fait qu'on est désenchanté de quelqu'un, qu'on n'y croit plus, qu'il peut dire n'importe quoi, ça glisse, ça ne fait aucun effet. Elles n'arrivaient pas à se désamourer.

Elles l'avaient quitté sans y être parvenues. Elles s'étaient résolues à partir quand Madame Fa, qu'elles avaient connue au Nombril's bazar puisque c'était la cousine de Marie-Panthère, leur avait demandé de venir au Centre pour y enseigner la danse aux stagiaires. C'était une place stable, honorable semblait-il. Bercy était en train d'être démoli pour devenir un stade, Henri était amoureux de la vieille fille et passait de nombreuses soirées chez elle. Il leur fallait faire marcher toutes seules ce bistro pourri. Parfois elles avaient peur : des bagarres éclataient dans la rue, des consommateurs refusaient de partir.

C'est ainsi qu'Henri Ledoux était sorti de leur vie. Mais elles y pensaient toujours, elles n'en avaient pas fini avec Henri. Elles n'avaient pas, et de loin, résolu toutes les énigmes de sa vie : ses rapports avec Carole, par exemple et pourquoi, à la suite de quelles circonstances, il avait cessé de peindre. Ses explications n'étaient pas convaincantes. Autre chose avait dû se passer, mais quoi ?

Au Centre, elles menaient une vie régulière et ennuyeuse, tout le contraire de la vie qu'elles avaient menée jusque-là. Blandine partait de temps en temps en Écosse, voir son fils. Marie n'avait pas cette excuse. Elle se contentait de boire de la mirabelle dans la chambre de Marin, avec qui elle avait renoué des relations anciennes. Il lui parlait d'Ella, elle lui parlait d'Henri. Marin prétendait l'avoir connu aussi mais Marie ne le croyait pas. C'était un bon camarade et un brave type, mais il mélangeait tout, perdait un peu la tête. Le séjour au Centre ne lui valait rien, il ne valait rien en général aux intellectuels, aux hommes de pensée et de langage. Seuls les sportifs, les danseurs, arrivaient à s'en tirer : la danse c'est la danse.

– Pourquoi ne vas-tu pas le voir ? lui dit un jour Marin, parlant d'Henri.

– J'en ai bien envie, dit-elle, mais j'ai peur. Peur d'être déçue, peur de ne pas le retrouver, peur qu'il ne m'aime plus. Enfin, tu comprends ce que je veux dire.

Il y avait longtemps qu'ils se connaissaient, Marin et Marie. Ils étaient jeunes alors, c'était leur première épreuve et presque leur premier amour, ce qu'ils avaient vécu ensemble.

– Émile aussi, j'aimerais bien le revoir, avait dit Marie.

C'était une plaisanterie entre eux, que personne ne pouvait comprendre à part ceux qui avaient vécu dans ce souterrain au temps de la Guerre Froide et du grand bouleversement, quand les cartes du monde avaient été distribuées autrement. C'était une gentillesse aussi qu'elle disait à Marin, une phrase d'amour. Ce soir-là, il l'embrassa sur les lèvres, amoureusement, comme autrefois. Et Henri et Ella disparurent dans la nuit. Il n'y eut plus que Marin et Marie, presque le même prénom, presque la même personne, un homme et une femme qui s'aimaient encore, qui s'aimaient toujours.

En avril, Dorothée met une barboteuse rose. Elle dit que l'été arrive. Elle grelotte dans sa barboteuse mais n'en démord pas.

En avril, Marin a envie de laisser tomber Ella, mais comme il est tombé amoureux d'elle et qu'il aurait pu tomber plus mal, il hésite à en tomber une autre.

En avril, Madame Fa cajole Ursule et le bourre de bonbons au miel. Ursule attrape des boutons. Il a la fièvre.

En avril, Anselme dit que Marx est dépassé.

En avril, Blandine et Marie inventent une chorégraphie nouvelle. Elles parlent d'aller voir Henri, dans son bistro pourri de la rue de Bercy. Elles n'y vont pas. Il fait encore trop froid.

En avril, Théophile prend un coup de vieux et boit un coup de trop.

En avril, Léontine a des vapeurs.

En avril, Brice a un passage à vide.

En avril, les domestiques font tout de travers, les stagiaires tournent mal, les ingénieurs des tortues prennent de mauvaises habitudes.

Avril est un mois difficile à passer. On mange trop de

poissons, les fils s'embrouillent, on découvre des turpitudes.

C'est toujours en avril que la révolte gronde.

En avril, on se demande si ça sert à quelque chose, le CAVIM.

En avril, on regarde Madame Fa d'un œil soupçonneux.

En avril, les amoureux se disputent, les amants se trompent, les amis se brouillent, les ennemis se réconcilient, les femmes s'émancipent, les hommes perdent leur virilité, les chiens miaulent, les souris dansent, les nuages s'amoncellent, la fin approche.

En avril, Antoinette ne fait plus de crédit.

Mais c'est en avril que Marin se dit que l'histoire d'Ella commence à prendre tournure. C'est en avril que Mina 2 est au mieux de sa forme. C'est en avril que Mario le jardinier peut faire l'amour le plus souvent. C'est en avril que les stagiaires se disent leurs quatre vérités. C'est en avril que les permanents déposent le masque. C'est en avril que les habitants de ce quartier tranquille, à l'ouest de Paris, se posent des questions sur cette espèce de château, ce manoir plutôt, qui date de la fin du XIXe siècle.

C'est en avril qu'on découvre le pot aux roses.

Avril est un mois vrai, riant, illuminé, laxiste, viril. C'est en avril qu'on fait les enfants et c'est en avril qu'ils naissent. En avril les forces reprennent, les tiges poussent, les odeurs se développent, les mollets se font, les tailles se serrent, les poitrines se bombent, les langues se tirent, les yeux se roulent, les mains s'agitent.

Avril est un mois court, oblique, utile, retenu, tranquille. Avril est le roi des mois, le seul mois. Si avril n'existait pas, il faudrait l'inventer.

En avril, tous les chats sont grils.

C'est alors que surgit l'orage, terrible, inépuisable. Les orages d'avril sont les plus redoutables, ils noient tout sur leur passage, ne laissant même pas un poil de sec. Dorothée semble nue dans sa barboteuse trempée. Les cheveux d'Ella sont à tordre. Ursule sent le chien mouillé. Anselme est tout chiffonné, son costume trois-pièces est fichu. Blandine et Marie sont resplendissantes sous la pluie. Théophile a de l'eau dans son vin, ce qui le rend amer. Léontine dit que ça rafraîchit. Brice se déguise en égoutier pour faire rire. Les domestiques mettent un temps fou à remplir d'eau leurs petits seaux. Les stagiaires en profitent pour rester plus longtemps chez Antoinette. Les ingénieurs des tortues font la pause café. Ils disent que l'humidité risque d'être fatale aux tortues.

Mais un être humain n'est pas une chose et, même une chose n'a-t-elle pas un ailleurs ? Mais un être humain est toujours ailleurs :

— A quoi penses-tu ?

— A rien, pourquoi ?

— Pourtant tu étais ailleurs, tu avais un regard lointain, plein de rêves.

Un être humain est toujours ailleurs, mais où exactement ? La rage de ne pouvoir le fixer là, une fois pour toutes. Son esprit vagabonde, il se souvient :

— A quoi penses-tu, Ella ?

— Je pense au chat de la voisine, qui est si mignon. Je pense qu'il me faudra bientôt mettre un manteau, le temps rafraîchit. Je pense que c'est la première rose. Je pense que tu aurais besoin d'un cache-nez.

— Tu penses donc à moi ?

— Bien sûr. Je pense à toi sans cesse. (Menteuse.) Je t'aime. (Qu'est-ce que ça veut dire ?) Tu me plais. (Sans doute. Et alors ?)

— Mais d'autres t'ont plu. Tu en as aimé d'autres.

— Tu crois ? Je ne me souviens plus. C'est possible, après tout, mais ils n'ont pas laissé de traces.

Rage et impuissance devant la faculté d'oubli d'Ella. Ainsi moi aussi elle m'oubliera, et non seulement moi, mais même l'amour qu'en ce moment elle a pour moi. Au premier venu, s'il a l'heur de lui plaire, elle dira :

— Je pense à toi, je t'aime, je n'ai jamais aimé que toi. Les autres ne comptent pas. Au fond, avant toi, je n'ai jamais aimé.

La faculté d'oubli des femmes. Ou bien est-ce mensonge de politesse, gentillesse pour le nouvel amant ?

Et cette rage d'homme qui saisit Marin :

— Tout de même, je ne suis pas le premier homme de ta vie.

— Presque, dit-elle.

— Tu connais les hommes, dit-il parfois, tu sais comment sont les hommes.

— Non pas vraiment, dit-elle. Quels hommes ? Je te connais, toi, j'apprends à te connaître. (Et il sait que, des amants, elle en a eu plusieurs, des noms qui lui ont échappé par-ci, par-là, et d'ailleurs c'est normal, la jalousie rétroactive, très peu pour lui, mais pourquoi fait-elle semblant d'être quasiment vierge, à quoi cela rime-t-il, à la fin des fins ?)

Et s'il n'y avait que les hommes ! Mais il y a aussi tous ces rapports qu'elle entretient avec les objets, les animaux, les fleurs. Et les femmes ! Tous ces petits secrets qu'elles se disent entre elles, toutes ces plaisanteries (sur les hommes, sans doute) qui les font éclater de rire et dire, quand ils arrivent, les pauvres hommes avec leurs gros sabots : non, non, on ne peut pas vous raconter, vous trouveriez ça trop bête, c'est des secrets entre nous, des histoires de filles... Et eux prenant l'air compréhensif du vieux papa devant des gamines.

Ella, est-ce que c'est seulement Ella ? Est-ce que ce n'est pas le monde entier vu à travers elle, comme un kaléïdoscope, et ce qu'il croit d'Ella, propre à Ella, n'est-ce pas simplement le monde qui passe à travers elle, s'y reflète comme à travers un vitrail, un morceau de verre coloré ou brisé ?

L'ailleurs d'Ella, est-ce que ce n'est pas cela surtout qui est Ella ? Et si celle qu'on aime c'est seulement ce morceau de verre coloré ou brisé à travers lequel on voit le monde, quand on ne l'aime plus est-ce parce qu'on préfère regarder le monde directement, sans intermédiaire ? Ou bien qu'on a trouvé un miroir encore plus beau plus compliqué, plus riche, et alors le petit morceau de verre coloré, à travers lequel on voyait tout n'est plus qu'un petit morceau de verre à travers lequel on ne voit plus rien, rien que lui-même, un petit caillou sans grâce, rendu opaque par le manque d'amour.

Et pourtant c'est elle qu'on croit aimer, elle seule, et non pas le monde rendu plus beau parce qu'on le regarde dans ses yeux. Et même ce monde, on lui en veut d'exister encore, de ne pas se réduire aux yeux d'Ella. On en veut à Ella de regarder ailleurs, on en veut à ce regard d'aller se perdre dans le lointain, plus loin que l'horizon, jusqu'à cette ligne incertaine où tout devient flou, où l'on ne voit plus rien, où l'on n'est plus soi-même qu'un point bientôt disparu.

Mais cette rage de vouloir voir le monde par ses yeux, d'essayer d'avoir pour le monde les yeux d'Ella, d'où vient-elle cette rage, cet amour ? Pourquoi l'homme ne se suffit-il pas à lui-même, pourquoi a-t-il besoin d'aimer ?

A ce degré de perplexité, l'amour se dissoud dans les points d'interrogation. On se dit que ce n'est rien qu'un mirage (et d'ailleurs n'a-t-on pas fait, jadis, dans une autre vie, l'expérience du désamour, ce moment où l'on est comme on dit dégrisé, où nos yeux se dessillent, où l'on voit l'autre tel qu'il est, c'est-à-dire tel que les autres, ceux qui ne l'aiment pas, le voient ?). On se dit qu'on est bien hardi de se croire amoureux puisqu'on ne sait même pas ce que c'est que l'amour, qu'on ne saurait en parler sans se contredire, ou pis encore sans dire des platitudes, des tautologies : je l'aime parce que je suis amoureux d'elle, je l'aime parce que j'aime être avec elle, je l'aime parce que je manque d'elle quand elle n'est pas là, je l'aime parce que je l'aime.

Et tout ce travail de sape qu'on fait alors, pour que l'ailleurs d'Ella n'existe plus, pour qu'Ella soit seulement et exclusivement Ella, pour qu'Ella soit notre Ella.

Et la tragique découverte, quand par malheur on arrive à ses fins, que ce n'est pas cette personne-là qu'on aimait, cette personne rabougrie, réduite à sa propre existence, mais cet ailleurs qui, à travers elle, se reflétait. Cet ailleurs que pourtant nous nous sommes efforcés de chasser, patiemment, méthodiquement, comme s'il était notre ennemi, alors qu'il était l'essence même de notre amour.

Aimer suffisamment Ella pour ne pas vouloir qu'elle n'aime que moi, ce serait préserver l'amour. Aimer quelqu'un justement parce qu'il ne m'aime pas seulement, mais qu'il en aime d'autres, beaucoup d'autres qui ainsi me sont donnés à travers lui.

Mais l'amour se bouffe lui-même comme le catoblépas. L'amour est anthropophage et s'étonne d'avoir des digestions difficiles. L'amour est assassin et s'indigne de ne rencontrer que des cadavres. L'amour est sadique et reproche à l'être aimé de se poser en victime. L'amour est de mauvaise foi et ne supporte que la vérité. L'amour n'est pas seulement aveugle, il est sourd et paralytique, il est obtus, il est bête. L'amour ne comprend rien à l'amour. Il a grandi trop vite. C'est un garçon à l'âge ingrat, avec de grandes jambes et de grands pieds, des poils superflus, des odeurs fortes. L'amour est grossier, mal décati, pas fini. L'amour est-ce qu'on sait seulement ce que c'est ?

XIII

Léontine, Dorothée, Aurélie, Marie, Blandine, Théophile, Cyr, Anselme, Brice, ils étaient tous là mais bien changés, les pauvres. Quoique certains, la plupart même, avaient l'impression d'avoir fait leur chemin dans la vie, étaient fiers comme des poux d'être là, à cette place, ayant perdu de leur jeunesse non les illusions, mais la faculté critique, le cynisme, l'humour.

Ils avaient réussi, dans l'ensemble. Le vieux Théophile n'était plus si vieux depuis qu'il commandait à d'autres vieux. Dorothée, qui n'était pas une star dans sa jeunesse, qui en était même assez loin, était maintenant la femme la plus éclatante du Centre, avec ses toilettes toujours renouvelées. Elle était la vitrine ou mieux, la déesse. Aurélie s'était sortie de sa période de femme soumise pour acquérir un supplément d'âme; Blandine et Marie avaient une gentille situation; Anselme du pouvoir; Brice avait échappé aux tuyaux et aux lavabos. Seuls Cyr et Léontine étaient un peu moins brillants. Mais Cyr ne s'en rendait pas compte, et Léontine jouissait de sa position théoriquement inférieure, lui laissant une grande marge de liberté et tout l'esprit critique.

Non les illusions, certes. Qui a dit que la jeunesse était

l'âge des illusions ? La jeunesse est sans illusions car elle voit les choses comme elles sont, les hommes tout nus. C'est après, peu à peu, en faisant son chemin dans la vie qu'on en arrive à se faire croire à l'extrême importance de ce qu'on fait ; on estime que sa façon de vivre est la bonne façon, alors qu'étant jeune on crachait de mépris devant ces situations acquises, ces vies toutes faites, ces tiroirs et ces compartiments. C'est l'aventure qu'on désirait, le danger, c'est la vie qu'on croyait possible et, en vieillissant, ce n'est pas ses illusions qu'on perd, c'est son exigence et son courage. On abandonne peu à peu, on cale, on se cherche des alibis, on se dit que les autres non plus ne font rien. La jeunesse est cynique, méchante, juste et vraie. L'âge mûr est mou, plein d'illusions sur lui-même, prenant le renoncement pour la raison, la médiocrité pour l'équilibre, appelant amour conjugal une habitude qu'on n'ose pas rompre, sens des réalités un goût mesquin pour l'économie. L'âge mûr est à fuir, il faut sauter d'un bond de la jeunesse à la vieillesse, ne rien abandonner en chemin que quelques dents et quelques cheveux. L'âge mûr est l'âge de la compromission et du mensonge, l'âge où l'on veut réussir, se faire bien voir, l'âge des ronds de jambe, des dîners en ville, des adultères sournois, des rivalités polies. L'âge mûr ne devrait pas exister, être réservé aux plus moches, aux plus bêtes. On devrait pouvoir s'en dispenser, et d'ailleurs on le peut.

C'est ainsi que pense Marin quand ses compagnons l'agacent, le navrent, quand il craint de voir en eux son miroir, son double. C'est ainsi qu'il peut penser car il est, quoi qu'on dise, un artiste. Un qui reste toujours un peu à distance des choses, un à qui on ne la fait pas. Un artiste, c'est-à-dire quelqu'un qui a choisi de ne pas fermer les yeux, de les garder bien ouverts sur tout ce qui se passe, de ne pas se mentir, de ne pas se dissimuler les choses même quand elles ne sont pas belles. De ne pas oublier par exemple où ils sont, dans un Centre d'adaptation à la vie moderne, comme qui dirait un centre de rééducation, une prison, de même qu'il n'oubliait pas, avant, quand ils s'étaient connus, qu'ils étaient dans un abri anti-atomique même si ça les amusait de se raconter qu'ils faisaient des partouzes dans les caves...

A huit heures du soir, on dîne. On l'a bien mérité.

Depuis le matin, on est sur le pont. Même l'heure du déjeuner n'est pas vraiment une détente car on sait que l'après-midi suivra, souvent plus difficile à tirer que le matin.

Alors là, on s'en donne à cœur joie. On déconne comme des collégiens. On se lance des boulettes de mie de pain, on vide les carafes de vin et on en redemande (pour ça, au Centre, on n'est pas privé sur la boisson).

Huit heures du soir a tout de même un aspect assez barbe : on y fait l'appel. Il ne s'agit pas de s'absenter à l'heure du dîner, ça fait toute une histoire.

Mais tout le monde n'est pas obligé de manger dans le grand restaurant. Il y a une petite salle à manger plus intime dans le pavillon de la cour (celui où dorment les ingénieurs des tortues quand ils viennent en visite) – il faut s'inscrire la veille si l'on veut y dîner. Ça permet des petits repas sympathiques où l'on chante des chansons de marin (et même parfois, mais il ne faut pas le dire, des chansons de Marin) et où l'on danse ensuite. Si l'on a envie d'une conversation entre copains ou d'une soirée un peu tendre, c'est là qu'il faut aller. Et puis il y a moins de bruit, ça repose. L'avantage aussi, c'est qu'on est dispensé de la soirée, on peut faire ce qu'on veut, jouer aux cartes, danser, boire, ou discuter tranquillement.

Huit heures du soir est comme l'aube de la nuit. On a la soirée devant soi, et bien sûr il faudra finalement aller se coucher (et recommencer demain, après-demain et les jours suivants), mais, en attendant, la nuit s'annonce belle.

– Iras-tu à la concertation ce soir ?

Question oiseuse que néanmoins les résidents continuent à s'adresser, imperturbables, tous les mercredis matins. Ils feignent, tout au long de la journée, d'hésiter, de chercher des prétextes pour ne pas se rendre à ce qu'ils appellent entre eux par des mots à présent disqualifiés le show, le happening ou tout simplement le cirque. Ils feignent d'être libres de ne pas y aller, ou de ne pas en avoir envie, mais chaque mercredi soir les retrouve tous au grand complet, en cercle autour de Madame Fa avec les délégués de chaque groupe de stagiaires, dans leurs petits souliers ceux-là, croyant être introduits dans le saint des saints. Comme chaque mercredi soir, on retrouve :

– Aurélie, section méditation transcendantale ;
– Blandine et Marie, pour la danse ;
– Théophile qui parle fort au nom du troisième âge ;
– Léontine qui représente les domestiques ;

et, un peu à part des autres :

– Dorothée, l'hôtesse ; Cyr, qui assure la coordination entre toutes les salles ; Anselme, responsable de l'idéologie (et qui voudrait bien qu'on accepte l'idée qu'il est en somme quasiment le directeur adjoint du Centre) ; Brice, l'amuseur ;

avec, en prime, deux ou trois stagiaires plus ou moins mandatés par leurs camarades et qui sont, la plupart du temps, frappés d'un mutisme respectueux, entrecoupé parfois de gueulantes irresponsables qui les déconsidèrent.

Trône au milieu de tous Madame Fa avec Ursule, toutes deux en grande toilette. Il arrive que Madame Fa arbore des capelines et des lunettes noires pour se donner l'air plus imposant. C'est en général lorsque s'adjoint au groupe un réparateur de tortues qu'on retient pour la soirée et qui jette des coups d'œil amusés sur tous les participants, sans jamais prendre la parole sous prétexte d'une prétendue obligation de réserve, qui lui permettra plus tard de dire pis que pendre du Centre à qui voudra bien l'entendre. Mais Madame Fa n'a pas encore adbiqué toutes les armes de son sexe et croit que ses toilettes vont éblouir les étrangers et les gagner à sa cause. Il reste ainsi, chez tout être parvenu au sommet du pouvoir, des petits coins de verdure encore en friche qui envahissent soudain toute la personne, faisant entendre, derrière les décisions les plus strictes et les plus réfléchies, comme un air de pipeau insolent et naïf.

A la fin de ce déballage de questions-réponses, de contestations-confrontations, interrogations, discussions, réclamations, quand tout le monde s'est exprimé et que la réunion risquerait de tourner au vinaigre, Madame Fa peint sur sa figure un sourire charmeur et invite à passer à côté « où une petite fiesta nous attend ». Il s'agit, le plus souvent, d'un punch agrémenté de petits gâteaux avec, les jours de gala, quelques canapés racornis recouverts parcimonieusement d'une sorte de pâte de poisson ou de fromage, à l'origine indéfinissable.

Voici quelques exemples des demandes le plus souvent formulées. Ce sont parfois les stagiaires délégués qui les formulent, quand leurs petits camarades ont eu le bon goût de choisir des représentants qui n'ont pas froid aux yeux et osent prendre la parole en public. D'autres fois, ce sont les résidents qui, d'une voix ennuyée, font part des états d'âme de leurs ouailles.

1) Le rétablissement du vouvoiement. Le tutoiement obligatoire est gênant, appauvrissant, pas naturel. Il supprime les nuances, introduit une fausse intimité, empêche le passage du vous au tu, du tu au vous, si précieux pour indiquer la transformation des sentiments.

La réponse, tantôt donnée par Madame Fa avec toute l'éloquence nécessaire, tantôt par un résident qui la récite d'une voix monocorde, fait état du coût exorbitant d'une telle demande. Si l'on rétablissait le vous, il faudrait bien rogner sur autre chose : le petit déjeuner par exemple, ou les matelas qui seraient plus minces.

2) Justement, les matelas, parlons-en : ils sont déjà minces comme du papier à cigarettes. Les stagiaires du troisième âge se plaignent.

Réponse : Cette réclamation est inacceptable. Au Centre, il n'y a ni vieux ni jeunes. Et surtout pas de vieux : on songe à supprimer ce mot qui est triste et ne veut rien dire.

(Grognements divers de gens qui n'ont pas honte d'avoir vécu plus longtemps que les autres. Les principaux responsables – Madame Fa, Anselme, Cyr, Dorothée dans ses mauvais jours, et l'ingénieur des tortues se trouvant tout à coup un rôle à sa mesure – les regardent d'un œil froid jusqu'à ce que le murmure s'apaise.)

3) Plusieurs stagiaires souhaiteraient la présence d'un chat au Centre car ils ont trouvé des crottes de souris. (Variante : le chat étant nécessaire à leur équilibre mental, voire à leur inspiration – là ce sont les danseurs et les écrivains qui parlent.)

Réponse : Impossible à cause des chiens. D'ailleurs, le chat est devenu un animal très rare, hors de prix. Quant aux souris, ajoute Anselme avec son air de pion, que celui qui en trouve une me l'apporte, il aura gagné.

Après ces réclamations préliminaires commence la vraie concertation entre les permanents du Centre, les quelques stagiaires délégués n'étant plus là que comme témoins. Chaque résident permanent doit faire un rapport sur sa section. Tout le monde somnole. On sait qu'il s'agit d'une suite de discours lénifiants disant que tout va bien, mais que tout irait mieux encore si chacun y mettait du sien. De temps en temps quelqu'un, tout de même, essaie de glisser une réclamation :

– Pour ce qui concerne la section danse, commence Marie, nous n'avons pas à nous plaindre. Les stagiaires se pressent en foule à ce cours qui les attire beaucoup. C'est même le nombre qui nous poserait des problèmes, si problèmes il y avait. Mais tout cela se résoudra avec la bonne volonté de chacun. Néanmoins il faudrait envisager dans l'avenir un possible dédoublement des horaires... (Signe de dénégation de Madame Fa.) Bien sûr, il ne peut s'agir que d'un avenir lointain, l'année prochaine peut-être ? (Signe de Madame Fa voulant dire : d'ici là, l'eau aura passé sous les ponts.) Nous avons des recrues tout à fait intéressantes, véritablement douées, et l'on peut envisager dès maintenant la possibilité d'un petit spectacle pour un prochain mardi. (Vifs applaudissements dans les rangs des stagiaires, particulièrement ceux qui participent au cours de danse.) Enfin, nous tenons à attirer l'attention sur un dernier point : la salle, telle qu'elle est, avec toutes les qualités que nous sommes les premiers à lui reconnaître...

– Vous pouvez, dit Madame Fa, c'est la plus belle salle du château !

— ... nous paraît néanmoins pécher sur un point en ce qui concerne l'équipement.

— Comment ? dit Madame Fa, et que faites-vous des barres qui nous ont coûté les yeux de la tête ?

— ... certes, nous disposons de barres qui, bien qu'en nombre insuffisant au regard de la foule des élèves, sont néanmoins robustes et de bonne qualité. Mais tout de même, il manque...

— Je vous arrête, dit Madame Fa, je n'ai plus un centime en caisse pour le cours de danse qui a déjà le budget le plus important de la maison.

— ... il nous semble cependant que, dans le but d'accroître l'efficacité des cours et le plaisir des stagiaires, l'achat et la pose de quelques glaces serait d'un grand secours. Ainsi les stagiaires pourraient contrôler eux-mêmes leurs mouvements et leurs progrès. D'autre part, en ce qui concerne le bon renom du Centre, une salle de danse tapissée de miroirs pourrait donner à notre maison l'éclat fastueux qu'avait jadis Versailles. (Timides applaudissements dans les rangs des stagiaires tandis que le réparateur de la maison ZHW hoche la tête d'un air hilare. « On les prend de plus en plus bêtes à ZHW, pense Madame Fa. Enfin, si sa maison veut casquer, après tout... » Cette allusion à Versailles a chatouillé l'amour-propre de Madame Fa.)

— Nous verrons, dit-elle. Bien sûr, des glaces sont nécessaires aux danseurs, je le sais bien, et vous savez que ce n'est pas moi qui m'y oppose mais les décideurs. Ils sont près de leurs sous, ne pensent qu'à la rentabilité, ne comprennent rien à l'art. Il faudra me faire un bon dossier, mon petit, si vous voulez que je plaide en votre faveur. Qu'en pensez-vous, Frédéric ?

(Les réparateurs des tortues et tous ceux qui y touchent de près sont affublés de noms à l'ancienne, les plus longs possibles, pour montrer qu'ils sont au-dessus des lois et participent du pouvoir.Il y a Guillaume, Sébastien, Rodrigue, Stanislas, Alexandre, Constantin, Ferdinand, Théodore, Barthélemy.)

Frédéric continue à rire, un peu comme un Asiatique, pense Madame Fa.

– Oui, oui, c'est possible, dit-il en opinant plusieurs fois.

Marie se rassied, satisfaite de sa diplomatie. L'allusion à Versailles notamment était un trait de génie, qui lui est venu comme ça, par désespoir, en voyant l'air renfrogné de Madame Fa.

Vient le moment de la péroraison finale. Après avoir consulté du regard Frédéric et Anselme pour savoir s'ils n'auraient rien à ajouter, Madame Fa prend la parole pour – en principe – ne plus la lâcher :

– Nous avons commencé tout petits et maintenant nous sommes grands, dit-elle. Devons-nous grandir encore, accueillir d'autres stagiaires, créer de nouvelles salles, renforcer notre publicité à l'extérieur ? Ou bien...

A ce moment, et contre toutes les règles, une réclamation se fait jour parmi les stagiaires : ne serait-il pas possible d'aller au café du coin – chez Antoinette – non seulement de 13 heures à 14 heures mais aussi le soir après le dîner ?

Madame Fa, irritée d'avoir été interrompue au milieu d'un discours qui promettait de faire date, refuse sèchement. Il n'est pas question de sortir le soir, c'est beaucoup trop dangereux. Les loubars rôdent avec leurs chaînes de vélo, sans parler de tous ceux qui n'ont pas pu être admis au Centre et qui sont prêts à tout pour se venger.

Profondément agacée, Madame Fa renonce pour cette

fois à son discours-fleuve et donne à toute vitesse quelques nouvelles des territoires d'Outre-Centre : la section neige est bien arrivée à Val d'Isère – on verra à y envoyer plus de monde l'année prochaine, mais cette année l'effort a déjà été considérable ; le Directeur Général des Centres a annoncé sa visite pour dans un mois : tout le monde devra revêtir la tenue numéro un, veiller dès maintenant à ce qu'elle soit en parfait état, mais de toutes façons une note détaillée sera rédigée à ce sujet. Enfin, la dernière promotion des stagiaires semble avoir pris un bon départ dans la vie, ils envoient de leurs joyeuses nouvelles à Madame Fa. Et, ajoute-t-elle d'un air sévère en fixant dans les yeux les stagiaires récalcitrants, les permanents distraits et même Frédéric en train de se curer le nez :

– Ils disent qu'ils ont gardé du Centre un souvenir merveilleux, qu'ils en parlent souvent entre eux et envient les stagiaires actuels. Et maintenant, ajoute-t-elle en minaudant, et prenant d'autorité le bras de Frédéric, nous allons passer dans la salle à côté pour notre petite fiesta.

Frédéric, embêté, ne sait que faire du bras de Madame Fa. Il espérait faire la cour à Dorothée dont il a aperçu par hasard la petite culotte brodée au moment où elle se penchait pour dire quelque chose à l'oreille de Marin. Frédéric est un fétichiste impénitent et il donnerait en ce moment n'importe quoi pour pouvoir s'approprier cette petite culotte. Mais Madame Fa le garde bien serré contre elle, si bien qu'il peut voir les dents en or qu'elle a au fond de la bouche et qu'il regarde avec horreur ses grosses lèvres fardées de rouge sang remuer pour lui dire : Alors mon cher, ça vous a plu ? Évoqué de vieux souvenirs, n'est-ce pas ? Je parie que vous aimeriez bien faire un petit séjour au Centre.

Ce serait un peu cher payé pour une culotte, pense frivolement Frédéric en se laissant enfourner dans la bouche une tartine de fromage blanc. Et puis le miracle se produit, Dorothée s'approche de lui et dit à Madame Fa :

— Je vous l'enlève... (Tous les espoirs me sont permis se dit alors Frédéric, inondé de joie.)

Mais quel est l'avenir de notre amour ?

Y a-t-il d'ailleurs un avenir pour l'amour ? L'amour n'est-il pas simplement, seulement, ce qui se passe entre deux personnes qui s'aiment ? Est-ce qu'on ne gâche pas l'amour en pensant à l'avenir, et pas seulement à l'avenir de l'amour, mais à l'avenir tout court ?

Est-ce que l'amour n'est pas ce qui rend l'avenir impossible, improbable ? Est-ce que l'amour n'est pas ce qui rend l'avenir plus lointain encore que d'habitude ?

On pense souvent que l'amour supprime le passé. C'est le contraire qui est vrai. L'amour donne un sens nouveau au passé, le fait briller de mille feux. Telle rencontre, qui était devenue insignifiante dans notre mémoire, nous y pensons avec tendresse, nous la regrettons. Marin regrette la petite amie qu'il courtisait quand il avait dix-sept ans et qui était vraiment toute petite, une poupée. Elle s'appelait Elizabeth comme la reine d'Angleterre. Ella pense avec tendresse à tous les amants qu'elle aurait pu avoir, qui ne demandaient que ça et pourquoi les a-t-elle repoussés ? Elle voudrait revoir Georges, le premier garçon avec qui elle a fait l'amour, dans un pré, en été. Elle se rappelle Stéphane, le grand amour de sa jeunesse, Henri qui l'emmenait en vespa à travers Paris, lui portait ses valises et lui offrait des Cinzanos blancs. Elle se rappelle Jean, Pierre, Bernard, Philippe, Michel, Alain – elle leur trouve beaucoup de qualités, à la réflexion. Elle se rappelle les lettres que lui écrivait Bernard, les visites que lui faisait Alain, les conversations qu'elle avait avec Michel. Elle se rappelle le goût des baisers de Stéphane, les caresses précises et bouleversantes de Georges, les regards lourds d'Henri, les compliments un peu osés d'Alain. Elle ne se rappelait pas avoir eu tant d'hommes dans sa vie.

Mais l'amour rend l'avenir impossible, improbable. L'amour est ce qui fait le bilan d'une vie, l'amour est ce qui tire un trait sous une vie. Quel peut être l'avenir de notre amour ? En amour qui ne progresse pas régresse. Est-ce qu'on s'aimera davantage, l'année prochaine ? Est-ce qu'on peut s'aimer toujours davantage ? Ou bien l'amour est-il obligé de diminuer jusqu'à disparaître, de se changer en son contraire (la haine) ou de se perdre dans l'indifférence ?

L'amour existe-t-il ? N'est-il pas condamné à s'évanouir à partir du moment où il est reconnu, nommé ? Ne doit-il pas son salut au fait de demeurer caché, non dit, réalisé ou, si l'on n'a pu freiner à temps, nié, refusé, interprété comme pas vraiment de l'amour, plus tout à fait de l'amour. Dire qu'on est amoureux, c'est ne plus l'être, parler d'amour c'est ne plus aimer. L'amour est silencieux, caché, honteux, clandestin, craintif, timide, sauvage, muet, jeune, ignorant.

L'amour, dès qu'il se connaît, commence à mourir. L'amour est un tableau aux délicates couleurs qu'on ne doit pas exposer au soleil sous peine de le voir se faner. L'amour est une étincelle qui surgit entre deux êtres, un éclair, la flamme d'une allumette. L'amour est un ver luisant, une étoile filante, les yeux d'un chat. L'amour est un oiseau tombé du nid, un papillon, une fleur des champs.

Mais surtout l'amour est un démon, fils de Pénia et de Poros, rude, malpropre, va-nu-pieds, sans gîte, couchant toujours par terre et sur la dure, dormant à la belle étoile sur le pas des portes ou dans les chemins, mais aussi chasseur hors ligne, sans cesse en train de tramer quelque ruse, passionné d'inventions et fertile en expédients, employant à philosopher toute sa vie, incomparable sorcier, magicien, sophiste...

L'amour, c'est ce qui rend possible de continuer à vivre.

XIV

Et qu'est-ce qu'il pouvait leur dire, lui Marin ? Est-ce qu'il n'avait pas lui aussi accepté ce poste ? Bien sûr, c'était ça ou ne plus écrire du tout, puisqu'en dehors du Centre toute écriture est interdite, pourchassée, niée. Seuls ont le droit d'écrire les écrivains du Centre parce qu'ils sont sous surveillance étroite des tortues.

Marin réfléchit sur son métier d'écrivain.

Quand il est arrivé au Centre, il a cru y trouver une place de fonctionnaire. Il en était très satisfait. La règle quasi monastique, les tortues, la création assistée par ordinateur, la banque de données, les consignes rencontrées à chaque pas, parfait, parfait. Il était fatigué de la création libre, d'inventer des mondes où personne ne voulait jamais entrer, de transpirer sur des pages blanches qui défendaient avec âpreté leur virginité. Faire l'amour, quelle fatigue ! Il allait enfin pouvoir se reposer de cette gymnastique, créer sans douleur, tirer à la ligne avec bonne conscience. Il ne soupçonnait pas que ces contraintes, ces assistances, ces limites ne feraient qu'attiser le désir, le réveillerait même, le rendrait douloureux, fou, au point que quelquefois, dans son atelier d'écriture, auprès de la ronronnante Mina, devant les douces barrières qu'elle interpose sans cesse entre lui et sa créature, cette Ella qui pourtant, au début, lui paraissait parfaitement abstraite, une à qui il allait faire son affaire en moins de deux, avec l'aide de l'électronique, prenait, au fur et à mesure que passait le temps, des allures de grande coquette.

Il se retrouve exactement dans la même situation qu'avant, aux heures grises où épuisé par ses histoires d'amour perpétuelles avec ses personnages, il avait choisi d'écrire des histoires de meubles, de choses. Dans son dernier livre, avant d'entrer au Centre, il avait longuement parlé de ciseaux, de boîtes, de rues vides, glissant seulement par-ci par-là, une rose, un chat. Mais il était tombé amoureux de la rose, mais le chat était devenu un personnage fascinant, les ciseaux brillaient de mille feux et les rues se peuplaient de chansons, d'amoureux. Et puis, à un moment de moindre attention, quand il croyait avoir plus ou moins maîtrisé la chose, avoir fait un roman sinon glacé du moins tiède, tout son désir contenu avait explosé, s'était métamorphosé en un personnage fabuleux qui avait séduit lâchement son héroïne, faisant se terminer le roman sur une espèce d'amour fou, délirant, qui faisait dire aux lecteurs : « Où donc ces romanciers vont-ils chercher tout ça ? »

Ella, depuis le temps qu'il tourne autour, depuis le temps qu'on le laisse à distance, depuis le temps qu'Ella est devant lui et qu'il n'a pu seulement lui prendre la main, Ella il se demande maintenant s'il a jamais connu une femme qui lui fasse un tel effet. Et pourtant elle n'est pas vraiment belle, comme on dit, avec ses traits incertains et ses cheveux mi-longs, son air d'avoir tantôt dix-huit ans et tantôt quarante, tantôt vierge, tantôt putain ; parfois lourdement enceinte et d'autres fois mince comme un garçon au point qu'on peut la prendre pour un travesti. Ella mon amour, murmure-t-il doucement pour que Mina n'entende pas. Pour un peu il la demanderait en mariage, bien que ce soit une règle absolue pour un romancier de ne pas épouser ses personnages, car ce serait la fin. Le romancier est un don juan qui court de fleur en fleur sans jamais s'arrêter, il se doit à son œuvre comme on dit, c'est-à-dire qu'il se doit d'être infidèle, de délaisser sa dernière créature pour une nouvelle plus jeune, plus fraîche, plus compliquée ou plus limpide. Ressaisis-toi, Marin, Ella n'a rien de plus qu'Hélène, rien de plus qu'Elizabeth, rien de plus que Bénédicte. Ella est simplement ta dernière créature et tu te fais vieux, te voilà les larmes aux yeux devant une femme, toi qui disais qu'il fallait toutes les respirer mais n'en cueillir aucune. Ella a même quelque chose de moins que les autres, quelque chose de fabriqué... Quand elle bouge on entend comme un bruit de chaînes, un cliquetis, on sent derrière ses mots les ordres de Mina. Elle n'est même pas le fruit de ton imagination, Ella est un produit semi-industriel, une créature de confection. Et oui, mais tout cela, on a beau se le dire, quand on a envie d'être amoureux...

Et puis au Centre, on boit trop, ça explique aussi ces tremblements séniles de Marin devant Ella, cette émotion d'alcoolique devant ses yeux baissés, sa petite ride au coin des lèvres, ses oreilles un peu trop petites et sa voix cassée qu'a voulu lui donner Mina par une ruse de jalouse qui s'est retournée contre elle, car cette voix qui se brise donne à Ella un charme de plus tandis que Mina reste ce qu'elle est, une tortue que la jalousie rend simplement un peu plus emmerdante que les autres.

Madame Fa n'est jamais aussi à son affaire que le lundi, jour de grande lessive.

– Tout doit être propre, tout doit étinceler, dit-elle en parcourant inlassablement le Centre du sous-sol aux mansardes.

Ce jour-là les stagiaires sont regroupés en équipes de nettoyage sous la direction d'un permanent qui distribue les éponges et les balais. Il y a l'équipe des vitres, l'équipe des escaliers, l'équipe des planchers, l'équipe des murs, l'équipe des chromes, etc. C'est le lundi qu'on décolle les affiches de la semaine et c'est pourquoi elles sont toujours neuves, rutilantes, porteuses de nouvelles fraîches dont la plus vieille n'a que six jours. Car c'est le mardi en général que toutes les affiches se collent, les militants estimant qu'il n'y a pas de temps à perdre et essayant de se placer bien dès les premières heures du jour.

Le choix du lundi a été critiqué en haut lieu. Madame Fa s'est même fait taper sur les doigts : a-t-on idée de faire la lessive le lendemain de la journée portes ouvertes au lieu de la faire la veille ? Elle a longuement plaidé sa cause, défendu son point de vue. Enlever toutes les affiches pour les visiteurs, cela ne reviendrait-il pas à dire que la liberté d'expression est bafouée dans le Centre ? Un peu de saleté ne rend-il pas les choses plus humaines, plus gaies ? Finalement, après examen attentif, les inspecteurs ont convenu qu'il n'y avait pas dans ces affiches de quoi fouetter un chat. D'ailleurs les visiteurs avaient perdu l'habitude de lire et c'est surtout les tortues qu'ils venaient voir et aussi interroger les stagiaires sur ce qu'ils faisaient *en réalité* au Centre, savoir s'ils pourraient y être admis l'année suivante car on disait qu'il s'agissait au fond d'une année de vacances, et pleine d'attraits si l'on en croyait les lettres dorées sur les portes disant : Salle de libations, Salle de rencontre (mot neutre qui avait été choisi de préférence à sexe et à fornication, mais dont personne n'était dupe). Les visiteurs avaient les yeux brillants, ils laissaient échapper de petits rires étouffés, pressaient les stagiaires de questions, un peu agacés seulement devant leur air distant, lointain, leurs façons de laisser entendre que tout cela n'était pas si drôle, qu'il ne fallait pas se faire des idées, qu'il y avait là comme ailleurs bien des inconvénients. Jamais contents les gens, pensaient les visiteurs, je m'en arrangerais bien moi d'une année au château. Et les tortues étaient si amusantes ! Elles répondaient à tout avec un esprit, une complaisance dont ils ne se lassaient pas.

Ils sortaient de là ravis mais tout de même sur leur faim. Qu'avaient-ils vu, au fond ? Les salles étaient vides, les discours préparés à l'avance, les gens polis mais froids, on avait l'air de les embêter, alors pourquoi faisaient-ils des portes ouvertes s'ils voulaient se cacher ? Seule Madame Fa ralliait tous les suffrages. Quelle femme ! Quelle prestance ! Et quelle bonhomie aussi, quelle simplicité quand elle faisait elle-même les honneurs du bain maure où la chaleur semblait être restée depuis le lundi précédent.

Le lundi donc. Toute la journée ils lavent, nettoient la maison, les vêtements et bien sûr eux-mêmes. Il paraît que dans d'autres Centres, il n'y a pas de journée de lessive, ce sont les tortues elles-mêmes qui sont chargées de tout nettoyer au fur et à mesure. Dans d'autres encore, ce sont les femmes de ménage.

– C'est ce qui distingue notre Centre, dit Madame Fa, la gestion démocratique. Chacun met la main à la pâte, il n'y a pas de privilégiés, de castes. Tous unis contre la crasse, telle est la devise du lundi.

Et ce jour-là, les femmes de ménage et les jardiniers se reposent, peuvent passer toute la journée chez Antoinette, si ça leur chante, ou regarder les autres les bras croisés. D'ailleurs ils ne sont même pas obligés au repos et certains, les plus zélés ou ceux que le travail tient comme une drogue, se mêlent aux équipes, surveillant sans en avoir l'air l'emploi de l'éponge et du balai. C'est que tous ces gens-là ne connaissent pas grand-chose à l'art du nettoyage, ce n'est pas le jogging ou la méditation transcendantale qui va leur ouvrir l'esprit dans ce délicat domaine.

Ce jour-là, pour ne pas salir la cuisine et la salle de restauration, on ne mange pas de plats chauds mais seulement des sandwiches et des fruits.

Le soir, bain maure. Là aussi les modalités sont discutées en concertation, notamment sur les heures d'ouverture, sur la mixité. En général, en début d'année, les stagiaires effarouchés se prononcent pour la non-mixité. Et puis, petit à petit, bof, les choses changent jusqu'au jour où, en concertation, on décide finalement que le bain sera mixte puisqu'il l'est déjà. Il y a toujours des gens qui protestent, qui trouvent ça gênant, mais comme ils sont en minorité, on les faire taire.

– Au fond, dit Madame Fa, c'est mieux comme ça. Bien sûr, au début de l'année, je ne voulais pas vous contrarier, mais personnellement la ségrégation quelle qu'elle soit me choque toujours.

– Facile à dire, grommellent les contestataires, elle n'y vient pas, elle, au bain maure.

Marin aime bien le bain maure. Il se demande si c'est à cause d'Ingres ou de Flaubert, ou simplement parce que ça l'amuse de se promener tout nu dans ce brouillard chaud, d'apercevoir des corps toujours un peu plus ronds, un peu plus lourds qu'on imagine, et toujours beaux d'ailleurs, bien plus beaux qu'on ne pense mais rarement de cette beauté de magazines qu'on croit être la seule beauté. Non, plutôt une beauté un peu enfantine comme s'il se trouvait soudain environné de gros bébés. Il pense qu'Ella, quand elle va au bain maure, en profite pour passer ses cheveux au henné, se fait longuement frotter avec la lofa, et reste ensuite une heure au moins dans la salle de repos à déguster du thé à la menthe et des gâteaux. Elle se sent bien là, hors du temps, réconciliée avec elle-même dans cette moiteur enfantine. Elle regarde les autres femmes et s'étonne de la diversité des corps.

Marin écrira cela demain, il pourra même y ajouter quelques détails plus pimentés, où les attouchements, les frissons, les duvets entrevus, les seins dressés seront convenablement distribués. Tout ce qui est sexuel est permis et même recommandé dans les romans, ça distrait les lecteurs et ça ne remet rien en cause. Ce qui est pourchassé, c'est l'amour, le sentiment. L'amour est le grand ennemi car il vous fait croire que tout est possible, que tout peut recommencer, que l'ordre n'est pas la meilleure chose du monde.

Tous les mots que refusent les tortues, Marin se les garde pour en faire des chansons qu'il ne peut écrire nulle part, qu'il ne peut pas chanter au Centre car il compromettrait ses amis, mais seulement parfois chez Antoinette, quand ils sont seuls tous les deux et qu'elle essuie ses verres en faisant semblant de ne pas écouter.

« O mon amour, ma tendre aimée
Ma belle enfant, ma liberté
Je te dédie cette chanson
Toi qui fis la révolution
Dans ma vie jusqu'à toi si grise
O ma chérie, ô ma promise... »

– C'est gentil comme tout, dit Antoinette.

Et elle ajoute toujours :

– C'est bien qu'ils vous laissent le droit de vous amuser avec ces mots, vous ne pouvez pas trop vous plaindre.

C'est à cela, à ces remarques rituelles sur la bonté du système et sa grande générosité qu'il a compris assez vite qu'Antoinette était de leur bord, que son café n'était que l'annexe du Centre, qu'il n'y avait vraiment rien à attendre d'elle, ni de personne, que tout était bien dans la main des tortues. Si l'on peut ainsi dire.

A neuf heures du soir, il est bon d'aller se coucher si l'envie vous en prend, car alors on retrouve une impression d'enfance. De même qu'enfant on aime bien se coucher tard pour faire la grande personne, se coucher tôt donne l'illusion qu'on a huit ans, ce qui est toujours agréable, passé la trentaine.

L'ennui, c'est que si l'on se couche à neuf heures, on peut difficilement espérer dormir tard dans la matinée, impression non moins délicieuse pourtant. Il arrive qu'on se réveille vers minuit/une heure du matin, bien reposé, prêt à se lever. Mais se lever à minuit, ce serait vraiment ridicule, juste au moment où les gens normaux – normalement adultes – rentrent dans leur lit.

D'ailleurs, ce n'est pas forcé. Plus on dort, plus on a sommeil. Il peut arriver, au contraire, qu'on dorme d'autant plus tard qu'on s'est couché plus tôt.

A neuf heures du soir, il y a toujours quelqu'un pour proposer de jouer au bésigue alors qu'on aimerait bien finir un roman passionnant ou regarder une émission de variétés. Les joueurs de cartes apitoient avec leur air de quémander. Il leur faut toujours quelqu'un avec eux – souvent plusieurs personnes – ils ne se suffisent pas à eux-mêmes. Ce sont des malheureux.

A neuf heures du soir, il y a toujours quelqu'un d'autre pour proposer de venir boire un verre dans sa chambre. On dit toujours « boire un verre » sans préciser de quoi mais quand c'est le soir et dans une chambre, c'est en principe un verre d'alcool. Souvent de l'alcool blanc (prune, mirabelle, quetsche, framboise, poire) ou bien un whisky, quelquefois de la bière. Le champagne, c'est beaucoup plus rare, ça reste une boisson pour les grands jours (ou les grands soirs).

Il y en a aussi qui veulent absolument aller chez Antoinette. On a beau leur dire qu'Antoinette doit être sur le point de fermer, ils s'entêtent. En général ils arrivent au moment où elle s'apprête à fermer ses volets (des volets en bois plein, très beaux). Ils la supplient de rester ouvert. Elle refuse et continue à boucler sa baraque. Mais tout ça est un jeu convenu, finalement elle va s'attabler avec eux, leur servir ce qu'ils veulent. Mais avant elle préfère fermer pour qu'il n'y ait pas d'autres clients. Ils sont contents comme ça, ils ont l'impression de boire clandestinement, d'avoir une vie secrète. C'est vraiment idiot, si l'on y pense, puisque tout le monde sait qu'Antoinette est un agent du Centre.

Neuf heures du soir est une heure gamine, collégienne. C'est l'heure où ceux qui ne sont pas allés se coucher se demandent ce qu'ils vont faire de leur soirée. Cette soirée : deux, trois, quatre heures, c'est comme un paquet-cadeau dont ils hésitent à défaire les ficelles. Ils sont enchantés par avance. Ils peuvent faire face à n'importe quoi, ils seront contents.

Neuf heures du soir est une heure un peu militaire. Ça sent la caserne, la permission, la quille. A neuf heures du soir on est entre hommes. C'est plus tard qu'on rejoindra les filles. Ou pas.

A neuf heures du soir, après le dîner, les dames se

remaquillent dans les toilettes, se parfument, se refont une beauté. C'est peut-être ce soir qu'elles vont séduire un milliardaire.

A neuf heures du soir, entre deux portes, Léontine fit l'amour avec un clochard du quartier. Ce fut une aventure sans lendemain. Ils en avaient eu envie comme ça, tous les deux, à la même minute. C'était en mars, au début du printemps, ce qui explique un peu l'histoire. Léontine n'en parla à personne sauf à Marin – un romancier peut comprendre ces choses-là – Marin fut un peu jaloux : une telle aventure ne lui était jamais arrivée. Il se mit à regarder Léontine avec encore plus de considération.

Un soir de mai, comme il se promenait avec elle, Léontine le poussa du coude en lui montrant un individu à la mine sombre et hautaine. C'était lui. Marin en fut impressionné.

Léontine fut frappée par cette remarque de son ami :

– Il a grand air, avait-il dit, puis avec un air d'expert, après un moment de réflexion : il n'est pas mal.

Léontine décida donc d'en être amoureuse. Cet amour l'occupa quelques mois. Un soir qu'elle se promenait, elle le vit juste en face d'elle...

(à suivre)

Ce qu'il y a d'ennuyeux dans l'amour, c'est qu'il y a les autres. Qui se décomposent en plusieurs espèces d'autres :

– Il y a les autres hommes ou femmes de notre vie, ceux qu'on a eus et ceux qu'on n'a pas eus ; ceux avec qui on s'est fâchés ; ceux envers qui on a des torts et ceux qui ont des torts envers nous ; ceux qu'on regrette ; ceux qui attendent toujours.

– Il y a la famille, les amis, les enfants, tout l'entourage qui est là à guetter l'arrivée de l'amour pour lui tirer dessus à bout portant. L'amour est leur ennemi, ils sont féroces avec lui, impitoyables.

– Il y a aussi les camarades de l'année, les copains qui sont jaloux (pourquoi lui plutôt que moi ?) ou choqués. Il n'y a pas plus moral que les gens qu'on ne connaît ni d'Eve ni d'Adam et qui, on ne sait pourquoi, se font les garants de notre vertu.

Et les autres se décomposent encore en deux catégories :

– Les autres en chair et en os (le copain qui vous surprend enlacés et fait un « oh ! » de surprise ; le mari qui fronce le sourcil quand on vous demande au téléphone).

– Et puis, plus redoutables peut-être, les autres à l'état de fantôme, ceux qu'on ne peut s'empêcher d'évoquer, dont on ne peut s'empêcher de parler, ceux qui nous peuplent. Même quand on veut être seul, un mot peut les faire lever comme un vol de perdrix.

Bref, quand un homme et une femme s'aiment, ils sont au moins dix à s'embrasser. Ce n'est plus un duo, c'est une partouze. C'est complètement obscène, l'amour.

Marin se trimbale toujours avec toutes ses héroïnes, celles qu'il a aimées dès son adolescence écrivassière : Elizabeth, Nicole, Pénélope, Carole, Hélène, Bénédicte et bien d'autres encore. Et puis ses copines du temps de la Guerre Froide : Marie, Léontine. Et puis sa maman comme tout le monde.

Il serait temps de parler de la maman de Marin. Il y a toujours un moment dans l'amour où l'on parle de la maman du garçon et du papa de la fille. Comment était-elle donc, la maman de Marin ?

La maman de Marin n'était pas une très bonne mère, au sens classique du terme. Elle ne s'occupait pas tellement de lui. Il aurait bien voulu jouer au Monopoly avec elle, mais rien à faire, elle n'avait jamais le temps. Elle allait sans arrêt dans des réunions d'où elle revenait très excitée. Ça devait être des réunions politiques ou quelque chose comme ça. Le papa de Marin était beaucoup plus calme, mais un peu ennuyeux. Ce qu'il faisait surtout, quand il était à la maison, c'était fumer sa pipe en regardant *Des chiffres et des lettres* à la télé. Hors de la maison, c'était peut-être un tout autre homme, mais comment savoir ?

Avait-elle des amants, la maman de Marin ? Marin ne saurait dire. Quand il était plus jeune, il aurait juré que non, car est-ce qu'on imagine sa mère avec des amants ? C'est proprement grotesque. Mais à la réflexion, il se dit qu'il n'y avait pas vraiment d'impossibilité à cela. Après mûre réflexion, c'était même probable parce qu'elle était très jolie, la mère de Marin. Mais ce n'était pas sûr. Il n'avait aucune preuve. Finalement, ils avaient divorcé, son père et elle. Sa mère en avait eu assez d'avoir un mari qui passait le plus clair de son temps à fumer sa pipe en regardant *Des chiffres et des lettres* à la télé. Ils étaient restés très bons amis. Elle s'était remariée quelques années plus tard avec un homme beaucoup plus vieux qu'elle qui l'adorait et la traitait comme une porcelaine de Saxe, qu'elle n'était certes pas. Quant à son père, il avait pris une servante noire qui lui servait son plateau-repas sur les genoux, pendant qu'il regardait *Des chiffres et des lettres* à la télé. Elle était aussi silencieuse que lui. On se demandait où il l'avait pêchée.

Marin parle toujours de ses amoureuses à sa maman, au moins quand elles sont importantes.

– J'ai une aventure avec une femme extraordinaire que j'ai connue au Centre, lui a-t-il dit, à propos d'Ella. Sa mère a éclaté de rire.

– C'est la vie, a-t-elle dit. Marin a été content mais un peu déçu. Il aurait aimé qu'elle lui pose des questions, lui demande en quoi cette femme était extraordinaire. A quoi il n'aurait su répondre, d'ailleurs. Sa maman était bien jolie ce jour-là, avec ses cheveux teints en roux, ses yeux verts et une robe couleur du temps.

Quand la maman de l'un et le papa de l'autre rentrent dans l'amour, ça devient très compliqué à vivre. Mais en même temps, c'est le signe que l'amour est un vrai amour, que tous les autres ont été convoqués au chevet du nourrisson pour le baptême.

Pendant ce temps, dans leur entourage, les autres en chair et en os commençaient à faire beaucoup de bruit avec leur bouche pour parler d'eux.

– Ça marche, disaient-ils, ça va bien.

Bref, ce qu'on dit d'ordinaire dans ces cas-là et qui est très sot, car qu'est-ce que ce « ça » qui va bien ?

XV

De temps en temps, le Centre a la visite des ingénieurs chargés de réviser les tortues, de contrôler leur état de marche ou de leur transmettre de nouvelles consignes.

Ils arrivent sans crier gare, c'est leur truc de débarquer à l'improviste. Les stagiaires sont dans leur salle, Madame Fa dans son bureau. Ils viennent par deux ou trois, parfois plus, habillés comme autrefois, de pull-overs, de pantalons de velours. Ils sont gais comme des pinsons, caressent les tortues et leur font quelques passes magnétiques pour les remettre sur pied quand elles sont malades. Ils les connaissent toutes par leurs prénoms, prennent de leurs nouvelles dès leur arrivée et vont les voir ensuite comme des médecins des hôpitaux.

Et puis, leur besogne achevée, ils se mettent à lorgner les petites stagiaires, à les prendre par la taille, ce dont elles ont perdu l'habitude. Ce sont des loustics, des marrants. On dirait que dégouline d'eux toute une humanité oubliée, gaillarde, qu'ils en rajoutent dans le bonhomme, la faconde, peut-être pour effacer leur fonction, gommer à force de rires et de tapes dans le dos, ce besognage des tortues où ils passent le plus clair de leur temps.

Ce jour-là, Madame Fa est bien contente de les voir

arriver. Elle a un cas très préoccupant à leur soumettre : celui de Mina 2 qui, elle l'a vérifié elle-même, fait à Marin de véritables scènes de jalousie. Elle se demande même s'il ne faudrait pas carrément éliminer Mina du circuit, et cette perspective l'ennuie beaucoup car Mina est une bonne tortue, en dehors de ses crises. Les ingénieurs l'écoutent sans mot dire, prennent des notes, le sourcil froncé, l'air professionnel. Ils ont eu des cas comme ça dans d'autres centres, au point qu'on pourrait presque parler d'une épidémie. Ce n'est pas toujours des accès de jalousie mais parfois des accès de tendresse, ou de haine. Bref on dirait que les tortues sont en train de découvrir le domaine des sentiments dont on essaie, par le recyclage au Centre, de débarrasser les humains. Tout se passe comme si, tandis que les stagiaires s'endurcissent, perdent de leur affectivité tout ce qui n'est pas gaîté de commande (keep smile), les tortues s'humanisent, se mettent à faire des caprices. Presque comme s'il y avait passage des uns aux autres, comme si tout ce que perdait les hommes était gagné par les tortues.

Cela posait un problème grave qui risquait de remettre en cause toute la nouvelle organisation du monde. Les ingénieurs, préoccupés, demandent à Madame Fa la permission de communiquer avec leurs chefs, en secret. Madame Fa les conduit à la salle des dépêches et les y abandonne. Elle se demande si son poste n'est pas en jeu, si ça ne va pas se retourner contre elle, cette histoire. Pour faire contre mauvaise fortune bon cœur, elle décide d'aller faire un tour d'inspection dans les salles. Ça lui arrive rarement, elle n'a pas le temps et puis elle sait bien que sa présence n'est pas vraiment souhaitée. Mais ce jour-là, elle n'a pas mieux à faire. Elle entre dans la première salle, la salle de méditation transcendantale. D'abord elle a du mal à s'habituer à la pénombre et puis elle voit plusieurs corps étalés sur le dos, les bras en croix. Ils paraissent dormir. Elle cherche Aurélie qui ne semble pas être là et commence à bouillir intérieurement : ces permanents en prennent à leur aise avec le règlement. Et puis finalement elle la reconnaît, par terre elle aussi, avec les autres. Décidément elle est de trop ici, elle referme la porte avec précaution.

Dans la salle du troisième âge, l'accueil est tout autre. Les émules de Théophile sont en train de chanter en chœur une des chansons du Centre :

« Je ne serai plus jamais seul
Tous nous ferons un nouveau monde
Ce sera la plus belle ronde
Que l'on ait vue sous le soleil
Avec nos tortues amies
Nous bâtirons une belle vie... »

Ils se mettent en effet à danser une ronde, les visages rouges de joie.

Ils ont l'air vraiment cons, pense Madame Fa qui se permet, dans le privé, des écarts de langage.

Théophile se précipite vers elle, lui baise la main. Cette habitude agace un peu Madame Fa, mais en même temps elle ne peut se défendre d'en être secrètement flattée.

— Vous voyez, nous travaillons, dit-il fièrement.

— Je voulais seulement vous dire que les ingénieurs des tortues sont dans nos murs.

Un murmure parcourt l'assistance : surprise, joie, contrariété, on ne sait trop. Certains stagiaires viennent serrer la main de Madame Fa : toutes ces petites manières gentilles sont le propre des gens du troisième âge qui ont gardé des habitudes d'autrefois et se croient plus ou moins dans un club de vacances.

Ce n'est pas du personnel facile à manier, pense Madame Fa en s'en allant. Ils sont désarmants avec leur gentillesse, leurs sourires qui vont au-delà du keep smile obligatoire.

Elle pense entrer dans la salle de danse, et puis elle aperçoit les ingénieurs sortis de la salle des dépêches. Ce sont de braves gens, à l'air fatigué, qui disent que ce séjour au Centre constitue leurs vacances et qui s'esclaffent bruyamment dans la salle des libations, en glissant sur les stagiaires des regards langoureux.

– La situation est en effet assez grave, dit Ferdinand – un petit gros à lunettes et à pipe, pull-over kaki, pataugas aux pieds – on nous a dit d'examiner Mina et, si le diagnostic se confirme, de l'amener au plus vite au Centre général. Il paraît que les cas se multiplient, ajoute-t-il en tirant sur sa pipe.

On ne peut pas leur en vouloir. Ils font leur boulot, un point c'est tout.

Mai est un mois mélancolique, car on sent la fin du stage approcher. Il y a le souci des journées du CAVIM à préparer, les liaisons amoureuses qu'il faudra bientôt interrompre ou mener à leurs conclusions pour celles qui ont commencé un peu tard, la famille qu'on va bientôt retrouver si l'on n'a pas profité de cette longue interruption pour l'envoyer au diable.

Et puis mai est mélancolique pour d'autres raisons. C'est le mois où l'on s'attend à du beau temps et où l'on est régulièrement déçu. C'est le mois où l'on se souvient de sa jeunesse et d'autres mois de mai. C'est le mois où l'on aimerait que quelque chose arrive, quelque chose de non programmé, de non assisté, qui surgirait tout à trac dans la vie des gens. En général, rien n'arrive.

Il y a eu pourtant d'autres mois de mai où il arrivait des choses. Les gens sortaient dans les rues, se parlaient entre eux ; ou bien ils changeaient de gouvernement, élisaient un nouveau président de la République. Ils avaient des roses à la main, dansaient dans les rues, grimpaient à des arbres. Ils chantaient des chants révolutionnaires et disaient que tout allait changer : la vie aurait un autre goût, les bonbons seraient plus doux, on raserait gratis. Tout ça, c'était avant, quand les tortues n'existaient pas encore, ou alors à peine.

Au Centre, en mai, les femmes font des efforts de coquetterie : elles montrent leurs jambes laissées tout l'hiver dans des pyjamas, elles mettent du bleu sur leurs paupières, découvrent leur poitrine, sourient. Les hommes sont charmés de ces sourires et de ces seins prometteurs, quoique tardifs dans leur année laborieuse. Les femmes veulent être aimées, mais les hommes n'ont pas le temps, ils disent qu'ils ont leur avenir à préparer, les hommes sont toujours très soucieux de leur avenir. Ou de leur passé dont ils aiment bien entretenir les femmes qui se demandent toujours quand on abordera le temps présent. Les femmes soupirent, les hommes rabattent leurs cheveux sur leurs oreilles.

Certains hommes, cependant, cèdent à des caprices soudains. Ils se font percer une oreille pour y poser une boucle, ils arborent des costumes clairs, légers, ils changent de dentifrice. Parfois ils déménagent, trouvant que la proximité de tel ou tel les empêche de se consacrer valablement à leurs études.

En mai, les permanents boivent beaucoup, encore plus que d'habitude. Ils entament les caisses de champagne de la réserve, qu'il faut finir de toute façon car la Direction Générale reprendra en juin tout ce qui n'a pas été bu. Ils flirtent entre eux, ce qui ne se fait pas d'habitude au Centre, se racontent leur vie amoureuse, se laissent aller à des confidences.

C'est en mai que Madame Fa sort sa robe à pois avec de grandes manches qui lui donne l'air d'une diva. On trouve qu'elle porte beau, on se met à s'intéresser à elle en tant que femme. L'ennui c'est que, comme juin approche et le moment des bilans, on a peur que cet intérêt soit mal interprété, signe d'une lèche d'autant plus abominable que tardive. Pourtant on a tort, car Madame Fa n'a rien contre les lécheurs : après tout, c'est un des avantages du métier de directrice que d'avoir des admirateurs. Sinon à quoi servirait le pouvoir ? Et puis cette idée d'être aimé pour soi-même, ça n'a pas le sens commun. Qu'est-ce que c'est soi-même, si ce n'est justement ce qu'on est devenu ?

C'est en mai que les jardiniers ont la drague facile, avec toutes les petites fleurs qui leur poussent entre les doigts. Ils ont attendu tout l'hiver, paisiblement, leur heure de gloire, mais là ils triomphent. Ils composent des bouquets en dissertant philosophiquement sur telle ou telle essence. Ils font des comparaisons inattendues, des rapprochements suggestifs. On les embrasse parmi les fleurs, ce sont des baisers à goût de rose ou d'œillet, comme les stagiaires et les permanents ne savent pas en donner.

En mai, les tortues donnent des signes de fatigue. Il faut les titiller longtemps pour leur tirer quelques soupirs. Elles sont lasses d'avoir travaillé tout l'hiver et font entendre de sourds grognements.

En mai, les ingénieurs des tortues se font plus nombreux, sous prétexte de stimuler leurs ouailles. Mais ils jettent des coups d'œil lascifs sur les stagiaires aux robes décolletées, demandant à rester quelques jours au Centre. Ils s'arrangent pour qu'un de ces jours soit un samedi – et sinon se font inviter par les permanents à leurs parties de champagne.

En définitive, mai est un mois court, gai, tout troué de fêtes. On y chante et on y danse, même s'il ne s'est rien passé. C'est une trêve avant le terrible mois de juin. Le début de l'année est loin, la fin de l'année aussi (croit-on), les amoureux se disent qu'ils ont encore plus d'un mois devant eux, et ceux qui ne sont plus amoureux pensent raisonnablement qu'un mois est vite passé.

Oui, tout bien réfléchi, mai est un mois agréable au Centre.

– Stop, dit Mina, histoire trop phallocratique. Point de vue de l'autre personne demandé.

– Tu veux que j'écrive l'histoire d'Ella par Ella ?

– C'est la moindre des choses, il me semble, dit Mina.

– Mais tu ne trouves pas ça un peu hypocrite ? Car enfin, c'est quand même moi qui écrirais l'histoire d'Ella.

– Objection refusée.

– Mais pourquoi ? s'entête Marin. Elle me semble pourtant très judicieuse ajoute-t-il, non sans une certaine complaisance.

– Prétexte pour pas écrire. Ferai rapport en haut.

– Bon ça va. Pas la peine de te fâcher. J'y vais, je m'y mets.

– Exécution immédiate, crache Mina, secouée d'un spasme mauvais.

Ella arriva au Centre dans un grand état d'excitation. Pour la première fois depuis longtemps, elle allait faire quelque chose d'inattendu, vivre une année non programmée au départ, avec des gens qu'elle ne connaissait pas, qu'elle n'aurait jamais dû rencontrer. Et il y en avait, des hommes et des femmes. Certains assez quelconques, il faut le dire, mais d'autres, beaucoup d'autres attirants, charmants, avec des sourires plein la bouche et cet air heureux qu'ils avaient d'avoir été choisis, élus. Au milieu d'eux, Ella se sentait comme un papillon dans un parterre de fleurs, ne sachant où donner de la tête, avec qui parler, à qui faire les yeux doux. Mais très vite cela passa, cette euphorie des débuts. Chacun se mit dans son cursus, s'appliqua à devenir un bon stagiaire bien sérieux, bien sage. C'est qu'on leur faisait peur aussi, avec ces menaces voilées sur le retour à leur vie d'antan, sur les critères plutôt vagues, assez flous mais d'autant plus menaçants qu'on mettait à leur future promotion dans un Centre de vie. Seuls les résidents permanents gardaient leur calme et une certaine disponibilité. C'est alors qu'elle remarqua Marin.

Tout de suite, elle comprit qu'elle lui plaisait. Il la regardait d'un air interrogatif, avec étonnement et tendresse. Ce fut cela qui l'attira d'abord : cet étonnement et cette tendresse dans le regard. Il y avait bien longtemps qu'on ne l'avait pas regardée comme ça. Dans sa vie en dehors du Centre, on la regardait avec admiration ou désir, avec haine ou respect, avec envie ou défi. Ou bien on ne la regardait pas du tout, elle se sentait transparente, évanescente, forçait alors sur son maquillage, portait des robes osées, transparentes, se faisait teindre ou friser, alourdissait ses bras, ses doigts, son cou, ses oreilles, ses chevilles, de chaînes, de bagues, de boucles. Parfois, lorsqu'elle se promenait ainsi, parée comme une châsse, dans l'indifférence générale (indifférence feinte peut-être, calculée, mais n'est-ce pas, plus que les sentiments eux-mêmes qu'on ne peut jamais connaître vraiment, la manifestation des sentiments qui compte pour une femme ? les billets doux et les compliments, les fleurs, les baisers, toute cette menue monnaie de l'amour dont les hommes sont si avares d'ordinaire, croyant s'abaisser à ces petites choses alors que souvent c'est cela qu'on leur demande et rien d'autre, ces petites attentions dont on sait bien qu'elles ne veulent rien dire, qu'elles ne sont la preuve de rien d'autre que d'elles-mêmes, qu'elles ne constituent aucun engagement mais sont là au moins, concrètes, existantes, fleurs que l'on respire, bijoux que l'on porte, lettres qu'on lit, petits cailloux que le fleuve infidèle des sentiments aura déposé sur la rive), elle se demandait jusqu'où il fallait aller pour allumer les regards, susciter l'intérêt. Ce qu'il fallait porter, ce qu'il fallait dire, en quoi il fallait se déguiser. Et là, au Centre, tout à coup, ce regard étonné, tendre de Marin. Disponible, étonnamment disponible. Elle ne pensa pas tout d'abord, heureusement, que c'était un regard d'écrivain à la recherche d'un sujet. D'ailleurs les permanents du Centre n'étaient pas présentés, au départ, comme très distincts les uns des autres. On avait l'impression qu'ils étaient interchangeables, qu'ils prenaient en charge telle ou telle activité, mais qu'ils pourraient à la rigueur faire autre chose. Ils étaient polyvalents (polis plus que valant disaient-ils parfois entre eux). Marin animait parfois des groupes, des ateliers. Il traînait derrière lui cinq ou six disciples, plus ou moins intéressés par l'écriture, mais réunis surtout pour le plaisir de la discussion un peu élevée. Ils s'amusaient à poser des questions à Mina, à tripoter ses boutons, feignant d'en faire l'apprentissage, mais en réalité prenant du bon temps, buvant des cafés avec Marin, l'écoutant raconter son dernier chapitre, chanter ses dernières chansons, flirtant aussi, les uns avec les autres à mots couverts, à gestes mesurés, avec élégance et discrétion. Dans les autres groupes, on les enviait, se demandant ce qu'ils faisaient exactement, ce qu'ils disaient, à quoi était due cette sorte de bonhomie répandue sur leur visage, cette égalité d'humeur, cette indifférence aux rumeurs les plus inquiétantes qui mettaient les autres groupes dans tous leurs états.

Marin plut à Ella. Elle lui trouva l'air d'un chaud lapin, se dit qu'il devait bien faire l'amour et s'employa à le conquérir. Dans son autre vie, elle n'avait pas d'amant. Là comme au Centre (le Centre n'était-il pas, après tout, la pâle copie de cette vie déjà menée par les riches, un effort pour faire se hisser les gens ordinaires dans la catégorie des puissants ?), l'audiovisuel avait fait des ravages. Ce que les gens voulaient désormais ce n'était plus être reconnu, aimé par quelqu'un d'autre, un intime, un privilégié, mais passer à la télévision, avoir sa photo dans le journal, tendre aux autres une image impeccable et glacée. L'entretien de cette image prenait beaucoup de temps : gymnastique, jogging, piscine, bain maure, coiffeur, manucure, masseur, etc., laissaient peu de temps pour l'amour. On le faisait encore de temps en temps, pour mémoire, mais mal, à la va-vite, quand on n'avait vraiment rien d'autre à faire. L'amour devenait une spécialité : les femmes délaissées se repassaient l'adresse de quelqu'un dont on disait que telle et telle avaient été contentes. Mais ces malheureux don juans, débordés, finissaient par ne plus pouvoir suffire à la demande et perdaient de leur éclat.

La conquête fut plus longue qu'elle n'imaginait, ce qui l'énerva un peu, la conduisit à quelques mensonges, à quelques ruses. Elle n'arrivait pas à comprendre pourquoi Marin, qui pourtant la couvait du regard et ne se lassait pas de l'écouter, n'en venait pas plus vite au fait. Et puis, petit à petit elle comprit qu'elle était en train de devenir un personnage de roman. Elle comprit que Marin était un écrivain et qu'il entretenait avec les autres des rapports d'une espèce un peu particulière. Ce n'était pas que les gens, elle par exemple, fussent à proprement parler ses modèles : il ne les observait pas pour les copier, les fourrer tout crus dans une histoire. Mais il extrayait d'eux, consciemment ou inconsciemment – de plus en plus consciemment sans doute, au fur et à mesure qu'il avançait dans son métier – tel trait, telle intonation, telle phrase dont il allait tisser, avec d'autres traits, d'autres intonations, d'autres phrases prises ailleurs chez d'autres personnes, hommes, femmes, enfants, animaux, plantes ou lui-même, un personnage ou plusieurs, une histoire ou plusieurs. Ella comprit à ce moment-là que ce regard tendre et étonné de Marin, ce regard qui lui avait semblé l'indice d'un fort tempérament, les prémices de délices depuis longtemps oubliées, était un regard d'écrivain, impudique à force d'être attentif à l'autre, oublieux de lui-même, un regard devant lequel on se sentait nue tout à coup, et frissonnante, un regard qui vous déshabillait non seulement le corps mais l'âme aussi, un regard qui lisait dans vos pensées, dans vos sentiments, qui les brouillait, vous en dictait de nouveaux au point qu'après quelques heures passées en sa compagnie, on ne savait plus très bien qui on était et si ce qu'on croyait avoir décidé seule et en toute connaissance de cause, ce n'était pas lui qui vous l'avait soufflé sans en avoir l'air.

Finalement quand même ils se retrouvèrent dans un lit et ce fut aussi bien qu'elle l'espérait. Elle ronronnait dans ses bras, passait des nuits exquises, douces, pleines d'étoiles. Elle en devint plus gaie, plus ouverte, plus moqueuse aussi et bien entendu, comme toujours dans ces cas-là, éveilla autour d'elle quelques ardeurs. On lui fit la cour, elle se laissa faire, plus ou moins. Chose bizarre, ses rapports privilégiés avec Marin n'étaient pas vraiment perçus par les autres, à peine soupçonnés parfois. Et personne n'avait compris qu'elle était ce personnage dont Marin les entretenait tous les mardis, ou du moins la principale inspiratrice de ce personnage. Mais elle le savait. Elle retrouvait dans ce que lisait Marin le mardi, des phrases qu'elle avait dites, certains gestes, certaines attitudes qu'elle savait être siens.

Par moments, il est vrai, elle se demandait si elle ne devrait pas prendre ombrage de cette utilisation, si elle ne devrait pas lui en faire reproche. Mais au fond cette façon de se servir d'elle lui plaisait, il y avait là une sorte d'exhibitionnisme qui flattait ses goûts les plus secrets. Autrefois, dans une autre vie, avant l'époque actuelle qui était glacée, stérile, narcissique, Ella avait vécu avec son vieux mari qui était moins vieux alors, qui avait de l'imagination, une période très intense dont elle gardait un souvenir vif et brûlant où elle s'exhibait pour lui plaire, arborant des tenues indécentes et suggestives, faisant sous ses yeux des avances précises à tel de ses amis qui en rougissait de confusion, mais lui téléphonait plus tard, la voix rauque.

Ce qu'il ne pouvait pas voir, elle le lui racontait et ces soirs-là il lui faisait l'amour avec passion, ferveur, comme si ses caresses étaient la conclusion dernière, le bouquet final qui remettait les autres à leur place, comme si de lui faire l'amour après les autres il récupérait à son profit tout le capital de plaisir qu'elle avait, sur son ordre, patiemment engrangé. Ou peut-être tout simplement parce que ces récits l'excitaient, lui offrant, de son épouse légitime, une image insolite, neuve, lui redemandant des détails, voulant savoir avec qui, combien de fois, comment. Souvent Ella, comme ces femmes qui feignent le plaisir par politesse ou lassitude, rajoutait des détails de son cru, forçait l'agrément de ces rencontres qui, la plupart du temps, ne lui laissaient que le pur sentiment du devoir accompli, un léger chatouillement ou l'agacement ressenti devant ces mâles épuisés et soufflants qui, sans s'être tellement souciés d'elle, lui disaient dans un soupir : « Alors, heureuse ? » sans s'apercevoir – ils se vantaient pourtant de nombreuses bonnes fortunes – qu'elle était restée en route, n'avait pas seulement commencé à gravir la première marche du plaisir, insensible aux caresses mécaniques qu'ils avaient distribuées sur sa personne comme on met des lettres à la poste. Comme si la rencontre entre elle et cet homme n'était pas unique, miraculeuse, merveilleuse, comme s'il s'agissait d'expédier au plus vite une affaire un peu ennuyeuse, urgente certes, mais qu'il fallait conclure, liquider, avant de passer aux choses sérieuses : boire un verre, jouer aux cartes, dîner.

Elle se demandait parfois, devant cette rapidité à la chose, le peu de goût qu'ils semblaient y prendre, l'air sombre qu'ils arboraient avant et après, pourquoi ils se donnaient la peine de s'embarrasser d'une femme, pourquoi ils ne se branlaient pas tout simplement une ou deux fois par semaine, par hygiène, en regardant les photos des magazines spécialisés. C'était là sans doute une époque de transition, où l'amour était encore considéré comme une valeur dans la conversation et les romans, mais était en train de disparaître tout doucement de la vie.

Avec Marin, Ella avait retrouvé quelque chose dont elle avait perdu le souvenir : que l'amour *se fait* véritablement, qu'on peut façonner le plaisir entre ses mains comme le potier tourne un pot et que, comme dans une symphonie, comme dans un tableau, il y a des notes, des taches de couleur qui doivent venir à un moment et pas à un autre, à un endroit et pas à un autre, de même que certaines caresses, certains mots, certaines initiatives – comme de passer d'une position à une autre ou de renverser les rôles – devaient se faire dans certaines circonstances bien précises, sous peine de rompre la communication et le charme. Et elle retrouva avec lui, les fois où c'était particulièrement réussi, quand cela avait été à la fois gai, inventif, harmonieux et volcanique, la satisfaction esthétique d'avoir fait avec lui quelque chose de beau, d'accompli, de juste, d'unique, dont ils ne pourraient pas, un autre jour ni avec quelqu'un d'autre, renouveler les gestes, qui mourait en même temps qu'ils revenaient tout doucement à eux-mêmes mais qui, d'être provisoire, fugace, sans autres spectateurs, en tirait une qualité supplémentaire, précieuse, rare, qui leur faisait dire que, si leur liaison se ternissait de querelles ou de banalités, si elle sombrait – comme cela était prévisible parce que commun – dans le quotidien ou dans la guerre, ou si elle prenait fin par décision de l'un ou de l'autre ou brusque arrêt du destin, il leur resterait ce moment où ils avaient fait l'amour avec tant de talent, avec tant de sincérité et de cœur, avec tant de grâce, qu'il n'était pas imaginable que cela ne fût pas à leur crédit à tout jamais. Peut-être, à l'heure de leur mort, quand leur vie tout entière défilera devant leurs yeux, ce sera cette image-là qui partira la dernière, ce souvenir du jour où ils ont fait divinement l'amour dans la chambre de Marin, le jour où les anges du ciel ont ri de plaisir, le jour où le Dieu Éros a doucement posé sur leur tête une couronne de fleurs. Le jour où au plaisir de l'amour s'était joint le plaisir d'avoir fait ce qu'il fallait faire pour l'amour, un de ces moments rares, privilégiés, où la flèche atteint sa cible, où le chanteur sort une note qu'on n'entendra plus, où l'écrivain trouve le mot juste, où un accord retentit entre la vie humaine et le cosmos. Alors on se dit que la vie vaut la peine d'être vécue ne serait-ce que pour ces quelques minutes sublimes comme, lorsqu'on s'ennuie à un concert, un thème nouveau, une courte phrase musicale, vient nous faire frissonner de plaisir, nous bouleverser, nous faire dire que ce seul moment rachète largement tout l'ennui qui précède.

Mina, quant à elle, commença à donner quelques signes d'impatience.

– Qu'est-ce que ça veut dire, tout ce charabia ? demanda-t-elle.

– C'est une scène de sexe, dit Marin. C'est bien ce que tu voulais.

– Sexe non identifié, dit Mina. De quoi est-ce qu'on cause ? (Les ingénieurs des tortues s'amusent quelquefois à mettre dans leurs bouches des phrases triviales.)

– 28ᵉ position, zone érogène nº 8, scène 26 du parfait baiseur, répondit Marin.

– Reçu cinq sur cinq, dit Mina.

Quelle conne, dit Marin entre ses dents. Dire qu'on est gouvernés par des cons pareils et qu'on est là, à leur répondre, dociles comme des moutons. Mais quand est-ce qu'on les foutra en l'air, ces tortues de malheur ? Quand ? Ça n'a pas assez duré, cette histoire peut-être ?

Marin profita de la distraction de Mina pour embrasser Ella sur la bouche, lentement, amoureusement comme s'il avait la vie devant lui, le temps devant lui, l'amour devant lui, comme si les tortues n'étaient qu'un rêve fou, comme si Ella était une femme en chair et en os, comme si un nommé Marin existait vraiment.

Mina somnolait, tous ses boutons à l'air.

Comment peut-on savoir qu'un amour est fini ? Est-ce quand on ne pense plus à la personne prétendument aimée ? Est-ce quand on y pense avec colère, quand on ne peut en parler sans en dire du mal ? Est-ce quand on pense sans arrêt à quelqu'un d'autre ?

Problème : est-ce qu'un amour peut mourir sans être chassé par un autre ? Est-ce qu'il est dans la nature de l'être humain, et spécialement de l'être humain femme de penser à quelqu'un, d'avoir un point de repère parmi tous les gens qui existent sur terre ? Et, tant que quelqu'un d'autre n'a pas pris sa place, est-ce qu'on ne continue pas à penser à la même personne ? En somme un amour ne finirait que si un autre commence ?

Est-ce que la fin de l'amour est triste ? Ou bien, au contraire, l'indice d'une liberté retrouvée ? Mais si la fin de l'amour est le début d'un autre amour, cela signifie que la fin de l'amour est toujours gaie pour celui qui cesse d'aimer — triste sans doute pour celui qui cesse d'être aimé (mais être aimé n'est pas une occupation intéressante).

La fin de l'amour, c'est quand notre cœur ne bat plus en entendant le prénom de l'être aimé même quand il désigne quelqu'un d'autre ; la fin de l'amour, c'est quand ça ne nous intéresse plus de savoir qu'on est devenue une héroïne de roman ; la fin de l'amour, c'est quand on est fatigué d'aimer, fatigué d'ajouter de la plus-value à un homme qui n'est qu'un mec après tout ; la fin de l'amour, c'est quand on se dit que la fin de l'amour ce n'est pas la fin de tout.

Ella cessa d'aimer Marin quand ses mensonges ne l'amusèrent plus, quand ses tromperies ne la trompèrent plus, quand ses compliments lui parurent vraiment trop rares et ses cadeaux trop minuscules, quand les ruses pour faire sortir de son gosier les mots qu'une femme attend : « Je t'aime ma chérie, mon amour, etc. » la fatiguèrent trop, quand elle se dit que ce n'était peut-être pas si mal d'être lesbienne, quand elle commença à voir dans Marin un échantillon de l'espèce masculine, se croyant exceptionnel alors qu'il n'était qu'ordinaire.

La fin de l'amour c'est quand les deux partenaires ou l'un seulement, abattant leur jeu, ne se donnent plus de mal pour tricher, donner le change, déguiser, maquiller, embellir et orner leurs personnalités aussi pauvres que celles des autres. La fin de l'amour c'est quand on décide de ne plus jouer, quand on se laisse aller, quand on garde ses pantoufles quand on ne se recoiffe pas, quand on ne se remet pas de mascara sur les cils et de rouge sur les lèvres, quand on ne se lave plus les dents avant de s'embrasser, ni le cul avant de faire l'amour, quand on préfère aller au cinéma, quand on n'a rien à dire, quand il n'y a plus rien à manger dans le réfrigérateur, quand on est trop fauché pour aller au restaurant, quand on n'a pas envie d'acheter une nouvelle robe.

La fin de l'amour, c'est quand on pense qu'on sait tout l'un de l'autre, qu'aucun sentier ne nous est inconnu, aucun buisson, aucun oiseau du pays de l'autre. C'est pourquoi les romanciers ne croient pas à la fin de l'amour. Car les personnages de romans sont les plus libres des êtres : il peut toujours leur arriver de nouvelles aventures, ils peuvent renaître de leurs cendres, changer de personnalité, épouser des princes ou des bergères, vendre leur âme au diable, devenir célèbres ou pauvres, ou riches, ou tout cela à tour de rôle, attraper la lèpre, recevoir un héritage fabuleux, faire le tour du monde, etc. Les romanciers croient que les êtres humains sont comme des personnages de roman, ou peuvent le devenir s'ils en prennent conscience. Ils croient que les êtres humains sont libres, infinis, insondables, imprévisibles, qu'on n'en a jamais fait le tour, qu'on n'a jamais épuisé l'intérêt qu'on peut leur porter. Ils croient que la fin de l'amour n'est pas véritablement possible, sauf si un amour plus fort s'empare d'eux, mais sans que cela supprime totalement l'amour qu'on a pour la personne précédente. Les romanciers croient que les sentiments sont éternels et que rien ne peut faire que ce qui a eu lieu ne se continue pas.

Ella n'était pas romancière mais stagiaire. Comme le stage se finissait, elle décida que finissait de même son amour pour Marin. C'était plus simple, les choses rentraient dans l'ordre, elle n'aurait pas besoin de lui écrire des lettres embarrassées et de tenter de le revoir ensuite. Tout cela était trop compliqué, demandait de construire l'avenir alors qu'il était si bon de se laisser flotter au gré du temps. Le hasard nous a rapprochés, le hasard nous sépare, pensa-t-elle avec la satisfaction des gens qui ont décidé une fois pour toutes que ce n'était pas eux qui faisaient leur vie, mais la vie qui les roulait dans sa vague. Le hasard peut-être lui ferait rencontrer d'autres hommes dont elle serait un peu amoureuse jusqu'à ce que le hasard, etc.

Faire durer l'amour quand les circonstances ne s'y prêtent pas, c'est un travail de marin !

A dix heures du soir, il est un peu tôt pour se coucher, on a encore son repas sur l'estomac.

Pour le faire passer, on peut boire une tisane ou une petite liqueur, fumer une pipe ou quelques cigarettes. Le café est déconseillé, sauf si l'on veut passer la soirée au théâtre où l'endormissement est fréquent et souvent sans remède.

Dix heures du soir peut être une bonne heure pour ceux qui veulent coucher leurs pensées sur le papier. Ils commencent par enlever tout ce qui encombre leur table de travail (comme on dit) : vieilles lettres froissées, ciseaux à ongles, stylos hors d'usage, tasses à café sales, photographies d'un être cher qui ne l'est plus, paquets de cigarettes vides. Ils cherchent un beau papier blanc ou leur cahier-journal, essaient une ou deux plumes, allument une cigarette, se remplissent un verre (d'eau, de vin ou de brandy). Ils lisent les yeux au plafond en faisant des ronds de fumée. Parfois ils écrivent fiévreusement au point que leur main a du mal à suivre leur pensée rapide comme l'éclair. D'autres fois, ils réfléchissent entre chaque mot. Mais on voit bien que des nuées de pensées traversent leur esprit car leur front se plisse, leurs yeux s'écarquillent.

En revanche (ou par contre) dix heures du soir n'est pas une bonne heure pour écrire à ses amis. On est fatigué de la journée et on risque d'écrire une lettre pleurnicharde qui alarmera inutilement. Ou alors la journée vous a énervé et vous pouvez envoyer une lettre bien tapée que vous regretterez sous peu quand l'ami vous fera savoir qu'entre vous les ponts sont coupés. Mais, direz-vous en vous tordant les mains, vous ne vouliez pas couper les ponts. Simplement lui dire une bonne fois ses quatre vérités. Comme si c'était possible de rester amis après ça. Vérité, que de crimes on commet en ton nom !

A dix heures du soir, on peut avoir parfois une visite agréable. Quelqu'un, un voisin, qui n'a pas envie d'être seul, vient vous dire de partager sa bouteille de schnaps pour trinquer. Ou mieux encore, ils sont plusieurs à boire et rigoler à côté, ça leur fait de la peine que vous soyez seul.

C'est souvent que ça arrive au Centre, ces choses-là. On ne sait pas quoi faire après dix heures du soir. Il n'y a pas toujours de soirées et puis, au bout de quelques semaines, les soirées ça devient casse-pieds, on essaie de se défiler au maximum, on organise de petites boums dans sa chambre, il suffit d'avoir un permanent avec soi pour être couvert.

Dix heures du soir est souvent l'heure la plus intéressante au Centre. Les joyeux drilles dévoilent leur joyeuse drillerie. Les philosophes philosophent. Les amoureux se lancent des regards langoureux. Les esprits forts improvisent de caustiques critiques qu'ils n'oseraient pas faire à dix heures du matin. On fraternise, on trinque, on finit la bouteille, on n'a plus de cigarettes, zut alors. On est vachement content d'être ensemble et on a beaucoup de mal à se quitter. C'est la belle vie. Croit-on jusqu'au lendemain matin.

Léontine, Dorothée, Aurélie, Marie, Blandine, Théophile, Cyr, Anselme, Brice et moi Marin, c'est à onze heures du soir qu'on aime se retrouver. Ça nous rappelle le bon vieux temps, dans ce foutu souterrain où nous nous sommes connus, à l'époque de la Guerre Froide.

Au début, c'était improvisé. Le jour où l'on s'est retrouvé tous les dix, on s'est écrié : il faut quand même arroser ça. On riait comme des bêtes. On se sentait rajeunis de dix ans tout d'un coup. Qu'est-ce qu'on était jeunes alors, c'est fou ! Même Théophile, finalement. On croyait qu'il était vieux à l'époque parce que nous, tous les autres, on était drôlement jeunes. On se croyait des hommes mûrs, vous vous rendez compte ? A trente ans et des poussières ! Et Blandine et Marie qui avaient à peine vingt ans – vraiment des gamines.

– Quel âge tu avais, Théophile, à l'époque ?

– La cinquantaine, dit-il sobrement.

Cinquante ans ! Autant dire le bel âge. On n'en est plus tellement loin, nous autres. Et qu'est-ce qu'on se sent jeunes ! C'est bien simple, à vingt ans on n'était pas moitié aussi jeunes.

– C'est à vingt ans qu'on est vieux, dit Anselme. Après, on ne cesse de rajeunir.

– Ça c'est bien vrai. A vingt ans, autant dire que j'avais cent ans, je me croyais un vrai Mathusalem.

– Vous savez, dit Anselme, c'est moins con que ça en a l'air, tout ce qu'on raconte. (Qui a dit que c'était con ? disent les autres, offensés.) Parce que, si vous y réfléchissez – et même si vous ne réfléchissez pas, je réfléchis pour vous – de zéro à vingt ans on ne cesse de grandir, de grossir, de changer de forme et tout ça, alors forcément on croit que la vie c'est ça et quand, à vingt ans, toutes ces métamorphoses s'arrêtent, on croit que la vie est finie alors qu'elle commence à peine. Finalement après vingt ans, on ne change pas tellement.

– Hum, hum, disent les autres poliment. (Ils trouvent qu'Anselme a pas mal changé, il a perdu ses cheveux, il a plein de rides, enfin il n'a pas embelli, quoi.)

– Oh bien sûr ! on attrape une ride par-ci par-là, continue Anselme. Mais qu'est-ce que c'est, les rides ? C'est plutôt joli au fond, ça anime un visage.

– Même chez les femmes, tu trouves ? demande Aurélie.

– Ah, là je vais te surprendre, dit Anselme. Avant, je croyais que je n'aimais que les visages lisses des jeunes filles, avec de grosses joues comme elles ont toutes, tu vois, parce que la peau est bien tendue. Et maintenant, j'ai changé d'avis. Les jeunes m'cmmerdent. Je leur trouve l'air pas vrai, un peu papier glacé. Les rides donnent de l'expression au visage, ça le rend humain.

– Le féminisme a eu quand même un bon côté, dit Léontine. Au temps de la Guerre Froide, aucun homme n'aurait osé dire qu'une femme est belle passé vingt-cinq ans.

– Je ne sais pas si c'est le féminisme, dit Anselme (ça

l'embête toujours d'avoir l'air d'être à la mode, d'être monté dans le dernier bateau), vous savez, autrefois, on ne demandait pas son âge à une femme avant d'en tomber amoureux. Regardez les grands romans d'amour du XIXe siècle, c'est toujours un jeune homme amoureux d'une femme mûre. Les hommes n'étaient pas tous pédérastes, à l'époque – j'entends pédérastes au sens d'amour des enfants qui peuvent l'être de l'un ou l'autre sexe – les lolitas n'étaient pas à la mode, les Adas n'avaient pas d'ardeur, on trouvait l'amour dans les bras d'une vraie femme et chacun sait qu'avant trente ou quarante ans une femme n'a pas atteint le maximum de son épanouissement sexuel et...

– C'est vrai pour les femmes, dit Léontine, songeuse. Avec les hommes, c'est un peu différent.

– Qu'est-ce que tu veux dire ? demande Cyr qui n'a pas dit grand-chose jusque-là, mais maintenant on le sent touché au vif, prêt à réagir.

– Je veux dire, continue Léontine, et tu ne me diras pas le contraire parce que je ne te croirais pas, que les hommes en vieillissant se calment un peu, non ?

– Ah qu'en termes galants ces choses-là sont dites ! dit Marin en rigolant (pour dissimuler son embarras car il se sent touché au vif).

– Les pannes, ça arrive à tout âge, continue Anselme qui est resté un érudit.

– Mais tu avoueras que ça arrive encore plus à un certain âge, poursuit Léontine, sans pitié.

Les femmes sont terribles. Elles ne comprennent pas que c'est notre croix et notre bannière, le zizi. Bien sûr, on leur a raconté beaucoup d'histoires, on a fait les malins, mettez-vous à notre place. Tant qu'elles avaient peur de nous, on pouvait leur raconter n'importe quoi – qu'on était de redoutables prédateurs, des tigres assoiffés de sang, des satyres, des dionysiaques, toujours prêts, etc. Maintenant qu'elles en veulent et qu'on ne peut pas toujours leur en donner, elles ricanent. Bien sûr, c'est facile pour elles. Elles ont la vie belle, rien à démontrer, juste à écarter un peu les cuisses, tu parles d'une performance.

— Enfin, on vous aime bien quand même, dit Léontine (charitables en plus ! Mais on n'en veut pas de votre pitié, on est des mecs, nom de Dieu).

Onze heures du soir est une bonne heure pour avoir des conversations sexuelles. Ça met en train ou ça remplace, c'est selon.

Juin est le mois des examens au Centre. En cela l'innovation n'a rien pu contre les coutumes ancestrales. Au cours de journées non-stop appelées Journées du CAVIM, et où sont conviés en principe, mais ils viennent rarement, les directeurs des autres Centres, les ingénieurs des tortues, quelques officiels, les habitants du quartier (initiative de Madame Fa qui a, on le sait, des goûts démocratiques), et un public trié sur le volet, les stagiaires doivent présenter, dans de petits spectacles composés par eux avec soin, un échantillon de ce qu'ils auront appris au cours de l'année. Ils travaillent à cela depuis plusieurs semaines, en grand secret, bénéficiant même de quelques permissions, de certains passe-droits. La difficulté consiste à tenir l'équilibre entre le côté spectacle, mise en scène, et le côté plus proprement technique. Plus on met, dans ces petites compositions, d'éléments appris au Centre, venant du Centre (chansons, dogmes, pas de danse, phrases composées à l'atelier d'écriture, etc.), et plus Madame Fa et les officiels seront contents. Mais il ne faut pas que cela ait l'air plaqué n'importe comment, venant comme les cheveux sur la soupe. Il convient que cela soit fondu dans une interprétation harmonieuse, que les chants du Centre soient tout naturellement entonnés par les personnages, que les phrases composées dans les ateliers d'écriture donnent du sens.

En principe, les stagiaires doivent préparer seuls leur show. Mais ils peuvent tout de même se faire assister, ou au moins conseiller par les résidents qui sont souvent débordés de demandes, juste au moment où, avant la fermeture du Centre pour les deux mois d'été, beaucoup de problèmes les accablent : mettre fin en douceur aux liaisons qu'ils ont entretenues durant l'année avec tel ou telle stagiaire ; louer leurs maisons dans le Vaucluse pour se rendre aux festivals de toutes sortes dont le compte rendu leur vaudra une bonne note à leur retour au Centre – ou, s'ils sont indifférents à leur promotion sociale, au bord de la mer, à la Grande-Motte, au Grau-du-Roi, à Palavas ou à Sète, d'où ils reviendront, bronzés et le ventre musclé par la natation, reprendre le dialogue avec leur conjoint souvent plein d'amertume envers le Centre : n'y a-t-il pas des minettes, des minets ? régler diverses dépenses imprévues : bouteilles de champagne en l'honneur d'un résident amené à faire valoir ses droits à la retraite (le cas de Théophile cette année, par exemple) ; barboteuses pour les bébés qui, malgré toutes les précautions, sont tout de même nés ; cadeaux d'anniversaire et cadeaux de rupture ; lunettes de soleil car ils ont perdu les vieilles ; shorts ; billets touristiques ; vieilles dettes oubliées qu'on leur réclame soudain ; ardoise chez Antoinette, etc.

Enfin, puisqu'ils sont là pour ça, il faut bien qu'ils les pouponnent leurs stagiaires chéris, qu'ils les chouchoutent une dernière fois avant le grand départ, la grande séparation. Ils assistent aux répétitions, conseillent une suppression, un ajout, mettent en garde, disent : « Je vous aurais prévenus », « Faites comme vous voudrez, je m'en lave les mains », « Vous ne pouvez pas dire ça », « Attention, vous courez à la catastrophe », « Je vous le dis en confidence, il y aura peut-être Machin, le grand Manitou du Truc », « Si vous passez devant Chose, il faudra être très prudent », « Un Tel est un grand mélomane, il ne s'agit pas de chanter faux »...

Dans ces temps qui précèdent les Journées du CAVIM, Dorothée est débordée de demandes pressantes : le calendrier des Journées est sans cesse remis en cause par les stagiaires qui souhaitent passer avant ou après, se plaignent d'être relégués en fin de soirée ou de plancher trop tôt le matin, quand les officiels ne seront pas encore sortis de leurs lits. Elle est très bien dans ce rôle, calme, rassurante, pleine de bonne volonté apparente mais en réalité ferme comme un roc, accordant peu de dérogations, demandant des raisons valables, graves, pour bouleverser le calendrier minutieusement mis au point en concertation générale de tous les permanents, puis peaufiné dans le bureau de Madame Fa, sous la surveillance des tortues.

Il y a aussi le problème de l'audiovisuel qu'il faut régler, puisque tout est enregistré, mis en archives pour l'édification des générations futures. Ces gens de la vidéo sont assommants d'exigences : il faut mettre des petits coussins de feutre sous chaque pied de table ou de chaise pour le son, laisser la place pour les caméras, permettre des déplacements qui souvent rompent le rythme, perturbent les représentations. Mais il faut savoir ce qu'on veut...

Blandine et Marie sont tous les matins dans la salle de danse, à essayer de réparer les mauvaises habitudes prises par les stagiaires quand ceux-ci étaient si nombreux à vouloir danser qu'on ne pouvait pas vraiment les surveiller, les corriger. Elles donnent des idées de liaisons pour certains enchaînements, conseillent des musiques, disent ce qu'il est possible de faire sur tel et tel sujet.

Marin et Mina 2 font du rewriting. Ils récrivent proprement, c'est-à-dire dans les règles du Centre, les textes informes que leur soumettent les stagiaires. Souvent les stagiaires ne sont pas contents, ce n'est pas ce qu'ils voulaient dire, ils se méfient, en parlent entre eux à voix basse, et parfois déchirent rageusement le texte qui sort de l'atelier de Marin. D'autres, en revanche, sont béats d'admiration : ils ne se savaient pas capables d'écrire d'aussi belles choses.

Ces semaines sont les plus dures pour Brice. Il doit s'efforcer de détendre l'atmosphère mais avec tact, discrétion, sous peine de se faire agresser par les stagiaires qui disent que ce n'est pas le moment de rigoler, que c'est leur avenir qui est en jeu que, bien sûr, les permanents, eux, n'ont rien à redouter, ils ont trouvé la bonne planque, ils ne risquent pas de se retrouver au fin fond de la Lozère avec trois mètres de neige, des stagiaires en sabots qui, de leurs doigts gourds ne sauraient manier le fin langage des tortues. Préjugés ridicules, racisme imbécile de citadins vaniteux, répliquent les permanents, la Lozère est un vrai paradis, d'ailleurs beaucoup de Parisiens en sont originaires : Dédé, le bistro du bout de la rue, Simone la marchande de papier, Jean qui a failli être permanent au Centre mais a choisi la liberté comme écrivain public à son compte, toutes personnes fort sympathiques et pleines de délicatesse.

Enfin bref, tous ces gens énervés qui se prennent tout à coup pour des martyrs, Brice doit les faire rire, c'est la loi du spectacle. Les faire rire alors qu'il les a fait rire toute l'année, a épuisé, peu ou prou toutes ses facéties.

Heureusement, il commence à avoir une certaine expérience, à savoir garder, pour ce moment de l'année les meilleurs numéros, les blagues les plus drôles. Quoique parfois, il le regrette, car le public n'est pas aussi attentif à ce moment-là qu'à d'autres, et c'est souvent qu'à Noël, à Pâques, au 1er Mai, il se laisse aller à puiser dans son stock de juin. Ce n'est pas trop grave car les plaisanteries les meilleures peuvent se refaire, se redire, le public ayant la joie de connaître la fin, de pouvoir participer en connaissance de cause.

Théophile, cette année, fait contre mauvaise fortune bon cœur. Il fanfaronne, dit qu'il va pouvoir vivre enfin au soleil toute l'année, qu'il sera bien tranquille avec sa chère épouse (mais l'admiration de toutes ces dames ne va-t-elle pas lui manquer ? – et puis la cave du Centre était tout de même bien achalandée), que le Centre ça lui fait ras-le-bonbon, chiche-marre et compagnie, qu'il leur souhaite à tous bien du plaisir avec les nouvelles générations de plus en plus exigeantes, etc. Mais de temps en temps, devant la statue, chez Madame Fa, quand il parle avec un jardinier ou Léontine, il essuie une larme, lève les yeux au ciel, serre les poings. On lui donnera un titre de conseiller d'honneur et il pourra revenir au Centre de temps en temps. Il aura des cadeaux, des baisers. On lui écrira.

Et puis on l'oubliera comme tout le monde. C'est la vie.

Dans les histoires d'amour, il arrive toujours un moment où l'on se dit qu'on est allé trop loin, que cet homme, cette femme, ne sont après tout qu'un homme ou une femme ordinaire, avec les qualités et les défauts de tout le monde, avec juste un peu plus de qualités ou un peu moins de défauts, mais tout cela, quand on reprend ses esprits, vraiment imperceptible, ou perceptible seulement par celui qui est amoureux et tisse autour de cette légère différence toute une toile dans laquelle il s'est lui-même englué. Comme un café plus ou moins fort, un abricot un peu plus mûr ne sont après tout que du café, qu'un abricot, un peu meilleur à manger ou à boire qu'un autre, mais avec la même consistance, la même saveur. Et il arrive qu'on préfère un café plus léger, un abricot plus acide, il arrive qu'on se dégoûte des meilleures choses quand elles sont servies avec trop d'abondance, trop de régularité, quand on manque de points de comparaison pour les préférer à d'autres. Alors on voit la personne telle qu'elle est, dans sa persistance agaçante à persévérer dans l'humanité, dans son entêtement à faire l'homme ou la femme, dans ce goût imbécile qu'elle a de boire, de manger, d'aller et de venir, de dormir, de bâiller, de parler pour ne rien dire, de rire à tout propos, de pleurer mal à propos. Le charme est rompu, un peu comme cet âge de la vie si justement nommé ingrat où la grâce de l'enfance s'en est allée sans faire place encore à une éducation plus mûre. C'est que l'enfance de l'amour est morte, ce moment où l'on découvrait l'autre comme les jeunes parents découvrent avec émerveillement leur enfant, s'ébahissant de le voir dormir, sourire et même chier, s'extasiant devant ses premières dents, ses premiers balbutiements comme si c'était le premier bébé sur la terre, surpris et même un peu choqués des comparaisons que l'on ose faire entre cette pure merveille et les enfants ordinaires que sont les enfants des autres. Dans l'enfance de l'amour aussi on s'indigne que d'autres aient pu éprouver quelque chose d'analogue pour une autre personne, on renie ses anciennes amours comme de pâles préfigurations de ce qu'on est en train de vivre, on boit délicieusement le lait de l'amour comme les jeunes parents boivent délicieusement le lait de leur paternité/maternité – et puis la vie passe et les amours vieillissent comme les enfants. On se surprend à trouver des défauts à ses propres enfants, on sort de la béatitude première. Les enfants grandissent, les amours aussi, et l'on se retrouve comme avant, tout seul, en face de quelqu'un d'autre qui n'est pas toujours si agréable à fréquenter, qui est même parfois franchement insupportable. Il arrive que les parents montrent du doigt la porte à leurs enfants devenus grands. Il arrive, plus fréquemment encore, qu'on décide à ce moment-là que l'amour est fini.

– Ce n'est pas trop tôt, dit Mina en frémissant d'aise.

Il arrive aussi, continue Marin imperturbable, qu'on ait tort de décider cela, de montrer la porte du doigt. Il arrive que ce qu'on prend pour une mauvaise nature, un vice profond soit simplement une mauvaise passe, un mauvais moment à passer, mais après lequel l'adolescent, si on l'aide, si on ne l'abandonne pas, deviendra un homme tout à fait estimable. Et l'amour...

– Encore l'amour ? Il n'est pas mort celui-là ? gronde Mina.

Et l'amour aussi, si on ne lui porte pas le coup de grâce avant qu'il ait fini sa croissance peut aussi surmonter ce mauvais passage, ce difficile passage de l'amour-enfant à l'amour-adulte et devenir un amour solide, beau comme un arbre qui donnera ses fruits pendant de longues années pour peu qu'on l'entoure des soins nécessaires. Mais on ne peut pas savoir. Car il arrive aussi que des soins longuement prodigués ne donnent qu'un arbre souffreteux et malingre, qui durera certes, mais en défigurant le paysage, sans donner d'ombre ni de fruit, mais qu'on voudra conserver malgré tout, justement parce qu'on se souviendra de tous les soins dont il a été entouré. Et il arrive aussi – qui n'a pas ce genre d'histoire à raconter ? – qu'un amour né au hasard croisse et se multiplie comme le pêcher ou le cerisier né d'un noyau craché par l'oncle Anatole, un soir de noces. Alors, le plus souvent, quand l'amour-enfant perd sa grâce, on s'en débarrasse comme on se débarrasse des chatons quand ils ont cessé de faire rire par leurs galipettes et sont en train de se transformer en gros chats moustachus, avec de faux airs de tigres et plus aucun humour.

– Bon débarras ! dit Mina.

C'est ainsi que Marin décida qu'il n'aimait plus Ella, que son histoire avec Ella était finie, cherchant tout de même, comme on jette des fleurs sur une tombe, comme on récite des prières, à lancer sur cet amour perdu quelques bonnes raisons solides et convaincantes pour expliquer sa fin.

Elle n'était pas si belle, pensa-t-il. Elle était menteuse. Elle se maquillait trop. Elle n'était pas vraiment cultivée. Elle était infidèle, dissimulée, sournoise. Elle avait eu trop d'amants pour retrouver vraiment la fraîcheur de l'amour, et pas assez, ou pas assez bien choisis pour en avoir acquis quelques précieuses recettes, quelques habiletés supplémentaires. Elle ne voulait pas que je l'encule. Elle ne prenait pas mon sexe dans sa bouche ou le lâchait tout de suite. Elle ne voulait pas que je lui fasse un enfant et me contraignait à des gymnastiques ridicules, à des retraits frustrants.

– Voyons, dit Mina, tu t'égares, tu sais bien qu'elle était stérilisée.

– Justement, dit Marin, ça prouve sa perversité. Elle me faisait croire qu'elle ne l'était pas, que, seule de toutes les stagiaires, elle avait échappé à cela, comme étant la femme du fameux Pierre W... ou parce qu'elle remplaçait quelqu'un d'autre, ou je ne sais pourquoi.

– En somme elle me menait par le bout du nez, ajouta-t-il sombrement, tout prêt à s'attendrir sur son propre sort. Et on ne peut même pas dire que c'était une salope, une grue, une femme de peu, une créature. Non, pire que tout cela. C'était une femme très ordinaire, avec de petits seins et de grosses fesses, un petit cerveau et de gros besoins.

D'ailleurs elle ne m'a jamais aimé. Tout cela ne fut que comédie pour pouvoir dormir dans une chambre plus confortable que son box, bénéficier du café des permanents, éprouver la satisfaction de devenir un personnage de roman. Et moi non plus je ne l'ai jamais aimée. J'ai juste trouvé en elle la petite étincelle qui a remis en marche la machine à écrire que j'ai à la place du cœur.

– Et moi, est-ce que tu m'aimes ? demanda Mina, tous ses boutons clignotant à la fois d'espoir, de douceur.

– Bien sûr, dit Marin, tu es mon seul amour.

XVI

Dehors les chiens rôdent.

C'est drôle, quand on y pense, cette histoire avec les chiens. Autrefois, dans les temps anciens, il y avait aussi des chiens. Mais ils vivaient surtout à la campagne, ils servaient aux chasseurs, aux bergers. A Paris, dans les villes, il n'y en avait pas beaucoup, sauf au bois ou dans les loges de concierge. Et puis, petit à petit, ils avaient fait leur apparition. A peu près en même temps que les tours de grande hauteur. Dans les ascenseurs, ces transports en commun verticaux, les chiens devinrent bientôt aussi nombreux que les humains. Les noctambules et les lève-tôt étaient sûrs de n'être plus seuls dans les rues quand elles sont noires. Ils croisaient les chiens et leurs maîtres qui dansaient autour d'eux une ronde de moins en moins rassurante. Puis les maîtres avaient disparu et les chiens étaient restés seuls, de plus en plus nombreux, de plus en plus menaçants. Il en reste encore de ces chiens errants, mais craintifs maintenant, traqués, car ils ne sont plus les seuls à errer, et malheur à celui qui se laisse prendre par les autres vagabonds.

Mais la plupart sont rentrés dans l'ordre. S'ils rôdent maintenant, c'est pour le bon motif. Au moment où le nouveau système s'est mis en place, quand ont été organisés les Centres et leurs annexes, les maîtres des tortues se sont dit qu'il serait peut-être bon pour eux, pour leur sécurité et la sécurité du monde, de devenir en même temps les maîtres des chiens. Et ils les ont apprivoisés, ils les ont – non pas dressés comme on disait avant – mais à proprement parler recyclés eux aussi. Les chiens ont passé des tests et des examens, ils ont sauté dans des cerceaux, ils ont fait le beau, ça ils savaient déjà, c'était de l'histoire ancienne, un résumé de leur passé et puis, petit à petit ils sont allés vers d'autres exercices plus difficiles à décrire, plus nouveaux. Ils ont appris à obéir aux tortues, même à distance, eux qui jusqu'alors ne connaissaient que la voix de l'homme. Les noctambules et les lève-tôt s'il y en a encore, sont sûrs de rencontrer les chiens qui se ressemblent tous maintenant, hauts sur pattes, blancs et noirs, les oreilles dressées sur la tête, l'air absent. Ils surgissent sans bruit à vos côtés, avec seulement ce halètement caractéristique et tant que vous restez dans les normes, tant que vous ne déviez pas de votre chemin habituel, ils restent tranquilles.

Mais malheur à celui qui voudra se payer une petite fantaisie, changer quelque peu de route, prendre un chemin de traverse. Les chiens alors peuvent devenir méchants : ils ne connaissent pas la mesure, n'ont pas le sens des nuances, sont incapables d'une appréciation subtile, tempérée. Ils visent directement la gorge, et leur morsure est le plus souvent fatale. « Bavures regrettables », disent les ingénieurs à leur petit déjeuner de travail, mais bavures inévitables, nous n'avons pas les moyens de faire autrement. C'est à chacun de prendre conscience de ses responsabilités.

Quand Marin sort, cette nuit-là, les chiens ne font pas attention à lui. Les écrivains, ils ont l'habitude, ce sont des fantaisistes, ils aiment bien aller et venir comme ça, se donner des airs de liberté, mais ça ne tire pas à conséquence. D'abord personne n'a envie de les imiter, ils sont trop minables, trop bas dans l'échelle sociale avec ces mots bizarres qui sortent de leurs bouches comme des pelotes de ficelle, on se demande où ils vont les chercher et ce que ça veut dire. Et puis finalement ils rentrent toujours au bercail, avec l'impression d'avoir connu l'aventure parce qu'ils sont allés jusqu'au bout de la rue. C'est pratique d'avoir cette réputation d'être inoffensif, personne ne se méfie, de toute façon il n'ira pas bien loin pensent les chiens sans se donner la peine de le suivre, il va boire un verre ou deux chez Antoinette ou, suprême hardiesse, à l'autre café du bout de la rue, celui où les stagiaires n'ont jamais le temps d'aller à cause des horaires trop stricts. Il va parler un moment, il va peut-être chanter une chanson, il lui arrive d'en inventer avec les mots que les tortues lui refusent, on le laisse faire, on ferme les yeux, pour l'importance que ça a, il ne pourra rien en faire de ses chansons, seulement les chanter, entre deux verres, à Antoinette qui en a entendu d'autres, qui n'écoute pas d'ailleurs, si vous croyez qu'elle a du temps à perdre...

Et puis, quand même, on dirait qu'il se passe quelque chose. Le gros chien blanc du carrefour, celui qui n'a presque pas de taches noires, le chef du secteur, à qui tout le monde obéit, fait aller et venir ses oreilles, se dresse lentement sur ses pattes, regarde. Les autres chiens se dressent aussi, mais non ce n'est rien, ce n'est pas le signal, ils peuvent rester tranquilles.

Marin avance jusqu'au bout de la rue, franchit la chaussée, croise quelques habitants du quartier qui ne sont ni voyous ni vagabonds, mais de paisibles citoyens convenablement vêtus, avec leurs cabas à la main. Il arrive dans un endroit éclairé où passe un autobus. Il monte. Il se retrouve projeté brusquement dans un passé pas si lointain peut-être, mais qu'il avait complètement oublié. Il reconnaît des rues, des quartiers, un peu déserts tout de même, un peu en dessous du souvenir qu'il en retrouve à mesure. Il ne sait pas pourquoi il est dans cet autobus, ni où il va. Et puis, en arrivant devant le parc Montsouris, il se rappelle, c'est là qu'il doit descendre. C'est ce qu'il a écrit ce matin pour les tortues, il sait qu'Ella doit l'attendre dans un café, un peu plus loin, un gros chat gris sur ses genoux. C'est là que l'histoire doit finir.

Il rentre dans le café, et en effet il y a une femme toute seule et qui lui fait signe. Il s'assied à sa table, ému, troublé, son histoire est en train de prendre corps, Ella, sa créature est devant lui, très belle, plus mince et plus brune qu'il ne lui semblait, plus jeune aussi.

– Bonsoir Ella.

Elle sourit, ne dit rien d'abord, boit une gorgée d'un liquide vert, puis :

– Je m'appelle Joséphine, dit-elle. Enfin, il me semble.

– Joséphine...

Ce nom le fait rêver, c'est un nom comme on n'en invente plus, un nom d'avant-guerre. Il avance la main pour la toucher, il a peur qu'elle ne soit plus vivante, qu'elle s'évanouisse comme une apparition. Mais sa peau est chaude, douce au toucher, il sent battre ses veines.

– Vous devriez commander quelque chose, dit-elle, vous n'avez pas tellement de temps.

Le gros chat gris ronronne sur ses genoux. Marin boit un liquide vert douceâtre et amer à la fois. Il lui semble apercevoir un chien derrière la vitre. Joséphine le regarde boire. Il n'a jamais rencontré de femme aussi intensément présente. Enfin, pas depuis longtemps, pas depuis qu'il est au Centre. Y a-t-il des femmes au Centre ? Il ne se souvient plus. Il se souvient seulement d'Ella, et du mal qu'elle avait à vivre sous la surveillance des tortues.

— Dépêchez-vous, dit Joséphine, on vous attend.

Il le sait bien qu'on l'attend. Il voit très distinctement le chien derrière la vitre. Il ne le connaît pas ce chien, mais le chien connaît Marin, c'est bien lui qu'il regarde avec de plus en plus d'insistance.

— Et si je n'y allais pas ? dit-il désespérément. Si je restais avec vous ?

— Il ne faut pas. Je serais obligée de vous tuer, et cela m'ennuierait beaucoup.

Elle a l'air triste en disant ça, et il sait qu'elle dit vrai. Quand le chat a changé de position, tout à l'heure, il a vu un petit revolver dissimulé sous son gros ventre.

— Mais je vous aime, Joséphine.

— C'est justement, dit-elle, vous savez bien que c'est défendu.

Il le sait. Il va finir son verre, le plus lentement possible. Il va se lever lentement. Lentement aller vers la porte. Le chien commencera à donner des signes d'impatience. Alors Marin jettera un dernier regard dans le café. Joséphine sera toujours là, un gros chat gris sur ses genoux, belle à en mourir.

L'impression de ce livre
a été réalisée sur les presses
des Imprimeries Aubin
à Poitiers/Ligugé

pour les Editions Flammarion

Achevé d'imprimer le 1er septembre 1982
N° d'édition, 9630. – N° d'impression, L 14730.
Dépôt légal, septembre 1982